JN034035

島村抱月の世界

ヨーロッパ・文芸協会・芸術座

井上理恵 編著
INOUE Yoshie

社会評論社

目次

序論

島村抱月

——浜田から東京へ、早稲田の文科へ、演劇へ

井上理惠
INOUE Yoshie

1　島根

世界遺産になった石見銀山は島根県大田市にある。東西に細長い島根の西部は島村抱月の生誕地だ。ここは江戸時代、日本最大の銀山で徳川幕府の財源となっていた。幕府は石見国の銀山所在地――邇摩（にま）郡・安濃郡・邑智（おおち）郡・那賀郡・美濃郡・鹿足郡――を幕府直轄領（天領）にして銀を大量に採掘し莫大な財を築いた。慶長から寛永年間（一七世紀初頭）には銀の採掘量は最大となり、その後は必然的に減少する。それにともなって天領を縮小、その一つ抱月ゆかりの那賀郡は浜田藩になった。

　この地の山間部は古代から黒鉄が採れた。「至る所が真砂砂鉄の産地で、江戸時代には『たたら製鉄』が村々で盛んに行われてきた」（隅田正三）という。幕府ばかりではなく村民をも潤す宝庫になっていたのだ。商いにはいつの時代も格差が付きもので、家屋敷を持つ豪農の商い人を別にして労働する村人たちは「たたら製鉄」を可能にする〈真砂砂鉄・木炭・窯・水〉を求めて居住地を転々としていた。抱月の祖父もその一人であった。

　明治維新後、浜田藩は明治二年六月の版籍奉還後に浜田県になる。翌三年九月、平民に「苗字使用」が許可される。士族と豪農豪商に許されていた姓名を誰でもが持つようになったのである。これも近代国家〈四民平等〉という建前への一過程だった。ちなみに現在までわたくしたちを縛っている「壬申戸籍」が定められたのは翌四年四月（五年二月実施）である。他国並みに国民に姓（氏）を与え、戸籍で掌握した。次は時代を担う子どもたちの教育だ。同じ年に文部省を設置し、明治五年に学制を公布する。尋常小学校は下等四年（六歳〜）上等四年（一〇歳〜）と定められた（文部科学省の資料によれば、明治八年の小学校総数は二四五〇〇校、就学率は三五・四％である）。

また、太陽暦（グレゴリオ暦）採用の発布は五年一一月で、一二月三日を一八七三年（明治六年）一月一日と定めた。二八日早く新年がきたのである。理由もなく元旦を速めるわけはないから陰暦と太陽暦の時差を調節したと推測される。

島村抱月は、旧暦と新暦の狭間で日本が世界レベルの近代国家へ向かうための法整備が順次出されつつある時期に〈銀山と砂鉄〉の浜田県で生まれた（明治四年一月一〇日[1]）。まず抱月の祖父と父について、最新の隅田正三著『文豪「島村抱月」』（波佐(はざ)文化協会二〇一〇年）を参照しながら簡単にみていきたい[2]。

抱月の祖父一平は、島根の隣県広島——安芸広島藩に生まれた。おそらく生計を立てるために隣接する石見国へ行ったと推測され、後(うしろ)山村（現浜田市金城(かなぎ)町波佐）の「たたら製鉄」長沢鉧で働く。既に記したが、「たたら製鉄」には「真砂砂鉄、木炭、窯土、水利」の揃う立地が必要で、特に木炭がなくなるとそれを求めて鉧の所有者が労働する人びとを別の地へ移動させる。つまりたたら山の木を伐りつくし炭がなくなると別の地へ動くのである。[3]

祖父一平もそれに倣い久佐村へ転居し、久佐庄屋佐々田家が経営する鉄山白甲鈩で支配人として働いた。この地で抱月の父半三郎が生れる。一平は弘化年間（一八四四〜四七年）に「たたら製鉄」で大儲けして佐々田庄屋や津和野藩に多額の献金をし、嘉永元年の正月に「苗字御免」となり佐々山姓を得た（一八四八年）。

一平と半三郎父子は、久佐の白甲鈩近辺の木炭の減少で金城町小国（おぐに）村の佐々田家所有の田野原鈩へ転居、ここで抱月の父半三郎は益田出身の母チセと結婚している。祖父一平の死後、半三郎とチセ夫婦の生活は一変する。平民に苗字使用が許された時、半三郎は祖父一平の名に変えるが、金に群がる人々に金を貸したり投機に手を出したりして佐々田家との関係が悪化、一時たたら製鉄から離れ夫婦の生活は浮沈を度々くり返すことになる。

小国村下土居へ転居（金城町小国下土居１２３番舎）するのは佐々田家との関係修復によって再度たたら製鉄に関わることになったからで、ここで抱月が「明治四年一月十日」に誕生、瀧太郎と名付けられた。

しかし翌年マグニチュード7の浜田地震に遭遇、被害の記録には家屋全壊四五〇〇余、家屋焼失二六〇余、浜田県内死者五三六人とあり、未曽有の大地震であったことが分かる。これにより一家も影響を受ける。佐々田家所有の高源鈩が破壊され一平一家は新たな大前鈩で働くことになり転居した。災害が結果的には幸運をもたらして生活は豊かになる。「明治七年」の『元小国村耕地宅地々價調帳　小八區小國村』によれば、「二百十七番　佐々山一平」は田地・畑・宅地を所有し、他にも多くの田畑を所有していたことが分かる。抱月が誕生後三年間は、一家は豊かな生活を営んでいてその地は「中屋」「屋敷町」と呼称されていた。

ところがここで一平は株に手を出して借財を増やし、所有する田畑・宅地を手放す羽目に陥り、夫婦と子供二人（瀧太郎・雅二）と一平の弟小太郎は、以前住んでいた下土居へ引き移る。まさに絵にかいたような一家の浮沈であった。その後一男、一女が誕生、四人の子供たちは不運な状況下で成長することになるのである。

2　抱月の「家史」

さて当の抱月は、父祖や上京後早稲田（東京専門学校—一八八二年一〇月創設、一九〇二年九月早稲田大学と改称）の文学科を選択するようになるまでをどのように告げていたか見ていきたい。

抱月が記した「家史」（一九〇六〈明治39〉年一〇月執筆、『早稲田文学』島村抱月追悼号一九一八〈大正7〉年一二月号掲載）には次のように記述された。

「祖父、佐々山一平、もと入澤姓（略）久佐村に來り同村の家族佐々田氏を助けて鑛山業に従ひ、始めて佐々山姓を創す」、瀧太郎初年の「教育は前記久佐村及同郡濱田町小學校にて受け、後漢英數等を私塾其の他にて修む、多分は獨學なり。幼にして家貧、出で、濱田町の某病院、裁判所等に糊口の資を得、終に裁判所雇書記となり、明治二十二年同裁判所に検事たりし伊豫の人島村文耕と約なり學資月々五圓を給せらる、の定めにて翌二十三年二月東京に出づ、(略)二十四年養子として同氏に貰わる、の約成り同六月十三日入籍す。之れより島村姓を冒せり」[4]

久佐小学校修了後(一八八三〈明治16〉年春)抱月は親元を離れ浜田の病院(薬局)の住込みで働く。次いで裁判所の給仕に採用されて高等小学校へ通った。佐渡谷重信作成の年譜には、一八八五(明治18)年七月に注6に引く潮恒太郎が「『顧』として勤務。潮の学問への情熱に(略)刺激され、秋頃から小島有隣の私塾へ通い」ドイツ語・漢学・英語などを学ぶ、とある。十四歳の給仕であった抱月は年長の潮と出会って刺激され、翌年嶋村文耕が浜田へ着任して、抱月の未来への道はあたかも〈運命〉に導かれるがごとく予想もしない方向へと徐々に開かれていくことになった。

「追悼号」に寄せられた抱月の弟佐々山雅一によれば、小学校では「餘り兄が成績が好いので學校中の生徒の嫉みを買つた(略)森に誘はれて袋叩きにされ」ても手向かわず抱月はじっと耐えていて親にも言わない子供だったとつげている。しかも浜田の病院では住込みで自由のきかない時間に耐えねばならなかった抱月は、「貧」ゆえの〈忍従・忍耐・我慢〉を自らに課さざるを得ない境遇から抜け出すことをいつも考えていたと思われる。赴任してきた嶋村文耕の〈学費援助の申し出〉は抱月にとって〈未来への扉〉が開く、朗報であったはずだ。しかし同時にこれは新たな〈責任と抑圧〉という〈荷〉を背負う扉をあける行為でもあった。それを感じながら受けなければ苦境を抜け出せないと抱月は意識していたのだろう。

文耕は抱月の「家史」に、養父文耕（旧姓太田）は神奈川で巡査をしている時嶋村タツの入り婿になったこと、後検事となり、晩年には弁護士に転じて横浜で開業し「明治三十七年九月五日同処に於いて病没す、年五十一歳」と記されていた。つまり文耕は、明治期の青年の典型的な立身出世を実践した人だった。養母タツは早くに逝き、その後四人余の女性が文耕の妻になった。彼らは「離縁し或は死して皆あらず」と記された。

一八九〇年、二〇歳で浜田から上京した後の学業について、東京物理学校、日本英学院、私立商業学校等に「英、數、理科等を學び、明治二十四年十月東京専門學校文學部に入り、同二十七年七月卒業」と記している。

上京後の抱月が実利重視の教科を選んでいるのは、貧しさから抜け出す近道をまず考えた、あるいは援助する嶋村文耕の意向、と理解するのが妥当だろう。が養子縁組後の「明治二十四年十月」に実際社会で役に立ちそうもない〈文学部―文学科〉に入学する。しかもこの科は、前年九月に坪内逍遥主宰で開設したばかりである。抱月は文学科を選んだ理由や養父の意向などには触れていない。この間の転身は興味深い。抱月の内奥に触れることになるからだ。この辺りを次節で探ってみたい。

3　東京専門学校（早稲田大学）入学

さて、抱月は何ゆえ文学科へ進んだのか…。

死後刊行された『抱月全集』一巻（一九七九年）の巻頭文「抱月島村瀧太郎先生小傳」で著者相馬昌治（御風）は、「文學部を選んで入學するに至りしか等の事に關しては、今日之を知るによしなきを遺憾とす」と記した。つまり抱月の弟子筋や交友関係の人々も抱月が文学科へ進んだ理由は解らなかったのだ。

この疑問は誰でもが持つせいか、川副國基は精力的に調査をしていた。抱月の死後三七回忌に当たると思われる年に、早稲田創立七十周年記念出版で刊行された川副國基『島村抱月』（早稲田選書一九五三年四月）には次のように記述されている。

十五里ばかりを隔ててはいるが鷗外も抱月も同じ石見國の產である。十五、六歳頃から廿歳上京する頃迄の抱月は、濱田町の裁判所に給仕勤めのようなことをしていたのだが、その裁判所に嘗て鷗外と同じ時期に東京大學で學んだという人がいて抱月はこの人に大いに文学熱を鼓吹されたという。そして上京した抱月はその人の紹介で先ず同國の先輩鷗外を訪ね上級学校入学のことを相談したと傳えられる。（略）この時鷗外は抱月に東京大學への入學をすすめたという。そのすすめに抱月が何故従わなかったのか分からない。が、このあたり、東京大學の政治科を出ても官途に就かず文學の道に進んだ逍遙と、官吏の登龍門たる東京大學に進まないで一私学の文學科を選んだ抱月とに何かしら共通なデモクラチックなものが感ぜられるのである。（67〜68頁）

とあるが、伝聞が多く確たる理由は掴んでいない。川副はこの後、抱月の東京専門学校（現早稲田大学）入学・退学に関する新資料を発見する（『日本自然主義の文学およびその周辺』）。抱月が「明治二十三年三月」に東京専門学校政治科に入学し、〈四月に退学〉していたという事実である。

抱月誕生の地・浜田でも上京までの様子が更に細かく調査され、岩町功『評伝　島村抱月』、隅田正三『幼年期の抱月と小国富士』（共に一九七八年刊）が出て、抱月の父祖や浜田での状況がほぼ明らかになる。

これら先行研究を踏まえて、佐渡谷重信は『抱月島村瀧太郎』（一九八〇年）で詳細な調査報告と推論を提出する。

これによれば、文耕の意向は、「政治、行政、司法のいずれかを瀧太郎に学ばせ、将来高級官僚にさせる積り」であった。樋口一葉の小説を見ても分かるように当時の教育立身の行き着く先が「官員」（判任官→奏任官→勅任官）であるのは自明のことだ。ましてや巡査から検事に立身し、男子のいない文耕が抱月を援助する理由は、養子にする目的があってのことだからこれは当然の要求であったろう。

佐渡谷は川副が発見した東京専門学校（早稲田）政治科学籍簿にある佐々山瀧太郎の入学年月に拘る。そこには明治「二三・三・三一」と記されていた。が、これは誤記で実際は「二三年三月一日」ではないかと主張する。叔母ヨシ宛ての手紙には寄宿舎に入ったことなども記されていたし、四月に「退学」という「未整理の学生名簿」が専門学校に残されていることから考えると、「三・三一」日ではおかしいというわけだ（40〜42頁）。そして五月一三日付の叔母ヨシ宛ての手紙には「私儀都合ニヨリ先ノ学校ヲ転シ此節ハ商業学校ト申学校へ通学致シ居リ」とあり、商業学校へ通い、神田美土代町に下宿したこと等が報告されている。

しかも東京専門学校の退学を知った文耕が送金を断ち、抱月は生きる糧を失い路頭に迷う寸前であったことや抱月が詫びて再び文耕の送金が始まって翌年養子縁組、そして一〇月文学科入学、第二回生として早稲田の学生になったという脈絡を佐渡谷は次のように記す。

文耕からの送金が途絶えた抱月は「絶望の日々を過ごして遂に自殺の道を選ぼうとしていた（略）瀧太郎は急場を借金で凌いできたが、このままでは餓死という恥辱的人生を終わらざるを得ないことに気附いたのであろう。嶋村文耕に手紙を飛ばし、無断で東京専門学校を退学したことを謝罪して送金を依頼した。もし送金がこのまま停止される場合、養子縁組の件は破棄し、自分は東京で自殺でもするという、かなり厳しい手紙を送ったのかもしれない。」(44〜45頁)という推論だ。

この間の細かい経緯にはこれ以上触れないが、佐渡谷本を見ても一八九〇(明治23)年四月の東京専門学校政治科退学理由は詳らかではないし、翌年六月の養子縁組後一〇月に東京専門学校文学科を選んで入学した理由も明らかではない。抱月に高級官僚という立身を求めていた文耕が文学科受験をなぜ許したかも不明だ。仮に政治科〈入学・退学〉という事実が、文耕を諦めさせたとして、抱月は何ゆえ文学科を選択したのかという重要な疑問が残る。

文学科は、芸術学であり文芸(創作と評論)であって多くの若者が希望した教育立身の道からはそれる。単純な政治科か文学科かの二者択一ではない。この選択は抱月の未来を決定付けるものであったが、幼少時から上京までの足跡をみても、契機が見つかりにくい。[6]

ただ抱月上京後の短い期間の行動から分かることは、抱月の〈意志あるいは想い〉だけだ。それは漠然とした形であっても「嫌なものは嫌――気が向く方へ進む」ということだと思われる。木下順二がアリストテレスの「詩学」から導き出した人間の行動に潜む〈強烈な願望〉というほどのものでなくとも〈自己の内なる何か〉を優先する。そんな〈自我の強さ〉――別の見方をするとある種の〈勝手次第〉が見え隠れする。これは推測だがこの〈自我の強さ〉〈勝手次第〉はこの後も抱月が岐路に立った時顔を出す。[7]

ここで「何故文学科へ」という〈謎〉に迫るために少し見方を変えてみたい。

4　不景気と芸能

抱月が上京した一八九〇(明治23)年は、ある意味近代社会が始動した年である。前年二月一一日に大日本帝国憲法が公布され、七月に東海道線が全線開通(新橋—神戸間)した。近代国家の形が整い為政者や豊かな人々の間でお祝いムードが拡がる。「万歳三唱」は帝国憲法発布で天皇が青山観兵式へ臨幸する際に始まったというし、洋装が流行して洋服屋が繁盛し、国旗や酒が売り切れた。中央の大騒ぎに無縁の農村では凶作や飢饉で米騒動がおこる。都市部では労働者が賃金値上げの同盟罷工(ストライキ)をはじめて年末にはいわゆる「明治23年恐慌」に突入していた。東京関西間の行き来は東海道線の開通で可能になったが、不景気の風が世の中に吹きあれていた。そんな最中に抱月は上京したのだ。

抱月がいかなる交通手段で上京したか不明だが、面談の折、隅田正三館長はわたくしの問いに対して下関から船で大阪辺りまで行ったのではないか、と話された(二〇二一年六月七日)。神戸まで東海道線が開通したことを知ると、あるいは浜田港〜下関〜神戸港まで行き、その後東海道で東京へ出たとも考えられる。

抱月が神田美土代町(北は神田小川町、東は神田司町、南は神田警察通り、西は本郷通りに接する地で明治期には一～四丁目まである広い地域）に移り住んだ頃には、京・大阪・東京の都市部で窮民が増大し東京では餓死者が出た。おまけに初夏にはコレラが全国に蔓延している。そんな状況の都会にいた抱月が文耕の送金がなければ生きて行かれなかったのも理解される。世は不景気に向かっていたが、〈芸術〉は活発に動いている。ある意味〈芸術〉は富裕層が維持することを証明しているようなものだ。

小説は、困窮した抱月が訪ねたといわれる森鷗外が、既に一月に自らの体験を踏まえた小説「舞姫」を発表していた（『国民之友』69号）。二月に石橋忍月の「舞姫」評が出て（『国民之友』72号）、鷗外と忍月の論争は続くが、発表時に抱月がこれを読んだか否かは不明である。三月には博文館から『日本文学全書』の刊行が始まっている。しかし東京専門学校入学退学で混乱している時だから刊行直後は手にするどころではなかったろう。

芝居は、大芝居も小芝居も賑わっていた。大日本帝国憲法公布の年の秋、歌舞伎座が木挽町三丁目に開場した（一八八九〈明治22〉年一一月）。抱月が上京した年の四月は、九世團十郎が専属になって近松門左衛門作・福地桜痴改作「関八州繋馬」と「娘道成寺」が舞台に乗り話題を集めて團十郎は歴史劇、菊五郎は世話物で二人の歌舞伎役者は人気と芸を争っていた。お金のない抱月には舞台を観ることはできなかっただろうが、下宿で小耳にはさんだり、本屋街の神田で新聞雑誌を目にしたりしたこともあったかもしれない。あるいは木挽町へ建物を見に行くことはできるから洋風の新劇場前に立つことは可能だったろう。

興味深いことに新演劇を始めた川上音二郎も同じ頃に上京している。詳細は拙著『川上音二郎と貞奴』[8]に譲るが、何でも〈改良〉[9]が盛んな時期に登場した論の一つ「演劇改良」を掲げた川上は、憲法発布時は京阪で舞台を踏み、その後名古屋から横浜まで来ていた。丁度抱月が上京した一八九〇年の九月、小芝居の劇場である麻布開盛座でお目見え公演「板垣君遭難実記」を上演している。新聞紙上をにぎわしていた川上の新演劇を生きるか死ぬかの瀬戸際の抱月が覗きに行ったとは考えにくいが、もしかすると足を向けたかもしれない。小芝居の劇場で巡演していた川上、抱月より一足早く新しい演劇を求めて東京で動きだしていた川上が、この後一〇年もしないうちに新演劇に参入する抱月と、同じ東京の神田と麻布にいたのを知ると考え深いものがある。

〈芝居〉という言説からみると、これまで触れられてこなかった面白いことに気付く。わたくしたちの国には江戸期以来、地方には小芝居を上演する芝居小屋が街道筋や市街地にあった。歌舞伎や人形浄瑠璃、村芝居やたまに訪れる旅一座の芝居、見世物などを近隣の村々から人々は見物に行った。各地の小屋の幾つかは明治・大正・昭和と残され、太平洋戦争で壊滅した地域を除いて今でも存在している。[10]

「幼にして家貧」の抱月にそうした機会がどの位あったか、推測できないが、一二歳で浜田へ出てから二〇歳で東京へ行くまでの八年間に、地域の芝居小屋をのぞいたり、神社の境内で祭礼の素人芝居や俄などをみたりする、そんな機会もあったかもしれないと思う。抱月と同年齢の人々の多くが貧富を問わず体験しているからだ。そうした体験が後の地方巡業に一役かっていたとみることも可能だろう。

さらに重大な見落としがまだある。神楽である。神楽は古代からわたくしたちの国に存在していた。山路興造によれば石見国は、古代律令制下邇摩(にま)郡・安濃郡・邑智(おおち)郡・那賀郡・美濃郡の五郡に分かれていて各郡で神楽が舞われていた[11]。この区分けは本論第一節で触れた銀山所在地と同じで、六郡目の鹿足郡は美濃郡が承和一〇(八四三)年に分割されて出来た。

神楽を舞ってきたのは神職である。神楽には年に一度の氏神社における例祭神楽と何年かに一度の大掛かりな式年神楽があった。ところが明治近代社会になって神職が舞うことは禁じられた(「神職演舞禁止令」明治三・四年ごろといわれている)。旧暦明治四年五月一四日の太政官令で「神社はすべて国家の宗祀たることを宣し、神官の世襲を廃し、神社の社格および神官職制を定め」られ、同八月八日には「神官をすべて教導職とする」とある。「神職演舞禁止令」はこの太政官令と少し前に出された(旧暦八月三日)「学制」故であろう。教育に携わるものに「舞」は不要ということだ。民俗芸能に対する近代国家の蔑視の視点が窺われる。

しかし神職を離れた結果、神楽は村人たちが担うことになり、神に捧げる「舞」から見せる「舞」へと変化して神楽集団が各地に誕生し芸能的要素が濃くなったから怪我の功名であったかもしれない。

抱月の住んだ浜田は石見神楽の中心だった。山路興造は「石見神楽の代表曲は、異国から襲来する鬼神たちを、神々が撃退する『塵輪』であり『鍾馗』であったはず（略）浜田における提灯型蛇胴の発明により…」「明治以降、祭儀から離れて、例祭の余興として面白さを追求できるようになったことで、石見神楽は芸能としての娯楽性を、自由に追求できたのである。その延長線上に、豪華な神楽衣装があり、提灯型蛇胴の工夫が生まれ（略）大蛇の数が増え、石見神楽の代表曲となっていった」（前掲書）と記す。

しかも浜田には国学者藤井宗雄（文政六年生、明治三九年没）がいた。抱月が浜田にいる頃に藤井は神楽の台本を整理し、詞章に俗語が多く短い「六調子」神楽を詞章に古典的な優雅さがあり長くて所作の早い「八調子」神楽を採用し整え、現在までにつながる石見神楽の基礎を作っている。「八調子」は面神楽でより演劇的であった（前掲書及び『浜田の石見神楽』浜田市商工会議所編）。

抱月は浜田で芸能化していく神楽を見ていたと考えている。あるいは藤井と出会っていたかもしれない。地芝居や俄や神楽……、浜田でまさに芸能の入り口に抱月は立っていたのだ。

『評伝　島村抱月』の著者岩町功は、生誕地での抱月や父祖の歴史を調査したが、こうした芸能への視点は入れていない。もっぱら教養に焦点をあて、浜田へ出る前の抱月に「影響を与えたと思える人物の一人に医師桑田俊介」をあげ、彼の所蔵書で抱月が学び、福沢諭吉の「学問のすゝめ」〈初版明治五年〜九年、合本版一八八〇〈明治13〉年〉を「貪る様に読んだのではないか」と推測した。岩町本には多くの資料があり学ぶところも多いが、また推論も多い。既に岩町本の書評を書いた岩佐壮四郎[12]が抱月の「家史」分析への疑問点を出していた。わたくしは、この「学問のすゝめ」説にも少なからず疑問を感じる。これは抱月の生まれた翌年に始まり最終篇がでたのは七歳の時だ。もちろんこの本は、明治期のベストセラーであるから後年読んだ可能性はあるかもしれない。が、隣家の桑田医師と接していた十歳前後にはどうだろうか、と思う。むしろ話を聞いたというなら分かる。かりに福沢の教えに夢中になったなら、上京して慶應義塾に何故進まなかったのかということになる。慶應義塾は一八九〇年一月に文学科・理財科・法律科を開設しているのだ。

むしろ後に深いかかわりを持つ坪内逍遥の『小説神髄』や『当世書生気質』〈一八八五〜八六年〉、二葉亭四迷の「浮雲」〈一八八七〜九〇年〉に触れる機会があったのではないかと推測する方が筋が通る。これは当時大流行の〈改良〉の一つとみられる〈小説の改良〉だからだ。この評論と小説は、抱月が浜田へ出て上京するまでの一四〜二〇歳の間に出て、大評判になった。政治科へ行くのを拒み、逍遥が始めたばかりの文学科へ進む道を選んだ契機になったかもしれないとみてもさほど誤りではないだろう。

5　読み物――小説・評論

抱月に「探偵小説」という評論がある（『抱月全集』二巻）。優れた卒業論文を文学科に出した後、初めて『早稲田文学』（一八九四〈明治27〉年八月）に掲載された一文で〈探偵小説とは何ぞや〉について記したものだ。書き出しの「貸本屋の荷車に在りて平常最も多くの花主を引くもの、探偵小説に如くはなし」を読んで重要なことに気付かされた。「貸本屋」である。先に触れたように「漢英數等を私塾其の他にて修む、多分は獨學なり」と記していた。一二歳で浜田に出て病院の住込みから裁判所の給仕になり顧書記の職に就き独学で勉強していた抱月に、本や雑誌を購入する余裕はない。しかし「貸本屋」ならそれが可能になる。逍遥も少年時代に貸本屋に通っていたのだから抱月が「貸本屋」を利用して漢英数の教材を得、探偵小説を読み、同時代の流行小説を雑誌や単行本で読んでいても不思議はない。そうであれば、逍遥が創設した文学科へ行きたいと密かに思ったとしても故なきことではないだろう。

これに続く文章「而も此種の讀本は之れを他の小説史傳のたぐひに比すれば、甚だ永く一處に留まらざるの性ありといふ。思ふに探偵小説愛讀者の多數が審美的好尙の極めて幼穉なるは論勿し、探偵小説みづからも亦決して餘味津々忘れがたき美的悅樂を吾人に與ふるの能なきなり」や、「小説は現實的と理想的とに論なく、世態人情の眞（トルース）を描破するものならざるべからずとせば、世に行はる、探偵小説と自稱するは僭なりと謂ひつべし。」、「吾人が探偵小説を讀みて快楽を感ずるは、讀み行く事柄の全局、もしくは部分に悦楽あるが爲ならずして、一歩々々最後の満足に近くを知ればなり。恰も數學者が答式を得るの快楽を想うて乾燥なる記號の運轉に餘念なく、終には習性となりて此の索究其の事をば面白きこと、思ひ做すに至る類なり。」をみれば、もちろんこれは「明治二十七年」の抱月が記しているのだが、一四、五歳の頃に探偵小説に夢中になった抱月の姿が浮かぶ。少年少女の読書歴は探偵小説・少女小説に始まるのが常で、その後いわゆる〈文学〉という大人の小説・評論へ移行していく。

わたくしたちの国では探偵小説（推理小説）の歴史は古く読者も多い。まさに「一歩々々最後の満足に近くを知ればなり。（略）索究其の事をば面白きこと、思ひ做すに至る」が故に知的好奇心をそそられて読み進むのである。

稲垣達郎は「抱月と文芸評論」[13]で抱月の文芸批評の性格・態度・方法について触れる中で抱月の評論「探偵小説」に、すでにそれが出ていると語る。一つは「美学上の原理というものを背景なり基礎なりにして批評が行われている」こと、今一つは「探偵小説趣味がはびこった」という時代色をみていたこと——「非常に時を得ている」。まさに出るべき時に出た、常に時宜を得ている」、この二点である。つまり初登場の時点で後の評論に共通する視点を持った文芸評論家としての〈若き美学者抱月〉が存在していたという。この指摘に異論はない。同時にわたくしはここに抱月のロマン・貸本屋を利用した苦学時代への愛着を見出すのである。

4節で「小説神髄」や「浮雲」を読んだのではないかと推測した。「二葉亭二則」(坪内逍遥・内田魯庵『二葉亭四迷』易風社一九〇九年八月、『抱月全集』一巻)にそのこたえがあった。抱月著「浮雲の印象」は次のように始まっている。

「始めて二葉亭の『浮雲』を讀んだのは、二十年近くも前の事であるが、其の後も一度や二度はあけて見たらう。併し今は其の書物も手元に無い始末だから、讀み返した覺は先づ近年に無い。餘程古い記憶である。(略)明治二十年期の作物中で最も明白に讀後の印象の頭に殘つてゐる一つは此の小説である。(略)それから男主人公が女主人公の部屋で最後の答を迫る、(略)あの一場の光景が最もあざやかに記憶の底に殘つてゐる。十八九の頃に讀んだのだから、何ういふ表裏でそんな事が深く記憶に浸み込んだのかは分からない。」

一八、九歳には浜田で顧書記をしていた。抱月は、上京前に既に二葉亭の小説を読んでいたのだ。当然にもそのつながりで逍遥の『小説神髄』『当世書生気質』も手にしただろう。あるいは逍遥作を先に読んでいたのかもしれない。そして自身の未来へ思いを馳せ、幾ばくかの希望を持ち始めていたと推測される。それ故の東京専門学校文学科への進学であったのである。

市島謙吉が「我國に於ける純粋の文學科はこれが嚆矢であるといつてよい。東京大學の其前の文學部は政治、經濟、史學、哲學、を主としたものであつたからである。(略)此學科の創唱者は言ふまでもなく坪内博士であつた。（略）當時わが國文學最初の大過渡期に屬して、種々の思想と雜多の文體とが紛糾してゐた。（略）君（逍遥…井上）は先づ文體を統一し之れによつて思想の健全を得んとを庶幾し、和漢洋三文學の調和といふことを標榜して、さて文學科を開くに至つた。これが抑〻文科を早稲田に起すに至つた眞の動機であつたよしを此頃君に就いて親しく聞いた。」（「東京専門學校文學科の創設」[14]）と後日『早稲田學報』に記したように東京専門学校文学科には斬新さが内包されていた。

抱月の文学科進学は、上京以前に浜田で密かに育まれていた。新しい分野への若々しい野望、一般的な明治の青年が抱く〈青雲の志〉とは異なる独自の世界、〈芸術という知的美的領域〉への進出を夢見て、抱月は浜田から東京へ向かったのである。

6 東京専門学校から『早稲田文学』へ

抱月は一八九四（明治27）年七月東京専門学校文学科を卒業する。卒業論文は『覺の性質を論じて美論の要狀に及ぶ』であった。[15]「卒業後坪内雄藏（逍遥…井上）氏の幹する雑誌早稲田文學の記者となる。傍ら専門學校文學科講義録講師たり」（抱月「家史」）。

『早稲田文学』就職時の給与は一五円であった。農林水産省によれば当時の米価一升六銭六厘、蕎麦一銭二厘で、これは日清戦争で米価が大暴騰し政府の調整結果の数字であるらしいが、この米価は明治23年恐慌時と変わらない。一升は約一・八ℓ、一日三合の米を食べるとすると月におよそ六~七円が米代に当てられることになるから生活はあまり楽ではなかったはずだ。後年「十一二歳の頃から既に父母の手を離れて、専門教育に入る迄の間凡て自ら世波と闘はざるを得ない境遇に居て、それから學窓の三四年が思ひ切つた貧書生、學窓を出てからが生活難と世路難といふ順序であるから、切に人生を想ふ機縁の無い生涯でもない。」(「序に代へて人生観上の自然主義を論ず」『近代文藝研究』全集二巻)と記した「貧」の日常は相変わらず続く。

『早稲田文学』は一八九一(明治24)年一〇月二〇日に創刊された(月二回発行)。編輯者は坪内雄藏(逍遥)で「明治文學全躰ゟ關したる専門の文學雜誌は未だ一つだにあるを見ず」故に専門の雑誌を目指すという「發行の主意」であった。「和漢洋三文學」の「釋義評註」、講義の「講述」、「時文評論」等で構成され創刊号からしばらくは専門学校教授陣・文学科課程表も掲載されていた。

ここにある和漢洋の「三学の調和」(服部嘉香・柳田泉発言『座談会 坪内逍遥研究』)は逍遥学の目指す所で、これは今少し言えば比較研究の始まりに位置するものであった。抱月は、まさにこの年の一〇月に東京専門学校文学科に入学する。九月には上野—青森間が全線開通して未来を夢見る地方の若者の上京が可能になった。

その後『早稲田文学』には早稲田文学・雑録・文界現象・諸説・付録（名著梗概・講説）等の欄が順次掲載されるようになり、記念すべき文学科第一回卒業生の出た一八九三（明治26）年には卒業式の逍遥口演が載る（44号七月二五日）。同じ年の48号（九月二五日）に、「本誌の改革に就きて」が発表される。

「文學界に入らんとする多數の青年子弟の爲に正當なる將來の方針を示さんと期し（略）講堂的事業にのみ従はんや死記死文の講説を拋却して尠なくとも演壇的事業に従ふべき機は至れり」として講義録中心であった雑誌内容の抜本的改革を行う。「雑録」を廃して「早稲田文學」欄を拡張、「附録」の〈講説〉と〈名著梗概〉を廃し「附録」に自由な発言の〈放言〉欄を設けるというものであった。「我が社並びに我が社に關係ある青年有爲の文士等の爲に新に設置したるものなれ…」とあって文学科卒業生のための改革であることが理解される。

改革49号（一〇月一三日）「早稲田文學」欄に逍遥の「我が邦の史劇」の連載が始まる。逍遥はこの国の「劇」刷新に力を入れ出し、〈放言〉欄には明治の〈新演劇〉に関する言説が増える。もちろんこの背景には国家的事業「演劇改良」[16]に異論を提した〈逍遥の意志〉が働いていたとみていい。

抱月が卒業した一八九四（明治27）年、七月二六日発行の68号文界現象欄に「◎卒業式」の記事が載る。帝国大学（卒業生二一三人―文科は二一名）、第一高等中学（一四〇人―文科志望一五名）、第三高等中学（一〇二人―文科志望二八名）、美術学校（二〇人）、東京専門学校（一一九人―文科

二一名）……等々の後、「論文中甲等點を得たるは『覺の性質を論じて美論の要狀に及ぶ』（島村瀧太郎）乙等は『我が國現時の所謂寫眞小説一班』（後藤寅之助）及び『武士道』（中島半次郎）にして『上田秋成』『益軒の教育説』『元祿時代』等は丙等の論文なり尙これと同等のもの一二種あり」と記される。[17]

『早稲田文学』記者となった抱月は筆名に、抱月／ほしづくよ／T・S／星月夜／鄭州等々を使用する。[18]最初の記事は5節で述べた八月一〇日発行の「探偵小説」（69号）、次は九月上旬71号の「『新奇』の快感と美の快感との關係」、九月下旬（72号）から優れた卒業論文が「審美的意識の性質を論ず」の論題で一二月下旬78号まで五回掲載される。

『早稲田文学』はこの72号で再度改革をうたう。これまでの『早稲田文学』への批判――『早稲田文学』は出世間の文學と世間的事件とを混同す、『早稲田文学』は純文學を俗了する者也――等々に対して、「本誌の本領を明らかにす」の欄で「彼等は政治家、若しくは教育家の立脚地に立ちて、文學の用を論ずるもの也（略）吾人の所謂理想は文學の極致也、相合はざりしを異しまんや。思ふに世間と出世間と、現實と理想と、二者もとより相背反するもの、吾人不敏、敢て此の大矛盾を調和するの法を講じ、以て文學の圓滿を成せんと企望す。」と記した。早稲田文学記者の名で出されたこの一文は、主幹逍遥の姿勢でもあり、同時に未来の抱月のそれにも通じるものである。

結果これまでの「附録」欄にあった「放言」が「時文月旦」に変わった。この欄の評論は〈自由〉であって、それ故に「主筆其の責に任ぜざるものとす」とあえて位置付けられている。最初の「時文月旦」に抱月は「正直正太夫著『見切物』」評を載せ、正直正太夫（齋藤緑雨）の新聞小説集を好意的に評した。この時抱月二四歳、緑雨二七歳。抱月の何歩も先を歩いていた緑雨は早くに逍遥の「小説神髄」を読んで新しい小説に意欲を燃やし十代の頃から逍遥の元に通っていた。逍遥の勧めで短編小説を書き始め、三年前に国民新聞に発表した「油地獄」が好評で、いわば〈これからの〉抱月にとっては逍遥門の〈先輩〉といってもいい存在だったと推測される。緑雨と逍遥の関係は、三七歳で死んだ緑雨を追悼した文章で知ることが出来る（「斎藤緑雨」『逍遥選集』12巻所収一九二七年七月）。

7　芸能（芝居）への興味

同級生中島半次郎は「学生時代」（『早稲田文学』抱月追悼号）で抱月の気質について次のように書く。これを読むと抱月が意識的に生真面目で自我が強く、しかも集団を組織する能力に長けていたことが分かる。

> 君は、學問に就いては固より、操守に於ても亦、極めて厳格であつて、同級生から第一人者として推重せられた。（略）君が心中に非常に強い個性を宿し、一度決したことは何

處までも遣り遂げるといふきかぬ氣のあつたことも、機に觸れて現はれた。（略）君が計畫の能く立つ人であつたといふことは、在學中から見えて居つて、他を纏める役に當るといふ傾きは能く現はれて居つた。

一八九四年一〇月初旬73号「時文月旦」に抱月の「淺草座所觀」（鄭洲生名）が載る。これは八月三一日に浅草座で開場した川上音二郎一座「日清戦争」の「劇評ではない觀たまゝの感想」とわざわざ断って記したもので、〈生真面目〉な「西鶴論」「夢幻劇論」を書く前の〈観たまゝの記〉である。これをみると、すでに触れた川上の初東上、麻布開盛座のお目見え公演「板垣君遭難実記」にも足を向けていた可能性が出て来るし、川上のパリ帰国後の浅草座正月公演（一八九四年一月）「意外――贋刑事殺人強盗事件」（松本清張「飢餓海峡」のような作）と「楠正成」も観ていたかもしれないと思う。「意外」は舞台表現の斬新さ（照明の使い方・舞台転換の速さ）と舞台上の電話の使用が新しさを呼び、際物ではあったがまさに生きた現代劇であったから大入りが続いた。

同じく抱月追悼号で後藤宙外が学生時代の抱月は「學資に乏しかつた故もあらうが芝居見物ならば殆どされなかつた」が、当時女義太夫全盛の時代で寄席の女義太夫には仲よしの伴武雄君と通い、二人とも「竹本豊子といふ可憐な少女」が贔屓で本郷や神田辺りまでわざわざ出かけていたと告げている。つまり大芝居のような入場料の高い劇場には行かないが安い寄席には行った。しかも「可憐な少女」に熱をあげていた。同時代の中で生きづく流行の芸能に通う、そんな若者らしい時間が抱月にあったことを知って安堵せざるを得ない。

本郷には春木座（木戸銭が安価）があり、原っぱで市街化されていなかった神田三崎町には出来たばかりの三崎座があった。抱月と伴はここへ通ったのだろう。流行の新演劇川上一座の浅草座観劇もその延長線上にある。

川上音二郎一座の「日清戦争」についての詳細は拙著（注8参照）に譲る。抱月の〈観たまゝの記〉は、時代を読まない見巧者が〈くだらぬ戦争芝居〉と切り捨てたような劇評でもなく、かといって若い小山内（岡田）八千代や年長の三木竹二のような具体的な舞台評・演技評ではない。抽象的でいささか古風である。とはいえ同時代劇―活歴劇と夢幻劇の中に「川上一座の活劇派」を位置付け「筋に關しては言ふべきことなし予輩ハはじめより此の劇を正劇として見ざれば也」（現代の芝居の意…井上）と批評の視点を示して芝居に向かう観客の姿勢や舞台上の演技の理想を論じた。

「劇にては常に遊戯三昧也模倣也との念[19]、附き纏ふが故に見物とかく真面目なるを得ず、さればいの念の妨害を避けんため術を加へて科白を激越にし（例へば白は切り口上にして節奏あるもの、科は大まかにして多少音楽的なるものを繹ぶが如し）以て人情の琴線に調子を合せざるべからす、藝術とは畢竟此の謂なり、まづ術によりて見物の頑たる心を拉ぎそをしてカレトの所謂藝に居て藝たるを忘れるゝ、の境に入らしめさて後にこそ義術家の腕は揮はるべけれ、さるを活歴者流は往々始より此の術を外にして只管現實に近らんとす、如何に現實に接すればとてこれのみにて見物豈容易に虚中の實に入り得んや（略）」と……。写実に走りすぎると〈虚〉に〈実〉が見えなくなると指摘していて、興味深い。まさに「虚実皮膜」だ。

抱月は日清戦争に浮かれる日本国民（観客）の思い入れが芝居に固有の意味付けを与え、舞台に感動して「観劇せしむるものなきにあらず」と指摘し、それが後の評価となるかどうかは別物だと書く。ある意味抱月の指摘は的を射ているが、芝居（演劇）は生きている芸術であるから、生きている時代に観客の感性や思いに演者の生み出す世界・舞台が、直接訴えることが出来なければ意味がないのも真実だ。たとえ戯曲（台本）が芸術作品として後世に讃えられたとしても、それは文学作品として生きることを意味するからで、未来の上演は同時代の上演とは、また異なる。

川上の舞台には従軍記者が初めて登場した。当時実際に戦地へ行って記事を書いた記者が出現していたからで、そうした時事的新しさには抱月の視点は届かず、軍隊の豪華な衣装と現実との乖離に触れて芝居の抽象性を評していた。これはこの後欧州で抱月が多くの舞台を観ることによって舞台を如何に観るか、如何に創るか、の視点を獲得していくことで変化すると推測される。

後藤宙外は「硬苦しい一方の學究的人物とばかり思つてゐた頃（略）「友垣草紙」に女の艶書の體を學んだ極めて艶麗な、人をとろりとさせる様な文章を匿名で掲げた者（略）島村君の作だ（略…と知り驚いた）。學窓時代に哲學、特に義學上の難問に就いて思索する事が最も君の得意としたものである。併し前にも一寸云つたやうに軟文學方面にも優秀識見と手腕を持つて居られたが、文學哲學以外、總ての事に渉つてきわめて融通の利く、應用の才の働く人で（略）抱月君は此の方面の趣味の有無も未知數であつた。」（前掲文）と抱月の意外な側面も告げていた。

学友たちの言説は、貧と苦学の連続の抱月が多くの若者の持つ感受性を内包して学生生活をそれなりに享受していたことが分かり、今後の抱月の芸能・芝居へ向かう可能性の更なる確証を得たような気がする。そしてこれがイギリスとドイツで膨大な数の舞台を抱月が観ることに繋がり、逍遥の文芸協会とは異なる抱月の芸術座運営に行き着くことになると思われる。

生きている芸術――芝居（演劇）に対する抱月の主張は、この後演劇集団に関わり、演劇運動を続けていく時点で変わっていく。舞台は机上の思索では通用しない側面があるからである。

8　近代家族を持つ

抱月の「家史」を再度見よう。既に記したように養父文耕（旧姓太田）は神奈川で巡査をしている時嶋村タツの入り婿になり、後検事となり、晩年には弁護士に転じて横浜で開業、「明治三十七年九月五日同処に於いて病没す、年五十一歳」だった。この時すでにタツは亡くなっている。

文耕と異なり豊かな家に生まれながら近代社会に掉さすことが出来なかった実父一平は、「晩年家を散じ、獨り那賀郡波佐村字抽根に住す。明治三十八年一月同所にて酔餘火災に罹りて焼死す。」

没年は記していないが六一歳であった。当時一平は光超寺の離れに寝起きしていた。住居の囲炉裏から失火し、寺の本堂も類焼したという。

実母チセは「石見國美濃郡益田村、大谷氏の出也、（略）晩年病む事殆ど十予年、明治二十八年十二月同村（益田村…井上）にありて病死す、四十七歳」の若死にだった。抱月卒業の翌年に逝った。

妻に関する記述、「妻島村イチ、明治八年七月十七日生、神奈川縣都筑郡都田村字池邉平民農島村瀧藏二女、父瀧藏は天保十四年十月生、母ミノは弘化四年七月十七日生。」（都築郡は縄文時代に集落が出来たと言われ、都田村は昭和の初めに川和町になった。現在の横浜市都筑区港北ニュータウンの辺り…井上注）

「家史」には妻イチとの結婚年が記されていない。結婚は東京専門学校卒業の翌年（一八九五年六月）で、イチは養母嶋村タツの従妹ミノ（旧姓三輪）と嶋村瀧藏の娘だった（抱月二五歳、イチ二一歳）。

抱月の結婚は養父文耕の意向によるものであったことが分かる。抱月にとって〈義理ある〉関係が一つ増えたのである。抱月とイチの間には結婚二年後に長女ハル、ついでキミ（次女）、震也（長男）、秋人（次男）と一九〇二年英国留学の直前までに四人の子が生まれている。

養わなければならい存在が多くなり、おまけに『早稲田文学』廃刊、読売新聞社勤務、東京専門学校文学科講師、三省堂編輯部、早稲田中学校勤務と一九〇二年三月の留学まで何度も職を変えなければならなかった。つまり「學窓を出てからが生活難と世路難といふ順序」（前掲）と書かざるを得ないような現実が抱月にはあったのである。したがって東京専門学校海外留学生としてイギリスとドイツへ派遣されたのは、抱月にとっては家族からの逃避であり、同時に「生活難と世路難」からの逃避であったと推察される。たとえそれが一時的なものであるとはいえ……自由の到来であったのだ。

その上、初めに引いた「家史」でわかるように実の親と義理ある親が留学中に亡くなる。彼等の死は、抱月を縛っていた重い精神的な紐帯が切れたことを意味し、義務からの解放であり、言葉の真の意味での自由の獲得であったと思わずにはいられない。それが三年間の留学を終えて帰国した一九〇五（明治38）年、三五歳の時であったことを知ると、言葉もない。抱月は「血族と義理ある関係」というしがらみから三五歳でようやく解放される。彼にあるのは四歳下の妻と子供から成る新家庭――自らが戸主となった新しい近代家族だけであった。

帰国する抱月を待っていたのは、「明治三十八年九月以後東京専門學校改稱早稲田大學文學科講師」の職であった。「生活難と世路難」がとりあえずは解消される。まさに新たな抱月の歩みが始まるのである。

9　帰国

抱月は一九〇五（明治38）年九月一二日に帰国した。その様子を『早稲田文学』抱月追悼号の大阪毎日「追懐」が告げる（筆者は水谷不倒か…井上）。抱月の雰囲気が出発前とは変わっていたようだ。

「洋行中ずつと被古したらしい古い麦稈帽でひよつくり神戸に歸つて來た島村氏は、以前と同じやうな質素な身装だつたが、精神生活においてはもう往時の抱月氏ではなかつた。言葉をかへていふと、早稲田の臭味が大分脱れてゐた。」（麦藁帽は、外国で被ってはいない…井上注）

「早稲田の臭味」がどんなものか不明だが、つまりは洗い流されていたということだろう。欧州の〈息吹き〉がしたのかもしれない。洋行前読売新聞社の文芸部にいた頃、抱月の下で働いた上司小剣は、帰国後正宗白鳥と抱月を訪ねて外国の話を聞く。

「凡そ洋行がへりの人で、氏ぐらゐ外國の事情を、鋭敏に急所々々を摑んで、よく見て來た人は少ないと、歸途正宗君と話し合つた。」（前掲、追悼号）

これが「早稲田の臭味」の消えていた要因であると推測され、それだけ我が身に外国の風を取り込んでいたということだ。

さて、その外国でオペラや芝居を共に観た副島義一は、「新舊劇の調和など、いふことについても向こふに居る時に抱月君はいろ〳〵云つて居たが、（略）日本ではまだ劇を味ふといふ迄には到つて居ない。たゞキラ〳〵としたのを見る。趣味が淺い。だから辨當を食ひ乍ら見て居などして居る。眞個の藝術を味ふのは、そんな呑氣なことではない。」（前掲、追悼号）と話しながら、観劇時の日本の観客の態度や上演時間の長さの否定、演者の稽古時間の足りなさなどにも抱月は言及していたという。

すでに川上音二郎がこれらの問題について指摘し、自分たちの芝居の場で多くの反発をかいながら実行に移していたが、旧劇の場内で観客が〈飲み食い〉しなくなるまでには、かなりな時間がかかる。劇場に関するあらゆる旧弊は平土間の桟敷席がなくなり、場内が全て椅子席になるまで待たなければならなかったし、[20] 新しい意識下で芝居が上演され、それを受け入れる観客の出現がなければならなかったのだ。全ては首都東京が関東大震災で壊滅し、新思想（マルクシズム）が演劇に登場し初めて可能になるという長い時間が掛かった。抱月がオックスフォードで嘆いた一九〇三年から二〇年以上もたってからのことである。

抱月があれだけの分量の舞台を英独で観るには、やはり理由があった。演劇に関する改良意見が出されていた時代であるとはいえ、抱月は芸能・演劇に対して革新的視点を持ち、いわゆるヨーロッパ並みの理知的芸術的な芝居が日本の舞台に乗るのを願っていたとみていいだろう。あるいは自身がそれに関わることも密かに考えていたかもしれない。

上司や正宗に指摘された点――〈外国の急所を掴む〉――を、湯浅吉郎は触れている（前掲追悼号）。「書物で讀むことの出來ないことを遣うと思ふから貴方も一所に如何」とオックスフォード大学の図書館で調査をしていた湯浅を誘い、都会にいては「昔の英國の風俗習慣が少しも分からない」からと、田舎へ行って生きたイギリスの過去と現在を体験する。もちろん芝居も観た。二人は大学に「沙翁劇専門のベンソン夫妻が來て、（そこでやった…井上）ハムレット」を観ている。沙翁劇の研究者・専門家の前で演じたベンソン夫妻は、かなり恐縮していたように湯浅には見受けられたという。沙翁劇を専門に演じていたベンソンたちが怯んだとは思われないが、要するに敬意を表して研究者に接していたということだろう。

岩佐壮四郎は著書『抱月のベル・エポック』の中で、ベンソン一座のストラッドフォード・アポン・エイヴォンの「マクベス」について記しているが、オックスフォードの「ハムレット」観劇には触れていない。二人が見た「ハムレット」は、岩佐作成「抱月観劇リスト」にある一九〇六年六月一三日新劇場「ハムレット」だと思われる。

さらに湯浅は続けて「抱月先生の偉い人であるといふことは、誰の云ふことでも、新しい爲めになることなら喜んで熱心に聞いてくれる人だつたこと」だ、と言う。知っていることでも、人が話すと始めて聞いたようにしてきいてくれていた、という場面もあったらしい。これは抱月が進取の気象に富んだ人である反面、いわゆる〈苦労人〉で専門家以外の他者に華を持たせる面ももちあわせていたことを物語っている。抱月にとって海外生活は、外国でしか味わえない〈知の新旧〉を獲得しながら十全に自らを開花させることの出来た時間であったとみていい。それらをわたくしたちは、帰国後に発表された抱月の数多い論考やエッセイ、日記などから知ることが出来る。そしてその体験は、帰国後の抱月の思考・行動に大きな影響を与えていくのである。

ここで抱月の帰国後の状況を客観的に把握するために、再度相馬昌治（御風）「小傳」（『抱月全集』一巻）を長くなるが引きたい。

　帰朝の年十月、先生東京専門學校改稱早稲田大學文學科講師として、美學、近代英文學史、歐州近代文藝史、文學概論等を講じ、傍ら東京日々新聞の月曜文壇を主宰す。翌三十九年一月、諸氏と共に坪内博士を助けて文藝協会組織の任に當り、その機關として再興せる雑誌『早稲田文學』の主幹たり。（略）歸朝後最初の力作たる「囚はれたる文藝」と題する評論を掲げ、それによりて泰西文藝思潮の主流に關する一家の識見を示す。（略）沈滞に傾きつゝありし當時の批評界に目ざましき波動を與ふ。（略）四十年九月、早稲田大學英文學科教務主任に、更に翌四十一年より同大學維持員に就任す。（略）四十二年六月、帰朝後に成れる各種の評論を集めて一巻となし、之れを『近代文藝の研究』と題して出版するに際し、先生は此の書を以て自然主義を中心とし、最も複雑曲折を極めたる自家の藝術論に一段落をつけんと欲するものなることを自白し、更に新たに巻頭に添ふるに「序に代へて人生觀上の自然主義を論ず」の一篇を以てし、人生に對する自己の懐疑的心狀を告白し、懐疑哲學とも稱すべき一種の思想傾向の閃めきを示したり。（略）此の年二月（明治42年……井上）、かねて組織せられたる文藝協會新たに演劇研究科を設置するに當り、之れが指導教授となる。而して之れを動機として先生の演劇に對する興味頓に激増し、爾来専ら力を此の方面に致すに至る。（略……文筆の量減じ、それらの多くに）先生自らの懐疑的主観の陰影時を追うて彌々濃きを見る。（9頁〜10頁）

外国で誰に気兼ねすることなく自由な時間を体験し帰国した抱月の前には輝かしい扉が開かれた。その帰国は逍遥や学生たちに待たれ、『早稲田文学』を再興し、文芸協会を組織し、意欲的に大学の講義に向かい、協会の改組で演劇に向かい始めた抱月が、瞬く間に「懐疑哲学」「懐疑的主観」の影に包み込まれていく。抱月は何を求め、そして何に絶望したのだろうか……。相馬の指摘する「懐疑的主観」は、文芸協会改組後演劇に夢中になるにつれ抱月の裡に広がったように受け取れる。それは後の抱月の〈孤独な死〉を知る相馬の感じ方ではないかと思われるのだが、この辺りも含め少し見ていこう。

10　大学教師・再興『早稲田文学』

大学教師時代の抱月の在りようは広津和郎の一文[21]が有名だが、ここでは帰国当初の様子を告げる本間久雄の追憶を引く。「明治三十九年の七月から明治四十二年の六月」まで抱月の教えを受けた本間は、「無限の懐かしみと尊敬」を持って「抱月追悼号」に記す。

「幸福なことには、先生が比較的多く學校のことに熱心になつて居られた時」で「研究のための研究」という態度を「嫌はれ（略）講義も、その當時の生きた文壇思想界の思潮と連關して常に話され（略）先生の講義はいつも生きてゐた（略）先生は本當の意味の個人主義者で（略）相手の個性を尊重され、その個性を出來るだけ生長させてやらうといふことを常に先生は念頭に置かれました」

「講義はいつも生きてゐた」「相手の個性を尊重」……これは最も重要なことだ。学問は化石ではない。教える者も受けとる者も共に生きている時間の中で語られる言説こそが本来のものであろう。「生きてゐた」からこそ、「相手の個性を尊重」したからこそ、学生たちは抱月に魅了され惹きつけられたのである。

『早稲田文学』再興について中島孤島（茂一）は、「『早稲田文學』再興時代」（前掲追悼号）の中で「水谷不倒氏が『大阪毎日』を辭して東京へ出て來られて『早稻田文學』を再興しようといふ相談が持ち上つた。（略）此の相談は島村氏の歸朝後間もなく決定した。而して『文藝協會』といふ一つのインスチチューションを作つて、『早稻田文學』を其の機關にするといふことになつたのは確か島村氏の案であつたと記憶する。」と書く。

が、半年もしないうちに再興『早稲田文学』（現在は二次と称されている）は、主幹で発行人の抱月・島村瀧太郎と社員近松（徳田）秋江を残して、編輯主任であった水谷不倒と会計係東儀鉄笛が別雑誌を作って去り、中島は〈美〉を重視する抱月を「藝術至上主義」だと批判していなくなった。二人が相いれないのは、既にこの年の初め「新春の第一頁」（東京日日新聞）の抱月文で分かっていたことだった。孤島の「批評の意義は文藝を社会若しくは道徳と対立せしめて見る所に生ず」という主張に対し、抱月は「予の文藝絶對観と隔絶するといふ言は受け取れない。人間が此の世でする仕事である以上、文藝とても、なんで全く相對價の外に立つて行くことが出來やう。（略）相對價が、美から離れ若しくは美と背いた相對價であつたら、其所に文藝批評の意義は亡ぶであろう」と批判しているのを見ても明らかであった。

彼らが去ることを抱月は予測していて学生の片上伸に卒業後に社員にならないかと誘っている[22]。が、三者との関係悪化が「懐疑哲学」「懐疑的主観」へ抱月を向かわせたとは思えない。再興『早稲田文学』一号から巻頭に「題言」を書き、「囚われたる文藝」以降ほぼ毎号論評を載せている抱月は、むしろ意欲的に見えるからだ。

先生の講義はいつも「生きてゐた」と書いた本間久雄の指摘のようにその論評も時代と密接な関係を持ち、イプセンの訃報（一九〇六年五月二三日没）が入ると東京日日新聞に「イプセンと社會的哀憐」（五月二八日）を寄稿し、「彼れは文藝の方式の上では所謂自然派に屬した。（略）併しながら彼れが能く世界に大を致したる所以は、是れでは無い。即ちイプセンが作品の中に沸發したる社會的哀憐こそは、彼をして全歐洲の精神界に活きたる火たらしめた理由であらう。」と、女性解放運動に火をつけた〈近代劇の父〉を評価してその死を悼んでいる。さらに『早稲田文学』七号に「ヘンリックイプセン（傳）」を書き、一一号に「人形の家」の第三幕のみ訳出する（「ノラ（結末の場）」）。一見するとフランスの娯楽劇（ウエルメイド・プレイ）かと思うようなタッチで進むこの戯曲は、最後の場にクライマックスのある斬新な展開を持つ[23]。後に抱月はこの戯曲を次のように記した。

「始めの幕の邉では、巧みに面白く出來てはゐるが、まだ餘程實人生の不可避性と遠ざかつてゐる。併し驚くべき最後の幕に於て、ノラが出て行く支度をして寢室から立ち出で、ヘルマーと見物とを驚倒せしめる所、悶へてゐる夫婦が卓を圍み面と向かつて對決する邊に來ると、人をして始めて、劇壇に新しきもの生まれたりといふ感を起こさせる。同時に所謂『うまく作つた芝居』は、俄然としてアン女王の死のやうに死んで了つた。悽愴なまでに生の力の強烈にみはれてゐることは、此最後の幕に於いて驚くばかりである。」（「人形の家劇の序論」『抱月全集』八巻所収、一九一三年四月早大出版部から出したイプセン傑作集「人形の家」の序）

抱月の三幕のみの訳出はイプセン劇の新しさを抽出したもので、その死を悼むに相応しい選択であった。

「人形の家」は、現在近代劇の始まりに位置付けられている。そして抱月も指摘したように自然主義戯曲だ。抱月がイギリス滞在中には、既にかの国では文芸界の自然主義はおわったものとしてネオロマンチシズムが出現していた。それ故抱月の再刊『早稲田文学』1号の評論は「囚われたる文藝」であったわけだが、イプセンの死に際して「人形の家」の部分訳を出しているのは注目に値する。それは自然主義文芸が拡がり始めた日本の現状に視点を合わせる行為でもあったが、同時に世界的水準からみるとかなり遅れた日本女性の意識改革のためでもあったと思われるからだ。夫を棄て子を棄て家を出て自立しようとするノーラの姿を、近代社会に生きる若い男や女たちに見せる必要があると抱月は感じていたのではないか……[24]。結果的には新しい思想―フェミニズムを根底に置くことになる女たちの自立は、〈所有の概念〉に捉われた旧弊な男たちの自立にも通じるからである。あるいは抱月は、極めて一部の知識人たちにしか読まれない評論ではなく、イプセンのように圧倒的多数の大衆に好まれる舞台表現によって世に一石を投じる道（芸能）を選ぼうとし始めていたのかもしれない。そこには同時代の動きも影響していたと推測される。

というのもこの年の初めに伊藤博文や財界人たちによって帝国劇場の建設計画が発表されていたし、貞奴による女優養成の話題も上り始めていた。二月に川上正劇派は、本邦初演のメーテルリンク作品「モンナワンナ」（山岸荷葉翻案）を明治座で上演した。これは一九〇二年にフランスで初演されたばかりの芝居で、イタリアが舞台だった。伊原青々園は「この欧羅巴の近世劇を日本の舞臺へ輸入せる其の向上の勇氣ハ近ごろの新演劇が只管俗受けを主とし只淺はかなる新聞小説を生命とするに比べて確かに称賛すべき価値あり」（都新聞一九〇六年二月二〇日、近世劇は現代劇の意…井上）と評価し、ただし夫を捨てる妻は日本の武士道とは相いれない、「社会の風紀に害」があるとも記していた。すでに川上は〈新しい女の芝居〉を舞台に上げていたのである。こうした演劇界の動きも抱月は当然のことながら把握していたことだろう。しかも抱月は一九〇四年にこの芝居をベルリンのレッシング座で観ている。抱月による川上座の劇評はないが、この舞台を抱月は観たと推測することは可能だ。それは一九一三年の芸術座旗揚げにこの戯曲を取り上げているからで、抱月は川上の翻案舞台ではない、翻訳舞台を観客に見せ、その〈思想〉を強く示すことを心掛けたと思われる。この後貞奴が舞台に乗せた新しい作品を松井須磨子は順次演じていく。詳細は拙著『川上音二郎と貞奴Ⅲ　ストレートプレイ登場する』（社会評論社二〇一八年二月）を参照されたい。これは先を歩く川上正劇一派が常に新しい作品を同時代の観客に提供して来たことを意味し、同時にそれを〈思想〉と〈表現〉に焦点を合わせて舞台に上げていくのが、抱月であったと言っていい。この国の現代演劇は循環しながら次へ移行していったのである。そしてこれが抱月の主張する社会の中で表現する〈美〉＝芸術の重視であったと思われる。

一九〇六年度に抱月が多くの媒体に発表した論評には〈美と思想〉に触れるものが多い。遊戯（快楽や娯楽）と位置付けられがちな「文藝」――ここには演劇・戯曲も入る――が労働（義務または必要）と異なるのは、「精力の自由の放散、自由の消費といふことが娯楽の生命」（「戦後の社会が要求する娯楽の二意義」）だからだと記して、〈自由〉を特記する。あるいは脚本やセリフや演技に触れたものもある（「文藝瑣談」「新舊演劇の前途」「脚本をして先づ讀物たらしめよ」等々）。

こうしてみると抱月の「懐疑」は、帰国当時には現れず、むしろ同時代の新演劇の演目に啓発されて舞台芸術に夢中になった滞欧時の時間を呼び覚まされ、イプセンの死を契機として戯曲の翻訳を試み、さらにそれが強くなった。そんな情景が浮かんでくるのである。

11　文芸協会の発会

これより早く抱月は、文芸協会の組織を「早稲田派を立せんがため（略）権威主義だ」等と批判した我凡の記事（東京二六新聞一九〇六年一月七日）への反論「文藝協會と大隈伯（解嘲の辯）」（東京日日新聞一月一五日）に文芸協会が目指すものを記している。

「實世間と相觸れて成立する方面、たとへば多くの演藝といふ如きもの、善導に先づ力を致さんとする所にある。即ち文藝の公衆的方面に新機運、新活動を誘起したいといふのが其の素願であッた。（略）文藝協会は要するに我が文藝の世間的、公衆的方面に、聊かたりとも貢献する所あらばといふ誠意を旗標としてゐるもの」と論じ、やはり世の中で「生きてゐる」文芸・芸能を抱月は強く意識していたのである。

文芸協会発会式（二月一七日）に二百人の参加者の前で大隈会頭の発会の辞を代読した逍遥は、最後に自身の考え、演芸部の事業について演説した。従来の文学芸術は今日の社会に適さない、時世に遅れている、したがって「國民の理想を鼓吹し其氣格を高尚にするに足る教化機関兼帯の、而も上中下平等に通ずるやうな大演藝がほしいのであるが、それがない」と演劇刷新を語った。演劇における大衆の教化を重視する逍遥の姿勢が表明されたといっていい。

ついで発会式の余興として巌谷小波作「誕生日」（新社会劇）、雅劇「妹山背山」、逍遥作「沓手鳥孤城落月」（糒庫の場）、「新曲浦島」が上演された。これには逍遥の指導の下、東儀鉄笛（季治）や土肥春曙（庸元）が出演している。東儀は雅楽師で作曲もやる逍遥の門下生だ。後に校歌「都の西北」の作曲をしている。抱月と『早稲田文学』再興に参画したが、先にも記したように袂をわかつことになるから文芸協会は最初から火種を抱えていたと言い換えてもいいだろう。

土肥も逍遥の教え子だが、彼は東儀とは異なる。川上一座の二度目の世界巡演時に通訳兼文芸員で同行した（一九〇一〜〇二年）。帰国後の川上正劇「オセロ」公演（明治座一九〇三年二月）を「新機運、新劇界の新法門」（『文藝俱楽部』一九〇三年四月号）と先駆的な評価をして「新劇」という言説を本邦初のストレートプレイに当てていた。抱月同様に土肥もヨーロッパを体験して来た演劇人であった。イギリスにいた抱月は川上の正劇「オセロ」も観ていないし、土肥が翻訳をした川上一座の「マーチャントオブヴヱニス」（六月）も観ていない。

発会式の余興を抱月はどのように見たのだろうか……。帰国後の抱月にとってはイギリスやドイツの芝居とはかなり距離があるものとして映ったのではないか……。そしてこれが「生きてゐる」芝居と言えるのかどうか、〈美・思想・自由〉があるのか、多くの疑問を感じたことと推察される。逍遥と抱月の、演劇に対する考えや向かい方に違いのあることに文芸協会の発会時から、抱月は少しずつ気づいていったのではないか……、ハムレット並みの懊悩が抱月の裡に芽生えていたとしてもおかしくない。もちろん具体的には批判はしていない。発会時の余興にも、好意的な評を出している。しかしこうした出発からの落差が、その後の二回にわたる演芸大会（「ヴェニスの商人」「桐一葉」「常闇」「ハムレット」「大極殿」「浦島」―歌舞伎座・本郷座）で累積していったのではないか……。相馬の言う「懐疑的主観」は、こんな身近なところにあったのではないか……と思っている。

「ヴェニスの商人」も「ハムレット」も翻案であっても欧米を巡演してきた川上正劇派が女優貞奴を使ってすでに舞台に上げていた。同時代の〈今〉を前面に出す新演劇集団と比べて、文芸協会にいかなる新しさがあるのか、という所に抱月は行き着いてしまうのではないか……。そしてこれは既存の歌舞伎俳優を使った自由劇場の「ジョン・ガブリエル・ボルクマン」にも通底する問題であって、それとは異なる何かを求める道を探すようになり、それゆえの「懐疑」ではなかったかと思われる。

文芸協会が他に先駆けてやった重要な仕事は、男女共学の俳優教育をしたことにつきよう。男女共学の高等機関もない時にそれが許されたのは、早稲田大学の坪内逍遥が始めたからであり、教師たちが早稲田関係者であったからだ。抱月は、協会の男女の俳優のタマゴたちが二年間の養成機関を終えた時、最初の演出作に「人形の家」を、二度目の演出作に「故郷」を選んだ。両者とも近代に出現した女性の自立と自由を内包する話で、まさにこの国の女たちの、いな男たちのための〈美と思想と自由〉、「生きてゐる時代」の新しい思想を示す舞台であった。ゴシップで流布された須磨子のための演目等という低レベルの発想ではない。

抱月の「懐疑」の解決への糸口は、おそらく二本目の演出作「故郷」の上演後で、この上場禁止—国家権力との対決が抱月の決心を強く後押ししたと推測される。

12 「故郷（*Heimat* マグダ）」（H・ズーダーマン作）

抱月が文芸協会で翻訳・演出した作品は、イプセン「人形の家」（一九一一年九月試演場、一一年一一月帝劇、一二年三月大阪道頓堀中座）、ズーダーマン「故郷」（一九一二年五月三～一二日有楽座、六月大阪北浜帝国座、六月京都南座、七月名古屋御園座）である。これは『抱月全集』五巻（翻訳）

に他の翻訳戯曲（「ペレアスとメリザンド」「七王女」「モンナ・ヴンナ」「海の夫人」「復活」「クレオパトラ」――すべて初出は『早稲田文學』）と共に収録されている。

抱月はズーダーマン（一八五七～一九二八年　東プロイセン生れ）の「故郷」（一八九二年）について、これは「坪内氏などの元から、ハウプトマンの「寂しき人々」と相並べて舞臺にかけたら面白かろうと言つて居られた芝居」で「今の日本に女優問題の勃興しかけて居る際であるから、その研究にもなり、叉人の注意をも惹き易からうと云う理由から」「人形の家」に続いて女優中心の劇を選んだ、と取り上げた理由を告げている（「文藝協会の『故郷』」明治四五年五月談話筆記）。

主人公・マグダがオペラの大女優になって故郷へ戻ってきたところからこの芝居は始まる。「昔氣質、舊道徳氣質の父」は昔世話になった牧師に娶らせようとして若いマグダがそれを拒否し、この結婚問題で勘当され家を出た娘が、成功して戻って来てもその職業を認めず娘を支配下に置こうとする、そんな古さが書き込まれている。それが「日本の社會狀態に持つて來るとぴつたり當て嵌まる」「藝術など云ふものは無用の長物に過ぎない、といふやうな考へは（西洋の教育ある社会ではそんなことはあるまいが…）日本では寧ろその方が大多數である」（前掲文）からだと、抱月はいう。

アメリカで女優デビューした貞奴が始めた女優養成所の登場（一九〇八年）は、女たちの新しい職業としての〈女優〉をクローズアップし一石を投じたが、他方で悪しき存在の如く喧伝されてもいた。文芸協会の「人形の家」（一九一一年）の上演は逍遥・抱月の文芸協会という知的集団が舞台に乗せた故か、家を出るノーラは好意的に迎えられるが、同時期に出現した女性たちの雑誌『青鞜』と共に〈新しい女〉の姿が良くも悪くも俎上に乗り、焦点になっていたのである。それ故に逍遥の「注意をも惹き易からう」という選択理由もうなずける。

特に抱月はこの作品に書き込まれた思想に注目し「マグダが獨立した自由な女として、自分で開いて來た道を自分で歩む、その權威の前には父も家も實は喙を入れる權利はない」という主張や、「罪悪を通りこして罪悪以上の人にならなくては駄目だ、と云やうな哲學が最も人の耳を聳てしめる」とその思想に注目する。しかも家出後、マグダには「私通して子供が出來たフォン、チラアという輕薄な野心家の男がある。この男がマグダを棄てて國へ歸」り、その男とも再会してしまう。彼は成功したマグダに求婚するが、高名なマグダを利用し「子供を隠して置いて、自分の功名心をまづ満足させる方法」（411頁注25）を男は選ぼうとする。マグダは二度も同じ男に裏切られるのである。

「人形の家」は婚姻関係にある女（ノーラ）が夫と子を棄てたが、「故郷」は非婚関係の男（フォン・チラアー陸軍中尉）が女と子を棄てるのである。後者は家父長制社会ではよくある話で殆ど問題にならない。が、それをなし崩しにせずに取り出しているところが抱月の鋭い所だと思われる。もっともこの後抱月は、妻子を置いて一人家を出る。しかし婚姻関係は破棄しない。残された妻子に抱月が生活費を出していたかどうかは不明だ。送金はないという説もあるが、抱月が亡くなった時、長女は日本女子大二年生、次女は女子美の一年生であったという。妻に経済力があったわけではないから抱月の送金がなければ学業を続けることは出来ない。当然にも抱月は家族に送金していたとわたくしは見ている。

マグダを演じたヨーロッパの女優は三人いた。イタリアの「デウゼのマグダが最も多方面から解釋したものとして複雑した味ひに勝れ、最も多く作者の氣に入つたといふ批評である。（略）イギリスのカムベルがマグダを演じたときには、最後の幕切に、マグダがむしろ自ら悔ひ悲しむやうな心持を出さうとした（略）かうした方が無難ではあるが、どうもこれでは作者の現はさうとした新世界の意味が餘りに弱くなりすぎる。（略）サラ、ベルナールのマグダはたゞ一人となるまでも、粛然として立つてをる。決して頭を曲げない、寂しいながらも己れの世界を譲歩することは出來ないといふ感じを出したものであらう。」

抱月は、旧世界が一歩も譲らないとともに「新しい世界も一歩を譲ることが出來ぬといふところに眞の問題はかゝつてくる」と両者の拮抗する所を評価する。次節で触れるが、逍遥もマグダには思想がある、「マグダは一種の哲学を持つてゐる」ところがノーラなどとは違うところだとみていた。上演時、ウイリアム・アーチャー（一八五六〜一九二四年）が来日し早稲田大学で講演した。その大筋は抱月の「近世演劇上の二説」（大阪毎日新聞六月『抱月全集』二巻）で知ることが出来る。抱月はアーチャーのマグダ評を『早稲田文学』78号巻頭の題言欄で引く

（「デューゼ及びサラ、ベルナールのマグダ」）。

ズーダーマンみずからも、デューゼのマグダを見なかつたら、自分がどんな風に書いたのだか知らなかつたかも知れない。デューゼのマグダを見たら、前に見たサラ、ベルナールのは記憶から消え失せて了つた。もつとも貴婦人訪問の場と始めて牧師と話して大笑する場とはサラの方がよかつた。今一つ印象を残してゐるのは、ケラーを戸外へ遂ひ出さうとする場で、齒を喰ひしばり虎のやうな唸り聲をする得意の藝である、併しデューゼはそれに比べて如何に單純に、如何にいき〳〵と、如何に意味深く、あの言ふべからざる侮蔑心の閃きを唯一句に現はし得たことよ。此第三幕の終りに於ける時ほど英國の見物が魂を奪はれて了つた例は嘗て見たことが無い。（ウイリアム、アーチヤー氏）

松井須磨子が演じたマグダは多方面から称賛された。早稲田文学社の記者（S生…相馬か）の見物記（七日所見『早稲田文学』79号）に記された須磨子のマグダは、アーチャーが指摘するサラ・ベルナールのマグダ風であったように観うけられる。

二幕目以下は殆ど主人公マグダ（松井すま子氏）の一人舞台（略）勝ち誇つたマグダの云ふ言葉や現はす心持には日本のどんな女の人達が同感々々を胸のうちで叫んだか知れない

が、過去の苦しかつた生活を訴へるマグダの言葉には女の観客の多くが泣いて居た。マグダの言葉に同情して泣いた人達は矢張シュワルツエ中佐の訴へるような言葉にも泣いた。そして牧師はその親の興奮した心を或る時は慰め或る時は教へ導いてくれた。（略）幕が變る度にマグダの扮装が變つた。相手が變る毎にマグダの態度が變つた。マグダの心にも擧動にも言葉にも絶えず力が張りつめて居た。（略）中佐も興奮ばかりして居た爲めに死んでしまつた。マグダが『歸つて來なければよかつた！』と叫んで、たゞ獨り狂ふが如く腕を差し伸ばして居る間に、他の人々は睦しさうにして死んだ中佐の周圍に泣き沈んで居た

観客の多くが松井須磨子や東儀鉄笛（フォン・ケラー）、土肥春曙（中佐）、佐々木積（牧師）等の演技を絶賛した。それ故に秋田雨雀は「今更らしく賞讚したくない」と言って注文のある場をあげる。「松井氏のマグダは張りつめた感情の表白にのみ努力して、静かな心の中の闘争を表はす方面に力が全然缺けてゐるやうに思われた」（『早稲田文学』79号）。これは先の記者見物記で、若い観客が「僕はマグダの朝御飯を食べる所が一番氣に入った」という指摘を「當り前の女としてのマグダの様子をなつかしがる此の青年の心には深い〳〵意味がある」と記したことに通じる。激しい場は表現しやすく巧くできる。が、心理的な面はなかなか表現されにくい。おそらくそれを秋田は指摘したのだろう。

静かな心の中を表現するのは難しい。デビュー間もなく経験の少ない須磨子が、経験豊富なデューゼのようにマグダの複雑な心理を描出するのは至難の業であったと思われる。それでも僅かに表現した「當り前の女としてのマグダ」の姿を受け取った観客もいた。これが後に芸術座で須磨子が演じた「剃刀」「飯」（中村吉蔵作）や「死と其の前後」（有島武郎作）などの実験的な研究劇や「サロメ」（ワイルド作）や「復活」（トルストイ作）などの大作をも演じられる女優へと成長することになるのだから、その努力は想像を絶する。

有楽座公演後、秋田雨雀は「故郷」の劇評を書いている最中に「上場禁止の記事を讀賣紙上で」見る。故に劇評で「日本人の野蠻性と無知とが耻しい（略）世界に日本人の知識の程度と感受性との劣等であるといふことを示さなければならないとは何といふ情けないことであろう。（略）ズーダーマン氏の此戯曲は少くとも一種の思想上の説教と見ることが出來る。説教は如何なる場合でも中庸といふことを教える。芸術的であつて同時に人間に義務と調和と爰とを教へてゐる脚本はそんなに澤山ない（略）文藝協會は斯やうな作物を選んだことは藝術的にも社會風敎の上からも賀すべきこと」と上演の正当性を告げ、皮肉の如く「上場禁止」を言い渡した内務省警保局保安課長石原磊二の発言「マグダに扮せる松井須磨子は其技神に入り洵（まこと）に天才の名に背かず、余は恍惚としてマグダに魅せられたり……」を引いて嗤った（前掲79号）。

13　上場禁止

『早稲田文学』83号の「マグダ問題の記録」を読むと「故郷」上場禁止の経緯がおおよそ把握できる。

警視庁保安課長成澤貞致は上演を許可した理由を三点上げている。まず台本が外国物であるからで、次には演劇の「改新と國民趣味の開發に努力して居る文藝協會の技藝員が演ずるから」であり、最後はこれを見る観客は〈知識あり、趣味あり、高級な批判性を持つ頭の高い人々である〉がゆえに雷同・盲動するおそれがないから、であった。つまり逍遥・抱月の文芸協会が上演する外国の戯曲で観客も教養のある人達だから問題ないとみなしたわけだ。初めからいわゆる〈上層の人々の行為〉は心配ないが、〈上層ではない大衆〉的な集団であったら許可しないということになる。権力が最も恐れているものは、〈下層・大衆〉の扇動であることが透けて見える。

が、一〇日間の興業が毎日満員で日頃は演劇などに興味を示さない婦人雑誌、宗教雑誌、学術雑誌がこぞって「故郷」に内包する思想やそこで提出される道徳問題に関し、議論を始め、批判を説きだした。あまりの評判と反響から七日目に内務文部両省の吏員等が見物、この芝居に「始めて其の思想結構に日本の倫理道徳に反し個人主義等の、新道徳鼓吹の氣味あるを認め、か丶る劇の興業を許しおく時は、今後一般の俗衆に如何なる影響を及ぼすやも知れずとて禁止を内示せるなり」（讀賣新聞五月廿日）と発表されてますます騒ぎが大きくなる。

逍遥は〈上演禁止〉決着後にかなり長い一文を出す（「『故郷』について」『趣味』一九一二年六月）。結論を先に言えば、たいして新しくもない翻訳劇に、大騒ぎして考えられないが、放置することもできない……という趣旨だっだ。〈新しくもない内容〉という点については、上演前に翻訳を読んだ岡田八千代が既に触れていた。[26]

逍遥は、「最初禁止の令が下つた時には頗る案外に感じた。この位ゐの作すらも禁止せらるるやうではと呆れもしたし、我が文藝の前途に對して大分悲観的とならざるを得なかった」と……。これまで「教化機關としての演劇と云ふ題で論じたこともあつたし、尚ほ『倫理と文學』や『劇と文學』の内にも特に此點に關して所見を陳べておいた。それゆゑ假にも有害だと認むべき理由があつたならば、それを文藝協會で演ずるやうな事はしない」と強調し、〈新しくないもの〉として論述する。

「『故郷』に體現された思想は、諸評家の已道破してゐる通り、今日から見れば何等新しい所もない。寧ろ此作は舊い劇の形式に、巧みに新しい思想を嵌込んだと云ふ趣きがある」し、マグダのような女は黙阿弥の作などにもよく出る「極有り觸れた性格」である。作者も「シェークスピヤや黙阿彌などと同じ仲間」であるから害はないとも述べる。ただ他の作と異なるところは、主人公のマグダには「立派な比較的系統の立つた主義、主張があり、他の者にはないと云ふ」ところで「マグダは一種の哲学を持つてゐる」そして臆せずそれを堂々と口にする。「此點が十九世記末の個人主義の特色」だと文学的次元で語り、上演に際しては「島村君が特に綿密に指圖して、どの人物の言動にも同感しようと思へば同感が出來るやうに演出させてゐた」、つまりマグダに同感しても、父親に同感しても、あるいは牧師に同感してもいいように上演したから落ち度はないと暗に語ったのである。

が、このままでは「差當り文藝協会が迷惑を蒙るばかりでなく、廣く文藝上に利害の關係があるので」抱月にすべてを任せ、「内務當局と交渉の末、幾分の讓歩」――最後に決着をつけるセリフを書き足して「事がまとまり、再び大阪で公演を催す事となつた」

書き足しを「骨抜」「奪胎」という評があるが「それほどの改竄ではない。無解決の幕切に一種の解決が添へられたまで」だと主張して、逍遥は文芸協会始まって以来の「災難」を旨く収めていた。

『抱月全集』に収録された「故郷」は、加筆された最後の場と途中の幕に赤が入り○○○で示された上演台本だ。『早稲田文学』（三月〜四月）には「故郷」の削除前の全文が掲載されている。削除されたマグダのセリフ及び加筆した最後を引いてみたい。そこから何が見えてくるかということだ（傍線部分削除○○○表記箇所）。

第二幕九場（マグダと牧師との対話）「お前が十七年のあひだ父の鞭の下に縛られてゐた。（略）その人たちの狭い道徳の外に、（略）」

第三幕四場（マグダと妹マリイとの対話）「かわいさうに！（ひとり言のやうに）此の家の連中に取つつかまつては、何だつて堪りつこはありやしない（略）」

第三幕六場（マグダと牧師との対話）「子としての愛ですつて？　私はあの白髪頭を前掛の上に抱いて、お爺さんの坊や、と言つてやりたいのですよ。（略）」

第四幕二場（マグダと父シュワルツェとの対話）

「歸つて來るともうすぐ、元の私にして了つてあなたと同じやうに考へたり感じたりさせやうとなさる、それはあんまり無法ですよ――けれども（略）」

第四幕十二場（同右）

「かわいそうに、お父さん（略）あなたは斯うして戸をたて切つて置いたら、私がすなほにあなたの意思に従がふだらうとお思ひなすつて？（略）」

「なぜそんなに私の事を苦勞なさる？……實を言へば、あなたなんか、私の身に何の關係もないぢやありませんか？」

「（略）よく見てください…獨立した自由な女ですよ……（略）同じ道を歩いて來た私ですよ……あなたに、私たちを飢えさせる権利があるなら――そして私は現にその爲にかつえたぢやありませんか、――その権利があなたにあるなら、なぜ私たちには、男を愛する権利が無いのでせう？　なぜ私たちには自分の幸福を求める権利が無いのでせう？」

「いゝえ、藝術家なんて事は問題外ですよ！（略）それがまあ、何といふ道徳を家だの家族だのの爲に背負はされるのでせう？（略）寂しい獨りぽつちの私たちを、自分等の都合のいゝやうに拵へた規則で縛つて了つて……私たちは隅の方に小さくなつて、音なしくして（略）一旦、自由を私たちに與へて下すつた以上は、それを私たちが利用したからと言つて今さらのやうに、びつくりなさるのは間違ですよ。」父「あゝ、それだ！今の世間に廣がつてゐる破壊思想がそれだ！　お前――マグダや（略）」

『早稲田文学』掲載最終場面

マグダ「（飛び上がるやうに立つて、絶望の様子で両手を高く差し伸べ）あゝ、歸つて來なければよかつた！（略）せめて、殘つてゐて、野邊送りがしたいと思います。」

牧師「（簡單に穏かに）お父さんの柩に祷をお上げなさるのを、誰も止めるものはありますまい！」（幕しづかに下る）

『抱月全集』加筆部分（マグダと牧師の対話）

マグダ「あゝ、お父さん、お父さん！（父の屍の前に泣き伏す）」

（以下牧師が説く長セリフが続く…略）

マグダ「みんなわたしの罪です、あなたのお指圖に從ひます。」

牧師「ありがとうございます。では御一緒に神の赦しを乞いませう。そして中佐の爲に祈りませう。」（マグダ無言のまゝ祈祷する。幕しずかに下る）

以上見てくると、各幕の削除は父の権威を否定するセリフであることが分かる。つまり家父長制社会の規範に「故郷」は触れていたのだ。抱月は〈新旧の思想の対立〉と称してこの芝居を舞台に上げたが、〈父権の否定〉は、国家の根幹を揺るがす由々しき問題であって、夫を棄てるよりも重要なことであった。これに気付いた逍遥は「新しい思想ではない」、〈シェークスピアや黙阿弥と同じ作者で害は無い〉とあえて強調したのである。逍遥は抱月と文芸協会を庇い救わなければならなかった。抱月も「此れは文藝協會の爲にも種々な點で重大な事件であり（略）大阪へ持つて行かうと考へて居た矢先であるから（略）何とか善後策を立てなくてはなるまい（略）公演に上すに至つたのは私の原案に基いたもの（略）協會の決議で決めたのではあるけれども、定案の責任は主として私にある」（マグダの禁止問題）と語り、解決策として「イギリスのカムベルがマグダを演じたときには、最後の幕切に、マグダがむしろ自ら悔ひ悲しむやうな心持を出さうとした」「無難」な道を選択し、加筆した。たとえ「作者の現はさうとした新世界の意味が餘りに弱くなりすぎ」てもそうしなければならなかった。抱月は自身が責任をもって行動し、この問題で逍遥に類が及ぶのを避けなければならないと、考えていたのだ。検閲は、江戸期から芸能に携わる人々を散々悩ましてきた〈国家権力の暴力〉である。抱月は、「人形の家」「マグダ」「後のタンカレイ夫人」がヨーロッパ各国で上演され歓迎されているのは「芸術上の世界的傾向」で、これが日本でも上演されれば世界共通の傾向に日本も向っていることになる（「劇壇に於けるコスモポリたリズム」）と、考えていた。故に「新世界の意味が弱く」なっても上演することこそが重要だと判断したのだ。この選択は運動者の発想で、抱月は既に演劇運動への道を一歩前に進み出していたのである。

大阪・京都と「故郷」の地方公演を終えて七月名古屋へ着くと、上演に先だち再度逍遥は「何故に新しき劇を必要とするか?」を名古屋公会堂で講演した。名古屋は逍遥の故郷である。この講演で知育・徳育・情育の「三方面に於ける効用」の揃った劇を上演することが文芸協会の目的だと論じ、文芸協会は国民を教化こそすれ国家に悪影響を与える存在ではないと敢えて述べた（『新愛知』掲載、『逍遥選集12』所収）。この論旨が抱月の目指す〈美と思想と自由〉、「生きてゐる時代」の新しい思想の追求と乖離することは言うまでもない。が、抱月の目指すものは、大衆の教化にも無縁ではない。「国家の暴力」にいつ侵されるかわからないものだ。逍遥を巻き添えにすることは出来ないのである。このまま静かに逍遥の三育主体の演劇を共に作り続けるか、それとも自身の目指すものを試みるか、まさにハムレットの心情に立ったのである。この上場禁止は別れ道であった。

七月の名古屋公演は天皇の重体発表により三日で閉じた。その後逍遥の予想を超える事件——〈抱月の恋〉が起きて、互いを気遣った師弟は袂を分かち、離れざるを得なくなる。これまで両者の別れは、抱月と須磨子の恋が大きな問題だと言われてきた。しかしわたくしは両者の芸術観の違いはもとより演劇運動に対する逍遥とは別の期待が抱月にはあって、逍遥からの自立を、したがって早稲田からの離反を選択することになったと見ている。

島村抱月は、言葉の真の意味で唯一人になり未知の演劇運動の新たな世界へ向かったのである。まさに有島武郎の戯曲「老船長の幻覚[27]」が現実になったのだ。

注

1　本書では年月日は西暦に統一するが、太陽暦導入以前には元号を使用。抱月、佐々山瀧太郎の誕生日（明治四年一月一〇日）が旧暦の日付か新暦の日付か不明。が、戸籍や太陽暦の導入以前であるから旧暦ではないかと推測している。そうなると新暦では、明治四年二月二八日ということになる。（参照『近代日本総合年表第二版』岩波書店　一九八四年五月）

また抱月は佐々山瀧太郎・島村瀧太郎・島村抱月の名前を持つ。名は「たきたろう」と読む。本論では抱月に統一した。

尚、抱月誕生の地であるが、川副國基は「那賀郡久佐村」としている。これは誤りで、あとで記すように「金城町小国下土居123番舎」である。番舎は、家屋の所在地を指す。

2　抱月の出自及び成長期に関する記述や先行研究には、『早稲田文學』（島村抱月追悼号　大正七年一二月号）、相馬昌治（御風）「抱月島村瀧太郎先生小傳」『抱月全集』一巻　一九一九年、川副國基『島村抱月』早稲田選書　一九五三年四月、『日本自然主義の文学およびその周辺』誠信書房　一九五七年二月、隅田正三『幼年期の抱月と小国富士』波佐文化協会　一九七八年一一月、岩町功『評伝　島村抱月』石見郷土研究懇話会　一九七八年一二月、『評伝島村抱月　鉄山と芸術座　上下』石見文化研究所　二〇〇九年六月）、佐渡谷重信『抱月島村瀧太郎論』明治書院　一九八〇年、隅田正三『文豪「島村抱月」』波佐文化協会　二〇一〇年一二月、等々がある。これらを必要に応じて引くが、以後は書名または著者名をあげる。

わたくしは、二〇二一年六月七日に浜田市及び金城町にある金城歴史民俗資料館・金城民族資料館を訪問した。隅田正三館長の案内で館内・生誕地・島村抱月生誕地顕彰の杜公園・生育地・文学碑・佐々山家島村家墓所（浄光寺）・久佐庄屋佐々田家跡（一部破損した家屋）等を見学した。二つの資料館は多くの重要な民族・民俗資料や抱月の父祖の関連資料が収蔵されていて見事としか言いようのない館であった。抱月ゆかりの公園も文学碑のある地も掃除が行き届いていて驚く。近隣の方々が綺麗にしているそうだ。抱月への敬意を感じる。多くの人に訪問して欲しい地であるが、彼の地は想像以上の山深い地で、浜田からバスで約一時間、広島から高速バスで二時間かかる。

3　北海道帯広音更村の炭焼きが登場する久保栄の戯曲「火山灰地」（一九三七〜三八年）に山の木を求めて炭焼が移り行くさまを謳った次のような一節があるのを思い出す。

「――山からおろした切り木の束に／つくる喜びと生きる呪いをこめて／今日も明日も焼く炭焼窯。

山ひとつ伐りつくし／燃やしつくすのが二三年／切りひらいたあとの牧場には／放たれた馬の毛並みが光り／こうして炭焼は／山から山へ追われてゆく……」（／線改行。第一部三かま前検査冒頭朗読、『久保栄全集』三巻　三一書房　一九六一年）「火山灰地」の炭は、料理屋や家庭用であるからその質が問題にされたが、資料館に展示されているたたら製鉄の木炭は、長くて太い。質は問われない。

4　抱月の祖父の「入澤姓」は国民すべてに苗字が許されて名乗られた姓であると推測される。「島村姓」について抱月は〈島村〉と表記した。〈島〉は通用字体である。養父は嶋村文耕だ。しかし抱月は〈嶋〉ではなく〈島〉を用いた。これについて佐渡谷重信が以下のような推測を記している。

「瀧太郎は嶋村を名乗らず、島村姓をほとんど生涯用いた。それは嶋村家に隷属する人間をあくまでも拒絶し、新たな一個の人間、自覚する個としての自己完結を目指していたからであろう。」（佐渡谷前掲書）。

〈自己完結を目指す〉というのは考えすぎではないかと思う。〈島・嶋・嶌〉はもともと同じ字種として扱われてきた。〈島〉は最も簡略な通用字体で、強いて言えば新しい印象を受ける。物書きにとっては書き易いということもあるだろうし、佐渡谷に近いうがった見方をするなら〈自分を抑圧する〉養父と同じ字体を使用したくない、という〈嫌悪〉なのではないか……とも思われるのである。

5　『抱月全集』全八巻、天佑社、大正八～九年刊、第一巻第二巻『文藝評論』、第三巻『美學及歐洲文藝史』、第四巻『新美辭學概論』、第五巻『翻譯』、第六巻『創作』、第七巻『文藝雜纂』、第八巻『隨筆日記書簡』。本稿では「昭和五四年九月」日本図書センター発行の複製から引く。

6　『全集』一巻の相馬は、浜田裁判所の同僚に後の〈東京地方裁判所検事伊勢元一・北海道長官俵孫一郎・潮常（恒）太郎・村上其太郎〉等がいて、彼らは抱月より早く上京して高等商業学校・慶應義塾に進学したと記す。この同僚の修学を「さらでだに向學の念夙に衆に超えたりし先生が、自己□前途に對して当時如何に激しき焦燥を感じたりしかは、蓋し想像に餘りある所なり。」と、同僚に後れを取った抱月の焦りを記している。（2～3頁）

7　わたくしの表現とは異なるが、身近に接していた河竹繁俊もある種の〈身勝手さ〉を感じたようだ。著書『逍遥、抱月、須磨子の悲劇』（毎日新聞社　一九六六年五月）で、「芸術座創立の時江戸川畔の清風亭に若き人々が大騒ぎをして集まっているとき」抱月が「いとも寂しげに黙っていたのは、須磨子との事件にたいして、わるく言えば頬かぶりして神妙にしていたということにもなる。そういう一種の策略的、政治家的なところも抱月の内部にはたしかにひそんでいたといっていい」と記している（46～47頁）。

逍遥は「島村氏の追憶」の中で、「聡明で、正直で、随つて幾らか偏屈で、けれども温情で、寡默で、冷静で、勇敢ではないが矜持の念高く、けれども交際上は寧ろ謙遜で、柔和で、が執着の意方は頗る強く、觀察は機敏で、犀利で、批判は最も明快で精到で、情理並び備はるの概があつて、殊に何事に附けても、考案を立てるのに妙を得てゐた人であつた。」と記した（追悼録『早稲田文学』島村抱月追悼号）

8　井上理恵著『川上音二郎と貞奴　明治の演劇はじまる』（社会評論社　二〇一五年二月）これは三巻本で『川上音二郎と貞奴Ⅱ　世界を巡演する』（同年一二月）、『川上音二郎と貞奴Ⅲ　ストレートプレイ登場する』（二〇一八年二月）がある。

9　「演劇改良」については、注8の拙著に記した。他にも、風俗・衣服・脚本・運動・言語・生活など、あらゆるジャンルに改良が付けられて、新しさを主張しブームになる。後に触れる注16も参照されたい。

10　わたくしは一九八二年夏に三好十郎の調査で佐賀県佐賀市内や長崎街道を歩いた。長崎街道沿いにかつて芝居小屋に使われていた小屋が存在していて驚いたのである。福岡県飯塚の嘉穂劇場や四国の金毘羅金丸座などは、そうした地方の芝居小屋の中でも大芝居用劇場として存続し、改築工事後の今も使われている。

11　山路興造「神楽をひもとく」『石見神楽の創造性に関する研究』島根県古代文化センター研究叢書12集（同センター　二〇一三年一二月）。

12　岩佐壯四郎「岩町功著『評伝島村抱月』」『日本文学』日本文学協会発行　一九七九年一一月。なお、岩佐壯四郎には『抱月のベル・エポック』（大修館書店　一九九八年五月）、『島村抱月の文藝批評と美学理論』（早稲田大学出版部　二〇一三年五月）の抱月研究書がある。

13　稲垣達郎「抱月と文芸評論」『稲垣達郎學藝文集　二』筑摩書房　一九八二年二月

14　『逍遥選集』12巻所収。

なお、『早稲田大学百年史』に抱月が卒業した文学科の創設は現在、次のように記されている。「もし専門学校時代における『拡充』の最大なるものと言えば、文学科の創設に如くはない。しかもこれは修飾して言えば、まさに『嵐に咲く花』と呼ぶのがふさわしいであろう。」

「嵐」とは、文部大臣森有礼が「暴漢の兇刃に倒れ」、「条約改正に一身を挺した大隈重信が「爆弾に隻脚を吹き飛ばされ」」、天野為之は「反対党壮士の襲撃を受け」、高田早苗は「議会に向う途次、背後から暴漢に斬りつけられ」たことだ。「この二人は坪内と並んで、後に三尊と言われた早稲田学苑の柱石」「かかる時勢に開講した文学科に」「『嵐に咲く花』を連想するのは無理ではあるまい」「我が東京専門学校に開設された文学科は、（略）広義の文科ではなく、『文芸科』を主眼とし、教えるということよりも、創作・批評・研究などの学生の自己欲求に根ざしたものである。」（『早稲田大学百年史』第一巻第三編第三章文学科の誕生）

15 審査員は大西祝と坪内逍遥。美学の講師は小屋（大塚）保治（のち大塚楠緒子の夫）。

16 すでに4節で若干触れた〈改良〉は欧化政策に連なる国家的事業であった。その一つである演劇改良会は一八八六年八月に東京で発会、伊藤博文の娘婿で新帰朝者末松謙澄が「演劇改良演説」（一〇月）をして鼓舞する。これに逍遥・鷗外・外山正一らが反対した一連の経緯がある。演劇改良に関する資料・分析・緒論・演劇状況等々に関しては主な論考である以下を参照されたい。秋葉太郎『日本新劇史』（理想社　一九五五年初版、一九七一年再版）、松本伸子『明治演劇論史』（演劇出版社　一九八〇年）、小櫃万津男『日本新劇理念史・全三巻』（白水社・未来社　一九八八〜二〇〇一年）、井上理恵『川上音二郎と貞奴　明治の演劇はじまる』（社会評論社　二〇一五年）

17 後藤寅之助は宙外、彼もまた逍遥の推薦で『早稲田文学』の記者となった。中島半次郎はのち教育者となる。ベルリン大学哲学科へ早稲田大学派遣留学生として渡独（一九一〇〜一一年）。（早稲田大学文化資料データーベースによる）

18 抱月及び鄭州の由来について佐渡谷重信は、前者は蘇東坡「赤壁賦」から、後者は逍遥が鄭隈、奥泰資が鄭澳なのであやかったのだろうと推測している。

19 抱月は「考へさせる文藝と考へさせぬ文藝」でも「藝術と實生活の界に横はる一線」でも〈芸術とは〉について触れた。おそらくずっと考えてきた問題であろうと推測される。

20 林達夫は次のように大正期の歌舞伎見物を語る。「昔、僕が歌舞伎を観ていた大正前期は、入口で履物をぬがされて、平土間だと四人入りの枡に座って芝居を観る時代ですからね、帝劇以外は。周囲にいる見巧者なんていうのは、はじめの序幕やだらだらやっている時は、適当に後を向いて、みんなと菓子を食ったり弁当使ったり、飲んだり、きせるで煙草盆ポンポンやりながら小声で雑談さえしている。」（林達夫・久野修『思想のドラマトゥルギー』平凡社　一九七四年）

21　広津和郎の一文は、一九五〇年四月『改造』に掲載された。抱月が亡くなり芸術座の仕事に一定の評価が出ていた時であることを考えると、広津の視点にはある種の色がついているようにわたくしには思えるが、その中で広津が抱月に惹かれたという部分を引く。これは抱月に接した人たちが惹かれた側面でもある。

解説を書いた紅野敏郎は、これが収録された『同時代の作家たち』を「小説と評論の枠をとっぱらい、時代と文学者、あるいはおのれ自身を冷静に突き詰め、鋭敏な観察者としてペンを働かせた、歴史の立ち会い人的要素の強い文学作品といえるもの」（解説『同時代の作家たち』岩波文庫　一九九二年一〇月）という。つまり「文学作品」なのである。広津は、「明治四十三、四年頃（略）教授としての末期に近い頃」に抱月の講義を三〜四回聞いたという。

「教授の講義は常に休みであり、たまにめずらしく出講する時には（略）出講掲示が張り出される（略）氏の風貌や述懐から受けた印象が深く心に刻まれ、いまだに忘れられない（略）それは一つの孤独な生活者、人生の積極面をでなく、その消極面をまじまじと見まもり、その行手に虚無の洞穴が待っている事を知っていながら、どうしてもそこに向って足を運んで行かなければならない運命の人の姿を氏に感じたからである。もっともこんな風なはっきりした観察が私の頭に出来上がったのは後の事であった（略）その消極的な懶惰振りに、その頃から何となく不思議な魅力を覚えた（略）風貌に接し、氏から生きるという事は何と憂鬱な重荷であるかという溜息を聞くだけで氏に惹きつけられた。」（前掲文庫）

22　『早稲田文学』抱月追悼号　61頁

23　ついでにいえば、およそ一五年後に登場する菊池寛「父帰る」（一九二〇年）もこの手法を取っている。詳細は拙著「家族の残照　菊池寛『父帰る』」を参照されたい。『近代演劇の扉をあける』（社会評

論社　一九九九年）所収。

24　イプセンの「人形の家」は一八七九年一二月四日にコペンハーゲンで発刊され、二週間もしない一二日にコペンハーゲンで初演、以後北欧各地で上演される。いずれの国でも体制内的思想保持者からは批判されたが各国で女性解放のドラマとして一翼を担った。が、二〇年後の抱月の滞欧中には既に時代遅れの感があったのである。『人形の家』最新版は毛利三彌訳『人形の家』（論創社　二〇二〇年二月）。毛利は、主人公の名前はノーラと発話するのが言語に近いと主張していて、近年ではこの呼び方が定着した。

25　抱月「ズゥダァマンの『故郷』に描かれたる思想問題」『抱月全集』第二巻所収。この論は非常に長く、抱月がズーダーマンの哲学を肯定している様子がよくわかる。

「家といふものが餘りに多くの負擔をその家の中の個人に背負はせすぎる、謂はゆる家族的の道徳の狭すぎること、此の間に在つて行く道はたゞ己れを強くすること」と書く抱月をみると、自身のこれまでの歩みとこれからを記しているようにすら思われてしまう。

26　岡田八千代「故郷を讀みて」『早稲田文学』78号

「筋はさして新しいとは思はれませんでした。丁度父親のシュワルツェ位の古さのやうに思はれます。牧師もなんだか作つた人らしくて、マグダとの對話を見ましても、あッと胸を打たれるやうな處はございません（略）舞臺にかゝつたら、叉違つた味もでませうが」

27　有島武郎「老船長の幻覚」『白樺』一九一〇（明治43）年七月。わたくしはこの作品を有島の文学へ進む宣言の戯曲と位置付けている。井上著「有島武郎『老船長の幻覚』」（『20世紀の戯曲』Ⅰ巻所収社会評論社　一九九八年）を参照されたい。

第一章

滞欧中の島村抱月と美術生活

五十殿利治
OMUKA Toshiharu

1　はじめに

抱月と美術の関わりを考える出発点として、一九一一年に短命な文芸美術雑誌『志きし満』に発表された短文で、全集未収録の「欧州の絵画陳列館」を取り上げたい[1]。第一に、この時期、演劇にいよいよ傾いた抱月にみるべき美術論は皆無に等しいので、一頁強の短文とて見逃せないからだ。第二に、テーマも近代の所産として、美術品を展示する展覧会とその施設という制度的な存在が広く社会に普及したことではじめて成り立つ議論であるからだ。第三に、少しく年月が隔たったとはいえ、抱月が滞欧体験から得たものが生かせたのではないかという点もある。

『志きし満』誌は南画家や篆刻家の寄稿が中心であるが、旧派を批判する春風道人（岡倉天心）の連載「現代の日本画」もあり、また抱月に先んじて、「訓読　日本書紀」などの業績のある歴史家黒板勝美が「美術展覧会の設備に就て」を寄せており[2]、柔軟な編集方針もうかがえる。

実際のところ、一九〇八年から二年欧米に遊んで『西遊二年欧米文明記』（一九一一年）を著し、そこに「博物館学」の初見とされる語を書き付けた黒板の説くところを受けて[3]、抱月が書いているようにも見受けられるのである。黒板は現今の展覧会の作品展示への不満を吐露して、作品に調和した展示施設の不備を指摘する。技法の相違、サイズの大小などを勘案することを求める。また日本画の表装を問題視して、欧州における額の重視と対比させる。同じように欧州において陳列の評価に直結する作品の背景色の選定について、日本の無粋な壁の色、たとえば文展の紫色のバックを「日本の壁の色にない」のにと嘆く。いや背景だけではない、作品の前にある床の色も加わり、壁と作品と床と三者が「快感」に導く。「要するに展覧会の目的は作品本位である」という常識に照らして、「絵画でも彫刻でも看者によく見せる」、「作者の苦心を充分看客に買はせねばなるまい」と結論する。

黒板の欧米紀行は、序文で「美術文芸に関する知識の浅薄にして」と断りながら、八〇〇頁を超える大著であり、欧米各地をめぐって各地で訪問した博物館美術館にかなりの紙幅を割いている。

黒板がこうした専門家的な知見を披瀝した後に、自説を投じる巡り合わせになった抱月の短文はどうだろうか。一文は短文でありながら二分されており、「各国の絵画陳列法」そして「ローヤルアカデミー」に触れている。前半は、まだ東京には博物館しか常設的な展示施設がない時代であるが、展覧会制度が定着して、いよいよ美術館設置への要望が高まりつつあったので、時宜を得ていたともいえる。

抱月によれば、日本には美術国といいながら、満足な美術館とてないが、西洋では絵画展示にいろいろと工夫がなされ、「絵画の道の進歩発展した順序を辿」る歴史的陳列法、画家の「技術上から分類」した技術的陳列法、そして年代や技術を度外視して「陳列した後に見て感のいゝやうに」する賞玩的陳列法の三種がある。どれも重要であるが、イギリスでは歴史を、またオランダは色彩の調和を重視する。一方、パリやミュンヘンは流派と年代に重きをおき、またベルリンも歴史的であるのに対して、ハーグでは賞玩的だと個別の特徴を挙げて説明する。

つぎの「ローヤルアカデミー」に関しては、制度的な発展の背後に関係者の尽力があったとし、その歴史を数字でもって紹介する。つまり創立二年目一七七〇年に出品数二三四点であったものがほぼ百年後一八六〇年には二六一二点となり、一九〇〇年には一三六六六点という増加ぶりである。一方、審査は厳しく、一八八六年では総九三八五点中、入選六〇二点であると説く。そして、こうしたほとんど数字の羅列だけで、その分析には踏み込まない、なんとも熱のない一文を結ぶのである。

抱月の寄稿文が書かれた当時、一七六八年に開設された年次展、ロイヤル・アカデミー展に対して、日本の文部省美術展覧会いわゆる文展はまだ一九〇七年に始まったばかりであるが、屋台骨がどうにか形成される頃合いである。京都に巡回するなど、しだいに制度的な調整も進展し、一九一一年、第五回展ともなれば、入場者数も三六日間で九万三千に近くに増加して、社会的に定着する時期である。前年に発刊した『白樺』誌上で、山脇信徳作品をめぐり、画家のみならず、武者小路実篤らと木下杢太郎との「絵画の約束論争」が戦わされ「公衆」=「観衆」が前景化する年であった。[4]

抱月は『志きし満』編集者の要望に精一杯応えようしたのであろうが、結局、議論らしい議論を構築することができていない。当人としては、「英国最近の絵画について」(『新小説』

一九〇六年一〇月）でロイヤル・アカデミーについて五年前に、とうに論じてしまったという意識があるのかもしれない。だが、短文の書きぶりは、美術活動が内実のない制度的な現象になっているという、空虚感さえ漂わせるのだ。文芸雑誌でさかんにポスト印象派や世紀末象徴主義がもてはやされるようになっていた一九一一年、抱月はそれほどまでに「美術」から遠く隔たった地点に佇立していたようなのだ。

2　中村義一「島村抱月と西洋近代美術」にみる抱月像

私たちはここで反転して、抱月がもっと「美術」に、そして美術史に接近したところに遡行してみよう。

さて、そもそも抱月研究において美術あるいは美術史とはどのような対象であったのか。この問いについて、これまで正面から迫った論は中村義一『近代日本美術の側面　明治洋画とイギリス美術』の一章「島村抱月と西洋近代美術」に尽きるといえる。[5]

本論は抱月が欧州から帰国後、復刊した『早稲田文学』誌の主幹となった時期に、自ら自然主義の論客としての代表的評論「囚はれたる文芸」を復刊第一号（一九〇六年一月）に発表したが、一方で同誌では留学から帰国した高村光太郎や斎藤余里ら青年画家による多様な美術論が掲載されており、そこに「自然主義の非自然主義への肩入れという奇妙なつながり」があることに中村は着目を促している。

抱月は「囚はれたる文芸」とした自然主義から「放たれたる文芸」としての象徴主義への転換を説いたところが、直後に藤村「破戒」や花袋「蒲団」の出現によって「日本自然主義の擁護」にまわることになった。中村は、ただし、抱月にはヨーロッパと日本との「思いもかけぬ断絶」を痛感するところがあって、「たえずヨーロッパの動向の新展開を参酌し、それを基準にして比較吟味しつつ、日本自然主義の思想としてのアクチュアリティをたずね」たと指摘した。

中村はこの時期の抱月による美術論の主要な著述、「絵画談」（『新小説』一九〇六年四月）、「英国最近の絵画について」（同誌、同年一〇月）を丁寧に読みこみ、これをイギリスの近代美術の動向に関心を示した抱月による「時評的な解説」と位置づける。その延長線に「英国の尚美主義」（『明星』一九〇七年九月）と題された「唯美主義」についての講演録があり、ラファエロ前派からの展開としてウィリアム・モリスらが紹介され、その先端にはオスカー・ワイルドの芸術至上主義があると説かれた一方で、書簡体の長文「欧州近代彫刻を論ずる書」（『早稲田文学』一九〇七年四月）では、写実主義と自然主義の相違を規定し、西洋美術の根源にある古典主義の関心があったとする。

そうした議論を提起したところに田山花袋の「蒲団」が出現して、抱月は自然主義についての精緻な議論を促されたと中村は見た。ただし、そこには「抱月の近代錯誤」があったとして、美学的な面での展開をたどり、「現実と観念の間を低迷」した結果、挫折に至るとする。

そうした矛盾を生きる中で発表されたのが、抱月としては最後のまとまった論考「欧州近代の絵画を論ず」（『早稲田文学』、一九〇九年一月）であった。中村によれば、これはラファエロ前派以後のイギリス美術の展開について論じ、反アカデミズムの傾向を「新派」として、色彩を重視しており、それはフランス印象派の功績であるとともに、ホイッスラーにも通じる立場であり、ここに抱月は自然主義以後の展開をみようとする。つまり、印象派は、色彩を主とする装飾的傾向と、現実自然の真に触れようとする自然派的傾向が結合したものとされるのに対して、ホイッスラーはより現実的なものを退けて、神秘的であり、それゆえ音楽的・標象的な「自然主義の象徴的な展開」が、つまりホイッスラーらの神秘的自然主義または霊的自然主義、これに対するギュスターヴ・モローやピュヴィ・ド・シャヴァンヌらの新理想派が始まるというのである。ところが、抱月はイギリスの新理想派についても論じる必要性を示しながら、紙幅のゆえに踏み込むことをしないままに結論を急いだのであった。

中村はまさにここで重大な問題を放置するのではなく、運動体としては短命でありながらも波及力のあったラファエロ前派の全面的な展開を「尚美主義」とも関連させて論じるべきであったと批判した。ただし、その作業は抱月には手に余る問題であったことも否めないと留保をしている。当時抱月が入手できた文献は、マックコール『一九世紀芸術』やクック『芸術における無政府主義』［図1］、キングスレー『フランス美術史』と限定的である。しかも抱月が言及している美術史家リヒャルト・ムーテルの近代絵画史ではイギリスの現代美術に関しては数十ページもありながらも、ロイヤル・アカデミーの画家が中心というのが、当時の「知」の水準であり、条件であったからだ。とはいえ、基本的な参考文献を挙げて、その水準を示すことができる抱月の姿勢は評価されるべきところである。

中村は抱月がこうして問題を宙づりにしたところに「時代的隘路」そして「日本自然主義の困難」があったと否定的な結論を下したのだが、追い打ちをかけるように、木下杢太郎の痛烈な批判を紹介した。ただ、単なる批判ということではなしに、むしろ杢太郎の立場を「別のものであって新しい」というモダニズム的な視点を導入することで決着をつけた。以下で引用するように、これは杢太郎の結語を換言したものでもある。

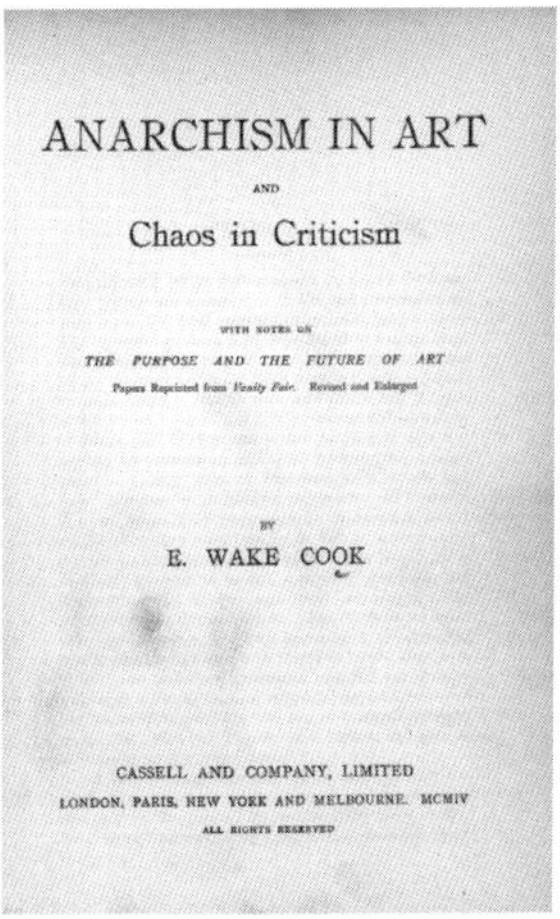

ANARCHISM IN ART
AND
Chaos in Criticism
WITH NOTES ON
THE PURPOSE AND THE FUTURE OF ART
Papers Reprinted from Vanity Fair. Revised and Enlarged
BY
E. WAKE COOK
CASSELL AND COMPANY, LIMITED
LONDON, PARIS, NEW YORK AND MELBOURNE. MCMIV
ALL RIGHTS RESERVED

図1　クック『芸術における無政府主義』原著扉

3　木下杢太郎による批判――「欧人の眼」と「上より」の道

杢太郎は『スバル』一九〇九年二月号に掲載された「地下一尺録」で激烈な批判の矢を放った。まず杢太郎は抱月の論考が「真面目な骨の折れた紹介」であり、「之ほど系統的に近代欧州の絵画を紹介した論文は近頃多く見ない所だ」と敬意を表した上で、問題点をこれでもかと速射砲のごとく列挙することになる。

第一に、標題「欧州近代」に反して、オランダ、ロシア、スペイン、とりわけドイツとベルギーが閑却されている点。つぎに、仏独の最近の情勢が説明されていないこと。しかし、なによりの問題点は、洋行して名画に接しているはずの抱月が、熟覧の成果を出し惜しみしており、もっぱら議論が「欧人の眼を通じて」であること、つまり高踏的で地に足がついていないと一蹴した。杢太郎に言わせるならば、そもそも文芸評論には、美学や文明批評のように「上より」の道、そして作品や作者からする「下より」の二道があるが、こと芸術批評については「哲学的演繹論、官学的グリウベライ」よりも「ウヰツスラアの神経質が如何に彼を烈しき陽光から遠けて薄暮の音楽に就かしめたか」等々の「心理的説明」を求めたい。だから杢太郎は抱月のホイッスラー理解がつぎのように「些と薄どろに過ぎ」ると、幽霊妖怪の出入りの鳴り物を意味する下座音楽用語をもって容赦なく、以下のごとく突き放した。

「ウヰツスラアを以て、「耳聞目観の現実からすぐ人工以上、理想以上の自然の真に連続せむと欲する」芸術派の随一人と見做すならば、それはウヰツスラアと音楽、シヤヴァンヌ、モロオ等の絵画を論ずるあたりは、また彼等の絵の如く、些と薄どろに過ぎたやうである。[6]」

かくて杢太郎は自分としては「ウヰツスラアにもつと直接な別の道を望むものだ」と迂遠な画法ではなく、直截な造形を求めて結語とした。

杢太郎の筆鋒はたしかに鋭利なもので、抱月の急所を突いていた。イギリスとフランスに偏り、しかし同時代性に欠けるといった点、正鵠を射ている。一九一一年といえば、すでにポスト印象派の熱心な紹介が始まっていた。一九一〇年『早稲田文学』四 - 五月号に高村光太郎によるゴーギャン論が載るし、抱月が一カ所で名前だけ言及したセザンヌは同じく『白樺』五月号に、抱月が留学先で出会った有島生馬による一文が発表されるという次第である。

また抱月の評論を読んで「下より」の批評を求めたくなることも理解できる。「欧人の眼を通じて」という視点と同根であるが、その視座の背後にまわりこんでするような批判、つまり抱月はろくに日本人の作品も見ていないのではないかという辛辣な見方も隠されているようにみえる。

そもそも抱月が滞欧中に『読売新聞』や『新小説』に寄稿した文章をまとめて一九〇六年七月に春陽堂から出した『滞欧文談』をみても、「劇壇」、「文壇」、「思潮」、「風光」と項目が分けてあるが、美術の項は立てられていない。わずかに、誰のものか不明であるが、緑の表紙に金色で刻印されたアール・ヌーヴォー風のひまわりのデザインが、この時点ではまだゴッホとは関係づけられていないが、「美的」な彩りを添えているところに、抱月の美意識をみることができようか［図2］。

一方、杢太郎はすでに一九〇八年一一月石井柏亭らが創刊した美術雑誌『方寸』に「公設展覧会の西洋画」を寄せて、一個の現場の美術批評家として打って出ていた。続いて、『昴』一九〇九年五月号に「日本現代の洋画の批評に就て」を投じるなど、同時代美術への関与を明快に示し、おまけに一九一一年の文展に際しては山脇信徳作品をめぐって「白樺」同人と「絵画の約束論争」を始めるのである。

図2　島村抱月『滞欧文談』春陽堂 1906年

4　モダニズムによる自己言及的な批判

中村義一は抱月の問題意識に即して、「日本自然主義」と名付けた動向の行方を抱月の思想の変遷と人生をからませながら、誠実に批判的にたどったのであるが、しかし、一九〇七年に文部省美術展覧会が開設されたという美術界にとっては画期的な出来事について触れるような文脈を引きつけようともしない。文展開設は、この時期に多数の文芸雑誌が発行されるようになり、美術に関する議論の場が膨らんだということと表裏一体の現象であり、美術批評が一層専門化していく未来を暗示してもいる。

だから、ここで重要なことは抱月が実際に文展に足を運んだかどうかではない。文展がもたらした美術界の構造的な変動を抱月が十分に感知できていたのかどうかということである。実際に抱月には、ここでとりあげるべき同時代美術評がみられないのだ。その代わりに、中村が指摘したように、『早稲田文学』主幹として若手の美術家に活躍の場を与えたといえばその通りであるし、同様にして色鮮やかな表紙回りが印象的な短編集『彩雲集』（一九〇六年一二月）にもヨーロッパ留学から帰国して日の浅い洋画家、中村不折、満谷国四郎、石川寅治に挿図を求めている[7]［図3〜6］。だが、そうだとしても、国内の美術作品への眼識が不足している抱月に採り得る戦術は、近代西洋絵画をひとつの「規範」として導入するのが前提であって、最初から限られていたというべきである。

とはいえ、快刀乱麻にみえる李太郎の抱月批判の

図5　満谷国四郎
『乱雲集』
「白蓮華」挿絵

図4　石川寅治
『乱雲集』
「笹すべり」挿絵

図3　島村抱月
『乱雲集』
彩雲閣 1906 年

眼目は結局のところ、モダニズムの範疇のことだったことも否めない。くりかえしになるが、中村はその李太郎の立場が「別のものであって新しい」と断じたのだが、李太郎自身が大戦後、一九二一年五月に離日し、アメリカ経由、キューバにも寄りながら、憧憬のヨーロッパに留学したときに、なにを思ったのかを付言すべきではなかったのか。留学して二年、一九二三年七月九日の日記は書簡体で記されたが、若い画家の底抜けに楽天的な生活と隔絶するところで「欧羅巴に倦きました。殊に巴里に」と吐露する李太郎がいた。

「日本に居る私より年若い友人は、私の巴里に居ることを羨ましがるかの口ぷりで消息してくれることがあります。巴里！　百三十人からの若い画かきが居て、画の話と女の話に有頂天になつて居る巴里！　そこにいつもみすぼらしい不きげんな黄い顔をしてとぼとぼと道を歩いて居る人を想像して下さい。[8]」

図6　中村不折『乱雲集』「利根川の一夜」挿絵（木版）

抱月に比較すれば、年下の美術史家児島喜久雄に連れられ、フランス印象派を扱って成功した著名な画商デュラン・リュエルの家を訪問するなど、格段に恵まれた環境にいたはずの三十代なかばの杢太郎に痛感された「中年者の急仕こみ」という絶望をどう読み解くべきなのだろうか。[9] そのようにうなだれる杢太郎の位置する場は、決して抱月が逢着した地点と遠く隔たったとは思われないのだ。

5　抱月の美術生活の実際

抱月に寄り添った中村義一の周到かつ懇切な議論にいまひとつ欠けていたとみえるのは、抱月のヨーロッパ体験への視座とその丁寧な検討である。抱月の代表的な評論「囚われたる文芸」(一九〇六年一月)はヨーロッパ留学を終えた帰途、ナポリに停泊した船中の思いから書き始められたが、その第一節において記されたラファエロ前派の画家ホルマン・ハント作品の鑑賞体験の確かさ、強烈さはなになのかということだ。

「ホルマン、ハントが一代の名画『世界の光』は、一切真理の幽微と玄黒とを挙げて、基督が携ふる一燭のために明白々たりと描けり。されば、我がオクスフオドのキープルカレッヂに此の絵を見し夜は、我はまた真理の明燭を片手に揚げ、紫微の御門の扉を敲いて「あはれ万能造物の御神、世は待対矛盾の塊にして、其所やがて調和を要し、節制を要し、努力を要し、道徳を要し、苦痛を要するの根原たり、そもそも待対矛盾として此の世を表白し給ひし理趣如何」と詰らまほしの情に禁へざりしが。[10]」

あるいは、この評論につづく「近代批評の意義」（『早稲田文学』一九〇六年六月）において、批評の機能として説明か評価かという二面性に関わって、議論の出発点として、絵画と文学の限界について言及するラオコーン像に関する記述はどうだろうか。

「西洋の批評史の中でも最も有名な出来事の一説は十八世紀の中頃独逸で起つた夫の美術史家ヴヰンケルマンと批評家レスシングとのラオコーン論であらう。ラオコーンとは今伊太利羅馬の法王殿付属の一博物館にある彫刻像の名で、ラオコーンといふトロイの僧が、親子三人大蛇に取り巻かれて死なんとする断末間の苦悩を現はしたもの、よく写真版になつて我邦にも来てゐる。（略）さて此の彫像は博物館中では同じく有名な、世界に二つとないベルヴェデキアのアポロと相隣して、何れも別格の取扱を受けてゐる。[11]」

抱月がオックスフォードにロンドンから移ったのは一九〇三年一〇月のことだが、日記にはあいにくキーブル・カレッジを訪れたという記載はない。ただし、翌年七月まで、半年以上同所に滞在したので、実際に灯火の必要な時刻を選んで接する機会には困らなかっただろう。反対に、ヴァティカンのラオコーン像鑑賞の日付は明白である。一九〇五年六月二三日のこと、当日の条にはこう記された。

「朝 Vatican にてミケランゼロの Sistina Chapel の天井画、Raphael の耶蘇昇天図 Laokoon 像を見る、午後 Vincoli の St.Pietro 寺にミケランゼロの Mose を見る、絵葉書など買ふ、昨夜有島君といふが来れる由にて今日逢ふ[12]」

西洋の古典美術に接しただけではなく、奇しくも日本から到着したばかりの有島生馬、やがて「白樺」同人となる画家と邂逅することにもなった日であった。

重要なことは抱月がこの時、まず何を感得したのかであろう。逆にいえば抱月についての理解を深めるために、彼が作品にアプローチした状況を把握することが等閑視できないということだ。

こうした認識を前提とせずに、いたずらに「欧人の眼」とはなにであるかを云々できないのではないか。それは容易に「日本」の作品は「邦人の眼」を通してしか近づけないという論理にすりかえられそうであるし、そうならないという歯止めが用意されていない。さらにいえば、別様の眼が可能であるとしたら、どうしたら確保できたのかが問題だ。

李太郎の例を考え合わせるならば、抱月の留学体験の検討を抜きにしている中村の立論は、抱月への一方的な批判ではなかったかと思われる。不可解なことに中村は、丁寧に抱月の著述を追いかけてはいるが、すでに川副国基により一九六七年に公刊された「渡英滞英日記」[13]を（そして当然ながら一九九四年公刊「滞独帰朝日記」も）利用していない。

この点で日記を丁寧に読み込み、同時代資料を渉猟して、抱月のヨーロッパでの足跡を詳細に跡づけた岩佐壮四郎『抱月のベル・エポック：明治文学者と新世紀ヨーロッパ』には、抱月の詳細な観劇記録の作成に加えて、美術に関わる記述への丁寧な目配りがなされ、抱月が実見に及んだテート美術館の所蔵品などについても議論が深められている。[14]

以下では、屋上屋を架す愚を避け、この岩佐の先行研究を導き手としながら、もう一度抱月の美術体験を吟味してみよう。

6　日記にみる抱月とイギリス美術

抱月はどれほど美術館博物館、そして美術展に足を向けたのであろうか。比較対象が少ないので、その多寡を云々するのは難しいが、日記に記されたところを整理してみよう。

まず到着当初のロンドンではどうか。驚くことに、抱月は一九〇二年五月七日朝、ロンドンに到着すると、いきなり大英博物館に行き昼食を取っている。それから五日後、一二日にも昼食をとるが、今度は図書室に向かった。一四日、朝から博物館に行き、入場に必要な「切符」をもらい、所蔵目録などを調べた。そして美術史を学び始めるのだ。

五月一六日の条に「午前図書館ニアリ Luebke ヲ読ム」とある。ヴィルヘルム・リュプケ Wilhelm Luebke 1826-1893 は、ベルリンやチューリヒなどで教鞭をとった美術史家であり、西洋美術史に関する多数の著作がある。一方で、抱月はカメラに熱中した。『文人学者の留学日記』で福田秀一が注目を促したように[15]、渡航中から興味を覚えて、現像のことなどを習ったのであるが、翌一七日カメラを購入し、撮影し現像することなどに没頭した様子があり、しばらく図書館に行くという記載はない。

翌週、五月二五日火曜日から「今日ヨリ終日図書館ニアリ」として、同月二九日の条で「今日 Luebke ヲ卒読ス」と読了したようである。さて、なにを手にしていたのか。特定するのは難しいが、おそらく英訳改訂版の Outlines of the history of art (Dodd, Mead & Co., 1904)、あるいは History of art (Smith, Elder and Co., 1874) であろう。いずれも西洋美術史に関する二巻本の浩瀚な書であり、抱月は一から西洋美術史の基礎そして同時代美術の背景を学ぶために「卒読」するほど熱心に読んだにちがいない。

こうした正統派のアプローチはオックスフォードに移り住んでからも変わっていない。ここで抱月は古典学者のガードナーに学んだというが、それはパーシー・ガードナー Percy Gardner,

1846-1937のことであった。日記には、一一月九日にはアシュモレアン美術館においてギリシア彫刻の講義を聴き、一一日には同所でガードナーと会い、「文人の性質を帯べる人」という印象を得て、安堵したようだ。翌一九〇四年二月一日の講義題目はギリシア演劇であった。

こうして抱月は学究的な生活に打ち込んだのである。ちなみに、同年一一月、オックスフォードに東京美術学校教授にして美術評論家の岩村透が米国出張を経てやってきた。大西洋を渡る船上での知り合いから紹介を受け、リヴァプールやマンチェスターやバーミンガム各地の美術学校や美術館を巡った後、同月一五日、オックスフォード大学アシュモレアン美術館を見学した後、「ラスキン美術館」すなわちラスキン美術学校で「同所の長マクドナルド氏の案内にてラスキン氏の筆、ターナーの真筆を数十枚見物」したところ、「同氏の水彩画を見ざる者は、到底同氏の妙処を窺ふことは出来まじ」と得心した。「オクスフオルドにせめては一ヶ月も滞在、綏々と研究の致されぬは非常の遺憾」と心残りのところをロンドンに向かった。[16] 目的の定まった、また制約の多い専門家の短期滞在と比較すべくもないが、それにしてもである。抱月もその前の年一九〇三年八月、日本人のグループで湖水地方をめぐったときに同月二七日にラスキンの家と墓を訪れるほどであるから、興味がないわけでなかったはずなのだが、目と鼻の先にあるラスキン美術学校訪問の記載がみられない。

学究生活中心であったが、抱月はオックスフォードに移ったのちも、必要に応じてロンドンに短期滞在をしており、たとえば一九〇三年一一月、ドイツ留学を終えた金子筑水と坂本三郎を迎えて早稲田大学校友会が開かれた際には、一六日には到着したばかりの二人とともに「博物館」に行き、翌日にケンジントン博物館、バッキンガム宮殿を「一覧」するとある。

大英博物館にいけば、図書館の利用だけでなく、特別な言及がみられないとはいえ、重要な所蔵品を見ることにもなっただろう。すでにパルテノン神殿の破風彫刻、いわゆるエルギン・マーブルは寄贈されており、古典中の古典を目撃することになっただろう。

ここで美術作品を見たことが明白なのは、翌年一九〇三年六月一五日のことだ。半月湯浅吉郎とともに「Museum ノ絵、彫刻等ヲ見ル」とある。

では、他の美術館博物館はどうだろうか。日記の記載を追うが、すでに触れたように、記載の有無には限界がある。毎回内容が異なる観劇の記録ほどには、あまり変化のない所蔵品を見ることを記述する意味がないというところだろう。場所の言及はあっても、なにを観覧したというような所見や感想が皆無とはいわないまでも、すこぶる限られている。

まずナショナル・ギャラリー。日記にその名が記されるのは、到着後、ずいぶん日が経てからである。オックスフォードに移る少し前、九月二三日となる。その後も、オックスフォードに拠点を置きつつ、ロンドンにも観劇などの用で赴いているのだが、日記における記載はその一回のみである。

ただし、帰国後には「英国最近の絵画について」で、同館（国民画堂）が「非常に宏大なもの」で、「古今内外の名画を随分沢山に蒐めて」おり、ルーヴルに劣るというむきがあるが、「世界で二番と下らない大画堂」であり、「絵画の排列方などについても、特殊の工風を凝らしてゐる」と評価した。[17]

記事では、「国民画堂の支部」たるテート美術館も同断である。むしろ、こちらは「知らずに帰る人」がいて残念だが、「最近の絵画ばかりを集めてある」とし、英国の絵画を知るため「国民画堂」とともに二大美術館であると説明する。[18]

このテート美術館であるが、最初の訪問は、到着して一ヶ月ほどして、六月一三日、「大谷探検隊」で知られる大谷光端とともに留学した仏教学者の藤井宣正、そして井上某（岩佐氏は井上弘円と推測する）と同道した。[19] つぎは翌年、一九〇三年のこと、八月一八日。日記からみれば、一年以上、間が空いている。

当時のテートでは果たして抱月はどれほどの作品をみることができただろうか。現時とは比べようもないことは当然として、まずホイッスラーは観るべきものがなかった。名作《ノクターン：青と金色―オールド・バタシー・ブリッジ》（一八七二―一八七五年）は回顧展に出品された後に、[20] 当時の所蔵者からナショナル・アート・コレクションズ・ファンドが購入して、寄贈されることになる。事実として、抱月は「英国最近の絵画」において物故作家として注目する二人のうち、一人としてホイッスラーの名を挙げているのだが、ラスキンと不和で、また不遇であったために「テート画堂などにも此人の絵は一とつもありません、却つて仏蘭西のルクサンブールの画堂などに此人の名画が残つて居ります」と英国での画家に対する扱いを嘆きつつ、[21]パリの作品は母親の肖像（《灰色と黒のアレンジメント：母の肖像》、一八七一年、オルセー美術館蔵）であるとしている。

またロセッティでは《受胎告知》（一八八六年購入）と《ベアタ・ベアトリクス》（一八八九年寄贈）が観られたはずだ。抱月の美術エッセーとして注目を集める「ロセチが画ける顔」で挙げられた三点、「ハリス」（《レディー・リリス》）と《アウレア・カテナ》そして「プロサーピン」（《プロセルピナ》）は現在でこそいずれも、フォッグ美術館、メトロポリタン美術館、そしてテート美術館と公的なコレクションにおさまっているが、当時は個人蔵であり、抱月の手の届くところにはなかった。複製画だけが抱月の眼に代わり、抱月の文学的な渇望を満たし、想像力を励起する存在だったといえる。

ただし例外がある。それはワッツの部屋である。抱月は代表作《希望》を例として、象徴主義の画家というよりも唯美主義とは距離をとるワッツを強調する。

「此人の絵で尤も有名なのは「希望」と題するもので、地球の上に一人の人が目かくしをして腰かけて居る、即ち希望は盲目なり、といふ心から思ひついて種々の深い意味を其中に籠めたのであります。蓋しワツツの主義はかの一派の人等が唱へた美術は美術の為めといふ主義に対抗して、美術は必ず人を教へ導くといふ宗教の如くならざるべからずといふ立脚地に起つたもので、此画風が最近時に於て再び世人の注意を惹く様になつたといふ事は、以て世の風潮の一斑を察するの材料になるでしやう。[22]」

しかし、この言を、抱月と同時期にロンドンに滞在していた宗教学者で、高山樗牛の盟友でもあった嘲風姉崎正治の見方と比較すると、ワッツに感応していない抱月がいるようだ。嘲風がテート美術館を訪問したのは一九〇二年五月二三日のことである。同日、抱月は日記に「午前図書館　午後家ニアリ　夜写真ノ現像ヲ試ム　今夜萩原ヨリ手紙来タル　今日珍ラシク暖キ天気ナリキ」と例によって短く書き付けた[23]。

嘲風はエドワード七世の即位式の準備状況の見学かたがたテート美術館に赴いて「ロセッチやワッツの作を見」た。ロセッティ《ベアタ・ベアトリクス》は「調と色の凄さ」に驚いている。しかし、嘲風はさっとこの作品を通り過ぎてしまい、筆舌に尽くしがたいとしながらワッツの作品群に迫っていく。

「彼が作の題目につきて君に語らん、彼は良心を画きて、楕円の青黒き園の中に、翼を張れる天使の、青く灰色にも似たる面の額に、一点の光明を放ちたる、実に奇想なり、彼が描ける死は骸骨に鎌を持てる常套の死神に非ずして、力強く躰肉充ちたる大怪か灰色の衣着けたるを常とす、其結果却て死の力の強く凄きを思はしむ[24]」

嘲風はこのような切迫した調子でワッツの絵画世界を三頁弱、改行なしに描写を続け、最後の方ではベックリンと比較して、その想像力が「奔逸に、其筆致の非常の豪胆又新奇」と指摘し、哲学ではドイツにニーチェがあるとすれば、英国には絵画にワッツがあるとまで絶賛するのである。抱月の文章には、美術作品に、美術家に、こうして執拗に食い下がるような姿がなかなかみられないうらみがある。

つぎに現在のV&A美術館、当時のサウス・ケンジントン博物館である。抱月は二度訪れている。まず一一月一七日、先述の金子築水らとともに、同館やバッキンガム宮殿を「一覧」した。さらに翌一九〇三年六月二一日に再度足を向けている。アール・ヌーヴォーの余韻がまだ揺曳した時代であり、帰国後、抱月はアール・ヌーヴォー、とりわけてラファエロ前派の流れをくむウィリアム・モリスについて、「装飾」という観点から所見を述べた。

「モーリスといふ人は、知らるゝ通り英吉利の絵画壇に一新派を立てた所のラフアエル前派の錚々たる一人」であるが、それにとどまらないで、広くヨーロッパに波及した装飾美術でも活躍しているとする。

「本来が意匠専門家で、此人の意匠の脈は寧ろゴシック即ち欧羅巴に於る古来の美術の系統中で尤も男性的な剛健な所を特色とした様式に属するもので、此の人が新しい装飾意匠を案出して、大きな会社を建てゝ、壁紙から窓画器物の模様などに到るまであらゆる室内装飾に新しい趣味を開発しやうと力めた結果、英吉利の装飾美術は大変化を惹起し、近世の英吉利乃至欧羅巴の室内装飾の主もなる様式は遂に此モーリス式に成り了った。」[25]

これほど装飾美術の新動向を評価しているにも関わらず、産業美術をミッションとするサウス・ケンジントンの名はまるで言及されない。はたしてこの一文の執筆時（『趣味』一九〇六年五月）に、抱月は一八九九年『太陽』に掲載された高山樗牛の「博物館論」が、つぎのように同館を先駆的な実践の一例として「一国の工芸を鼓舞し、美術を振作し、また進で殖産致富の道を開進する」と訴えたことを意識しなかったのであろうか。

「吾人は先づ英国に於けるサウスケンシントン博物館の成立に就いて我邦人の一顧を煩わさゞるべからず。今世紀の第五十一年に於て、万国博覧会は初めて倫敦に開設せらたりき、当時英国人の出品は其構造堅牢なりしも、其形式と趣味とに到ては遙に他邦の出品に劣りたりき。英人は大いに是を遺憾とし、爾来上下力を協せて美術を奨励し、意匠案図案を研究し、茲にサウスケンシントン博物館を設立して工芸美術の典範を国中に示したり。是博物館の後は、従来工芸的貨物の輸入を一に仏国に仰ぎたる英国は、一躍して却て巨額の貨物を仏国に輸出する気勢を示したりき。英国工芸の発達は、其因縁必ずしも一規にして律す可らざるも、而かもサウスケンシントン博物館の勢力其多きを占むるの一事は、蓋し何人も争ふ能はざる所也。[26]」

つぎに興味深いことといえば、同時代美術の動向を把握するために必見のロイヤル・アカデミー展の観覧である。これについて抱月の書きぶりはこれまた落胆させるものだ。曖昧である。例年、五月から八月がサマー・エグジビションの会期であるので、ロンドン到着が五月七日のゆえ、すぐにも訪問することができたはずであった。ところがその名が最初に日記に出てくるのは翌一九〇三年、六月四日のことで、しかも「今朝 Royal Academy の絵を坪内氏及び紀氏へ送ル」とあり、坪内逍遥、そして紀淑雄に画集の類いを送ったことがわかる。紀は『稿本日本帝国美術略史』の編纂などに関係した人物で、この当時は『国華』編集に関与しており、一九一一年には母校早稲田大学教授に就任することになる。開会したばかりの展覧会の情報をいちはやく伝えるという目的だろうが、それにしても肝心の展覧会観覧の記載が抜けているのだ。

なお、展覧会観覧とは直接関係しないが、一月半ほどして、ロンドンで平田禿木や下村観山と交流が始まった時期のこと、一九〇三年七月二三日、「夕方平田禿木君来訪、Royal Academy 評など調ぶ」と記した。平田と下村はその後行き違いがあったため平田がオックスフォードに移るのであるが、この時期は親しくしていた。美術の話題から自然に開催中のロイヤル・アカデミー展に話が及んだのであろう。

最後は一九〇四年、ドイツへ発つ直前に、初めて観覧が明記される。七月一四日「山尾山崎両君と日本食を共にし後Royal Academyを見に行く」とある。ふたりとも不詳の人物だが、当時よく交流していた。山尾がドイツからやってきたばかりであり、それが契機となって、同道して会場を訪れたわけである。言い換えれば、抱月が自ら足を向けていたのかどうかもあやしい。なにしろ、五月に始まり、もう八月には閉会する展覧会である。

日記への不記載を考慮したとしても、こうしてみると、抱月がどれほどこの展覧会に真摯な興味を抱いていたのかといぶかしい気持ちになる。ただし、帰国後に執筆した「英国最近の絵画に就いて」(『新小説』一九〇六年一〇月)では少しく紙幅を割いてロイヤル・アカデミーについて紹介している。

この展覧会はテート美術館に飾られるような名画を毎年のように生み出す、歴史のある団体であり、ラファエロ前派が衰退した後は、写実的な肖像画が復興して、その代表者がサージェントであるとする。抱月が実見した「チエーンバレン夫人の肖像などは善悪ともに尤も世評の集まる集点であつた」と述べたが、これによって確実にこの艶やかな肖像画(一九〇二年、現在ワシントン、ナショナル・ギャラリー蔵)を一九〇三年のアカデミー展で観覧したことがわかる。このほか抱月は肖像画家五名の名前を列挙した後、古典古代を題材としている会頭のエドワード・ポインターを「クラシカル」な画家として紹介し、一九〇三年展に出た「暴風雨の女神の窟」において方向転換を目指したが、かえって評判を落としたといい、さらに大家のアルマ・タデマを「二三寸四方の中にあらゆる色の宝石を鏤めたといふやうな画風」として、やはり一九〇三年のロイヤル・アカデミー展覧会に出した《シルバー・フェイヴァリッツ Silver Favorites》（マンチェスター美術館蔵）を、「美しい女が恍惚として大理石の石垣の前に立つて眺めて居る、下は同じ磨き上げた大理石の石甃の真中に池をたゝんで、其他には金魚が碧い水を透いて見へて居る。」と描写する。

毎年何千点も出品されるロイヤル・アカデミーの紹介はこれで終わっているのだが、抱月はこうした正会員のほかに、補助会員さらには会員外にも優れた画家がいるとして、ホイッスラーとワッツの名を出すのである。なお、抱月はロイヤル・アカデミー展のほかにも、水彩画協会展や油絵協会展があり、また「ソサエチー・オブ・ブリチシユ・アーチスツ即ち英国美術家協会の展覧会」があるとしているが、踏み込まないままである。ホイッスラーが中心となって一八九八年に組織されて「インターナショナル展」と呼ばれた年次展は一九〇四年ロンドンで実施されたが、まだ評価が定まっていないから重視されないかもしれない。

それにしても、美術史の観点からみて不可解な点は、こうした美術館博物館は比較的日記に登場することが多いのに対して、市井の有力な画廊への言及がほぼ皆無といえることだ。わずかにロンドンに「小い画堂又は絵画陳列所」が沢山あるという例として、フランス近世絵画が秀逸とするウォレス・コレクションくらいである。[27] たとえば、ロンドンにはバーン＝ジョーンズやホイッスラー等を扱ったグロヴナー画廊やグーピル画廊があったが、抱月が滞英中の一九〇四年一月にはグーピル画廊で、ホイッスラーの版画展[28]が企画されていた。

ホイッスラーにだけ関してみてみれば、なにもこの展示に限られない。絶好の機会を抱月は逃しているようなのだ。それは一九〇五年二月から四月にロンドンのニュー・ギャラリーで開催された、インターナショナル展主催の大規模な七五〇点ほどの追悼展[29]、あるいは四四〇点ほどでいささか小規模となったが、同年五月から六月にかけてパリのエコール・デ・ボザールで開催された回顧展[30]のことだ。抱月は当時ベルリンに転じており、同所を六月七日に発ち、帰国の途次、一月ほど中欧等を回って、七月五日にパリに到着した。このことを考え合わせるならば、ロンドン展はともかくパリ展との運命的なすれ違いは、先述の「眼」の問題にまさに影を投じることになっている。

いや、さらにいえば、四月末までに到着していれば、アンデパンダン展の会期に間に合って、マティスをはじめ、いわゆる「フォーヴ」の最初の狼煙となった作品群に出会えたかもしれなかったが、さすがにこれは抱月には酷というものだろう。

この一失は別言するならば、滞在地における展覧会情報の粗密ということよりも、この当時の抱月自身の優先順位が違っていたとしか説明できないように思われる。帰国目前の旅行はヨーロッパ留学の総括といえるので、いわゆる「グランド・ツアー」ではないか。抱月はドレスデン、ライプツィヒ、プラハ、ウィーン、ブダペスト等を経て、六月二〇日にローマに到着した。体調を崩したこともあり二八日まで滞在して、フォロ・ロマーノやパンテオンの古代遺跡を巡り、前述で引用したようにヴァティカンを訪れ、システィナ礼拝堂のミケランジェロ、ラファエロの「スタンツェ」等を観た。ローマを発ち、不運にも祭日で美術館が閉館であったフィレンツェ、ヴェネツィア（それぞれ一泊）を経て、ミュンヘンで三泊して、ルーベンスやヴァン・ダイク、ベックリンやレンバッハ等を新旧ピナコテカ等で観覧した。そしてスイスを経由して七月五日パリに至ったという次第である。

いよいよ仕上げは芸術の都である。パリではルーヴル美術館には何度も通い、リュクサンブール美術館も再訪するなど、貪欲に美術品を見てまわり、ヴェルサイユにも足をのばしたのだが、全体に簡素であった日記において、一九〇五年七月一一日の条に書き付けられたように、美術史的な所見が深くなったことがうかがえる。

「今日 Louvre 及 Luxembourg を再見す、近世物を観るには Louvre の中なる Thomy Thiery Collection を見落とすべからず Corot 以下此頃の画の佳作極めて多し十九世紀は仏の画の時代にして而して此時代の仏派は Impressionist に尽くべし David 以下 Delacroix, Ingres, 面白からざるに非ねど新古の中間に漂ふ気味あり、Ingres の裸体画に面白き所あり新派は要するに景色画の勃興にして Rousseau Daubigny, Dupre ~~以下~~ 等は之が先駆なりといへど要するに未だ所謂新派の特色を発揮したりとはいふべからず［二字消し］旧派景色画より多くを出でず ~~Rousseau の樹木~~ Corot, Millet に至りて漸く新面目を認むべし面も尚未だ次期の如く極端には行かず、Rousseau の樹木、Daubigny の水岸 Corot

の人物を点したる詩詩的景趣、Millet の農事画皆特色あるが中には予は尤 Corot を取る、景色画として尽し尤予の意に合へるは此人の画風なり優しく味に充ちたり、次期 Manet, Moreau, Chavanne, Bastien-Lepage 等に至りて新派の外形益極端に近き遂に現時の Monet, Degas 等に其極所を示せり[31]」（取り消し線は原文のまま）

なお、抱月がここで絶賛している Collection Thomy-Thiéry とは、銀行家ジョルジュ・トミー＝ティエリーが遺贈したコレクションであり、死後、ほどなくしてルーヴル美術館で披露されたものである。一九〇三年には一五点の複製が挿入された作品目録 La collection Thomy-Thiéry au Musée du Louvre : catalogue descriptif & historique が刊行されている[32]。

7　ベルリンの抱月

少し先を急ぎすぎた。ベルリン時代の抱月はどうであったのか。

美術史との関わりでいえば、なんといってもベルリン大学、すなわちフリードリッヒ・ヴィルヘルム大学における美術史学者として著名なハインリッヒ・ヴェルフリン（一八六四～一九四五年）の講義を受けたことである。ヴェルフリンといえば、時代背景や作家の経歴に拠らずに、ルネサンスとバロックの様式的特徴を「線的と絵画的」「平面と深奥」など、一対の概念として整理して論じ、一九一五年に公刊された『美術史の基礎概念』が有名であるが、抱月が受けた講義は一九世紀美術史であった。

一九〇四年の講義の内容は知るべくもないが、しかしながら、一九一一年四月二六日に始まり、八月二日に終わる夏学期（ゾマーゼメスター）の講義録が公刊されている[33]。同書の解説によれば、受講者の一人であった美術史の泰斗ゴンブリッチの名も出しながら[34]、ヴェルフリンの講義で特徴的だったのは、二台の投影機を「体系的な比較の土台」として使用したことだとされる[35]。はたして抱月の受講したクラスがそうであったのかは不明である。それはともかく、その講義内容は作家や流派の解説あるいは、絵画のイコノグラフィー的な分析ではなく、作品の様式的・形態的な分析に主眼が置かれているといえる。

もっとも抱月は熱心に講義に通ったか疑わしいとされる。英国でレッスンに通っていたもののドイツ語の問題もあり、また「ドイツの雰囲気にも馴染めなかった[36]」。もっとも講義中、かりにスクリーンに二作品の画像が投じられていたならば、それだけでも興味深いものだっただろうが。

講義はどうかとはいうものの、美術館博物館から足が遠のいたわけではなかった。むしろ英国にいた時期よりよほど熱心に通ったようなのである。このことは見逃せない。美術への取り組みが一変したとさえいえそうである。

なるほどベルリン諸館の所蔵品は英国にいた抱月からみれば見劣りしたかもしれない。抱月より遅れてベルリンに到着した黒板勝美は「ルーヴル又は大英博物館等に及ばざること遠し」とあけすけな感想を漏らしているが、しかし、一方で、ドイツの展示方法の先進性も鋭く見抜いており、「博物館の研究上最も適当したところ」であり、「大室小室の区分法など、光線学上最も有効に出来て居る」と評価している。[37]

実際にドイツの主要な美術館博物館は、モダニズムの画廊が始めた展示方法に追随する形で、一九〇〇年代なかばから展示方法を大きく変化させて、より距離をあけて作品を飾り、部屋を明るく、ゆったりと使うようになった。[38]こうした斬新な環境で抱月は美術作品に対峙することになったのである。

一九〇四年七月一八日、抱月はベルリンに到着、アウグスト街八三番地の下宿を拠点とした。そこは大学に近いところだが、それ以上にいわゆる「博物館島ムゼウムインゼル」にさらに近いところであった。また、鷗外が一八八八年に居住した第三の下宿先、グローゼ・プレジデンテン街からも近いところである。

日記によれば、到着後、まず七月二五日に「昨日の散歩の序に Ausstellung Garten に入り今年の新画展覧会を見き」とある。これは毎年恒例の「大ベルリン美術展」のことで、レールター駅に隣接した展示会場で、この年は四月三〇日から一〇月二日を会期として開催されていた。巨大な展覧会であり、作品目録には絵画から建築まで多様なジャンルの二一七一点の記載がある。さすがに大展覧会で全部は回りきれず、九月一日再訪、いや九月二五日には三度目の観覧となった。ロンドンでのロイヤル・アカデミー展の観覧と大きな違いがある。

またこの展覧会に対抗して設立され、カンディンスキーらの新傾向の作品がみられるベルリン分離派展はカント街一二番地で同じく五月四日から九月一五日に開催されていた。こちらは絵画彫刻あわせて二六一点であるが、ホイッスラーの《文筆家デュレの肖像》（一八八三年、現在ニューヨーク・メトロポリタン美術館蔵）が出され、展覧会図録の図版もマックス・リーバーマンに次いで、最初から二番目に掲載された。抱月はこちらへ赴くことはなかった。

では、下宿近くの博物館島に赴くのはいつのことだったのか。日記上では、ベルリン生活が落ち着いてから、八月三〇日のことである。「王城、博物館などを友枝君と共に見る」とあるが、「王城」とは博物館島にあったドイツ皇帝の王宮のことであろうし、また「博物館」とは、どれを指すのか不明であるが、当時島にはつぎの四館が立地していた。そのいずれかだろう。建築家シンケルが設計したアルテス・ムゼウム、シンケルの弟子シュテューラーが設計したノイエス・ムゼウム、近代美術のコレクションを擁するナツィオナルガレリー、小規模だが古代の遺品を集めたペルガモンムゼウムもあった。そして、島の北に位置してこの年一〇月に開館することになるカイザー・フリードリヒ・ムゼウム（現ボーデ美術館）である。

一八七〇年代に勤務を始めて、一九〇五年にベルリンの諸博物館を総括する地位までに上り詰め、ドイツ近代の美術館をリードした人物としてヴィルヘルム・ボーデの名は館名となるほど鳴り響いている。美術家ではなく、アカデミア出身の傑出した人物として、国家予算に加え、富裕な人々からの資金などを投じて、ルネサンスの名作などを収集しており、抱月もその恩恵にあずかったのだ。

ちなみに前出の岩村透は一二月二二日にパリを出立し、ブリュッセル、アントワープ、ハーグ、アムステルダムをめぐって一二月三〇日夜にベルリンに到着して、年を越した。[39] 新美術館を見たいためであっただろう。抱月の日記によれば、厳しい冬日であった。吹雪のベルリン、旅行者岩村も難渋したに相違ない。

「十二月卅一日　Sonnabend、雪、吹雪、寒気甚しく屋外の寒暖計零下六七度、（略）一時頃市街群集の光景を見に行く、就寝二時」

岩村は「一月七八日頃」まで滞在と予定して到着翌日ではない可能性もあるが、大晦日ならば、美術館は冬時間で開館は午後三時まででであったはずだ。[40] 岩村は吹雪くなか、ようやく新美術館に足を踏み入れたかもしれないが、いずれの日でも、おかげで、後年、岩村は「歴史的、鑑定的見地から多く出来あがつたと思はれ、又其精神を常に持続しつ丶あるかと思はれる美術館としては、伯林のカイゼル、フリードリツヒ美術館など、最も感服すべき実例である」と絶賛することになるのである。[41]

翌年一九〇五年二月二八日、抱月もいよいよ新美術館に赴いた。「午後新築の Museum 画室を見るRubens物及van Dyke物の面白きあり」とあり、抱月の心が動いた様子を伝えている。

九月二七日、抱月は博物館を再訪するが、あいにく「画室閉鎖中」であった。翌日、気を取り直してナツィオナルガレリーを訪れた。すでに改革に意欲的な館長フーゴー・フォン・チュディが一八九六年に就任していた。展示室の再編を開始して、戦闘図等をしまい、ドイツとフランスの近代絵画を飾ったのだが、急進的な改革だったために、一八九九年には皇帝の不興を買い、旧来に戻さざるをえなかった。それでも、その後、一九〇九年までチュディは展示室の改装、作品購入などを続けたとされる。[42]抱月は翌日も同館を再訪。翌々日、またも同館に足を運んだ。つまりナツィオナルガレリーには三日通いつめたのである。ドイツ近代絵画にみるべきものがあったにちがいない。これほどの熱意は、帰国を目前にした一九〇五年七月パリを訪れ、限られた日数でルーヴル美術館やリュクサンブール美術館に通った時期に匹敵するか、あるいはそれを超えているかもしれない。

最後にナツィオナルガレリーを訪れたのは翌一九〇五年四月のこと。もうベルリンを発つ日も迫っていた。「副島君とMenzel Ausstellungを一見す」とある。抱月がこの地にやってきたときに駅で出迎えた副島真一とともに、アドルフ・フォン・メンツェルの展覧会を観覧したのである。[43]メンツェルはこの年の二月に他界したところであった。同館のおかげで、館長チュディのおかげで、抱月は多数の作品を一挙に観覧するという機会に恵まれていたのである。

抱月は「囚はれたる文芸」で「独乙近代の画家といふときは、人まづベクリンとメンチェルを挙ぐ」としているが、メンツェルについては簡明な記述しか残さない。写実という画風はともかくとして、宮廷画家的な画題に感応していないことがうかがえる。

「メンチェルが画ける所は、宮廷的貴族的のもの多くして、最も有名なるは今伯林の王城にある先帝戴冠式の図なり。写実派の巨擘と称す。[44]」

ところがベックリンは対照的だ。「囚はれたる文芸」で、まず《人生は短き夢》(一八八八、バーゼル美術館蔵)を「有相的標象(フォールシュテルングス、ジムボリーク)」の例証として言及し、さらには代表作《死の島》(「墓島」)について雄弁に図様を描写する。

「有名なる『墓島』の図は、最もよく此の作者を代表す。矗々として大魔王の如く並び立てる杉檜なんどの、只輪郭のみ青く黒く染め出だされて、清涼の気まづ人を襲ふ所に、樹間極めて小さく、而も極めて鮮やかに一基の墓石立てり。其の前には白衣の女、髪ふり乱したるが、之れも墓石に釣り合ふ程に小さく、鮮やかに、膝を折りて礼拝の掌を合す。繋ぎ捨てたる舟は彼方にあり。全幅の色調、寂然、また粛然、神秘の気咄々として人に迫るを覚ゆ。[45]」

ベックリン作品はナツィオナルガレリーにも収蔵されていたが、当時の主要な所蔵作品は《ヴァイオリンを弾く死神のいる自画像》といま失われた《楽園》と《春の日》であった。[46] まだ《死の島》第三作は収蔵されていない。

だとすると、抱月が見たとすれば、どの作なのか。《死の島》第一作はバーゼル美術館には一九二〇年に寄託された。パブリックなコレクションでは、ライプツィヒの美術館が第五作を一八八〇年代に取得していた。だが、抱月がライプツィヒに赴いた記録がない。

抱月がベルリン以外でベックリンに確実に接した機会は、一九〇五年七月二日ミュンヘンのノイエ・ピナコテカを訪問したときである。「Pinakotek 新旧共に見る新には Böcklin, Kaulbach, Lenbach 等の作あり」と強い印象を覚えた記録がある。ベックリン作としては《波間のたわむれ》、《トリトンとネレイデス》《海辺の館》などを見ることができたはずであるが、新旧の大美術館を一日でまわったわけであり、熟覧することは難しかっただろう。

しかし、《死の島》第一作を所蔵するバーゼル美術館は、この作品が「世紀末のイメージ」として中産階級の家庭に広くその複製画が普及して愛好されたという。[47] 抱月もまたこうした複製画を利用したように思われる。実際、日本でも一九一〇年代になって白樺派の世代はポスト印象派に熱狂する。セザンヌといい、ゴッホという。忘れてはならないのは、誌上のみならず、白樺美術展と銘打った展覧会でも、原画のみならず、模写や複製画の展示があり、当時の観者に訴えたことである。

ちなみに抱月が観覧した一九〇三年ロイヤル・アカデミー展の大判一七〇頁ほどの画集があるが、この当時の印刷技術の高さが相当なものであったことがわかる［図7・8］。抱月は一九〇三年六月四日の条に「今朝Royal Acamdemy ノ絵ヲ坪内氏及紀氏へ送ル」と記したが、坪内逍遙と美術史家の紀淑雄に送った「絵」というのは、これかもしれない。

8　モダニズムの渦中へ

抱月の発言を支えていたのは、疑いなく、ヨーロッパにおける複製画を含めた美術作品の鑑賞体験であったといえる。ただ、問題は抱月が更新を自己目的化したモダニズムの波に洗われる日本に帰ったことである。

端的には、抱月の西洋近代美術論として最も整理され、内容が充実した「欧州近代の絵画を論ず」

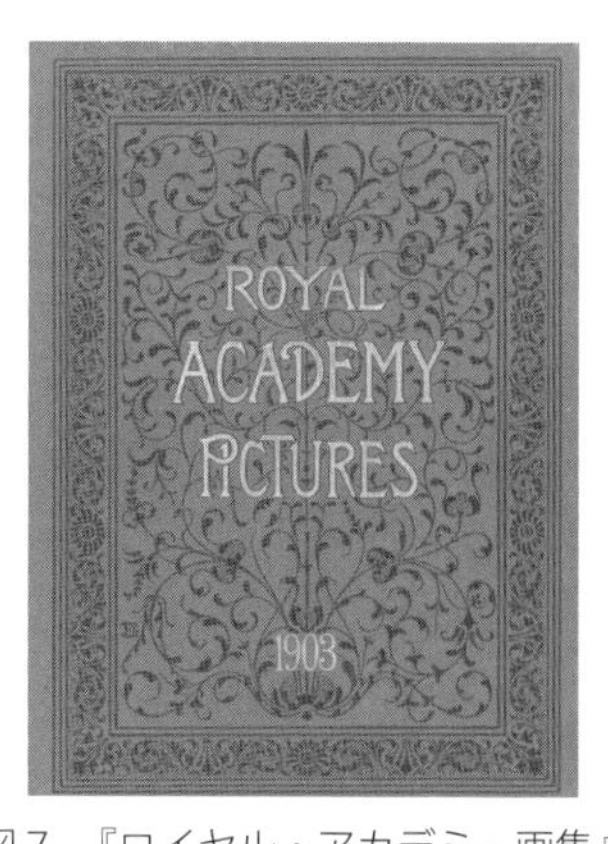

図7　『ロイヤル・アカデミー画集』1903年　41×24 cm

図8　『ロイヤル・アカデミー画集』別刷挿絵　スタナップ・フォーブス《流浪者たち》

において、なぜドイツが外されたのかである。紙幅といえば身も蓋もないが、同誌主幹であれば、どうにでもできただろう。

抱月は同文の冒頭で「欧州近代画の三大根拠地とも見るべきフランス。イギリス。ドイツ」としながら、ドイツの主要な画家名を列挙しただけで、すぐにドイツ絵画を「本論の外」としてしまう。議論の中心は、英国においては、ラファエロ前派でも、モリスでもなく、ホイッスラーであり、またフランスは印象派である。抱月は両者を「色彩を主とする装飾的傾向と現実自然の真に触れやうとする自然派的傾向との結合」として総括し、さらにそこから神秘的な色彩を帯びた新自然派と新理想派があるとする。ホイッスラーは前者であり、印象派を進化させた、「神秘的自然主義又はユイスマンの所謂霊的自然主義」である。新理想派はフランスにおいてモローやシャヴァンヌであり、英国においてはロゼッティらのラファエロ前派ないしワッツであるとするが、議論は他日を期すとして、それ以上の展開を諦めてしまう。文中ではセザンヌの名が一度だけ言及されるにとどまる。

一方、すでに述べたことだが、同じ『早稲田文学』誌上では一九〇八年から荻原守衛が、一九〇九年から高村光太郎や斎藤与里といった、若手の新帰朝の美術家がつぎつぎと清新な知見と強固な信念による美術論を披瀝することになる。抱月は同誌主幹として、これを促進した立場であったが、そうすればするほど皮肉にも自らヨーロッパの同時代美術について発言する地歩を失う格好になる。

ただ、忘れてならないのは、このモダニズムの奔流がもたらした混乱はなにも極東の日本だから特殊ということではないことだ。

「どれほど精神的な交通の輪がぼろぼろになってしまったか想像することができない。トゥールーズ＝ロートレック、ヴァロットン、オディロン・ルドン、アクセル・ガレン、ヴィジュラン、ビアズリー、そしてムンク、ピュビス・ド・シャバンヌとホイッスラーが、ドイツロマン派を別として、我々の認識を生み出す主要な源泉であった。（略）私はボナールを知ったが、その後にマネを知った。マネはドラクロワを知る前だった。この精神の混乱状態は我々の世代がやがて犯す数々の間違いを説明してくれる。一八九〇年、我々の頭のなかは戦時の急行列車の駅のようなものであった。」[48]

この痛切な悔恨のことばを記したのは日本人ではない。当時、ヨーロッパで広く知られていたドイツの美術批評家ユリウス・マイヤー＝グレーフェである。

フランスの美術界とも深く結びついた高名な美術批評家によるこのモダニズムのもたらした時系列の混線への意想外の嘆きを知るならば、抱月のベルリン滞在時期に、セントルイス万博美術部監査官として渡米した後、翌年にかけて美術教育や美術館の調査を目的として英国ほかヨーロッパを再訪していた美術評論家にして警世家の岩村透のつぶやきも腑に落ちるというものだ。

「近頃の美術書に散見するイズムを勘定して見ると中々の数である。クラシ、ズム。ミデイヴアリズム。モダアニズム。ロマンチシズム。アムプレツシヨニズム。サンボリズム。ポワンチリズム。プラン子リズム。ロシクルシアニズム。プレラフヱチズム。ラスキニズム。トルストイズム。一寸心に浮ぶだけでも是れ程ある。尚此他に臨時に出来るイズムを合したならば五月蠅ほどの数になるであらう。此多数のイズムが僅に過ぐる百年計り殊に其多くは普仏戦争後の三十年程の間に夫れ〳〵旗を押立て、、西洋人の根気と弁説でドシ〳〵喧嘩をやつたのだから耐らない。」[49]

この苦いつぶやきはもともと一九〇二年二月に『二六新報』紙に「芋洗」名で連載した「芸界囈語」に増補を加えて、『巴里之美術学生』（一九〇三年）に同題の一章として収載したものの一節である。執筆時期は岩村が一九〇〇年パリ万国博の視察に赴いて帰国した後のことだ。岩村はいやというほど新傾向に直面し、軽佻浮薄に追随する姿勢に食傷することになったのだろう。さらに一九一四年に岩村は四度目の外遊に出たところで、ロンドンで最先端のイタリア未来派の騒音音楽を聞く機会を得ている。「百年計り」どころの悠長な話ではなく、わずか数年のうちにつぎつぎと新しいイズムや激烈な宣言や示威行動が、フォーヴィスム、キュビスム、未来主義、表現主義、シンクロミスム等等が不断に発せられる時代が到来していたのであった。

マイヤー＝グレーフェも、岩村も、そして抱月もそれぞれが「急行列車」の駅で加速された混乱に直面していたのである。

9　絵を語ることの愉楽

さまざまな文化現象が明治期と大正期を分かつ分水嶺であったことを示す一九一〇年、抱月は美術の現場に立ち会っていた。この年四月に神田淡路町に高村光太郎が開設したばかりの日本最初の画廊といわれる琅玕洞で、五月に自作を展示する機会を得た正宗得三郎の個展を紹介する記事「此頃の事（二）絵の事」（六月二二日）を『読売新聞』に寄せた。正宗は『早稲田文学』誌上で展評を寄せ、挿絵を提供するなど活躍していたのだが、抱月は個展を観て、とりわけ正宗の直截的な色彩表現の可能性を高く評価した。

「今のところ此青年画家には、柔かな蕩けるやうな色調は無いが、強い、堅い、紫がゝつた、メタリックな一味の調子が如何にも心地よく、我等を刺戟する。例へば黒田氏の小幅などに、ふわりとした、優雅な、デリケートな気持の漂つてゐるのとは、余程様子が違つてゐるが、色彩そのもので人を魅する所は共に色彩派である。[50]」

黒田清輝も色彩で魅了する点ではおなじ色彩派だが、黒田と違って「自然の感じ」を満足させない正宗には「色彩のために色彩を用ひたやうな感じ」がある。それでも抱月は「斯ういふ強い色彩派の前途に少なからぬ興味を覚える」と共感を示している。

高村光太郎が『昴』四月号に寄せた「緑色の太陽」で「作家をして、日本人たる事を忘れさせたい。日本の自然を写しているという観念を全く取らせてしまいたい。そして、自由に、放埓に、我儘に、その見た自然の情調をそのまま画布に表わせさせたい。」と揚言したばかり。すでに自らが牽引した自然主義は行き詰まっており、いよいよ演劇に傾斜する抱月であったが、その厳しい文芸上の角逐のさなかに、ふっと訪れた小休止のような絵画鑑賞だったのではないか。

美術を正面から語ることから一歩引いた抱月のぽつりとした独白。そのような感じがする文章である。

やがて文芸協会や芸術座でも舞台美術などで若い美術家、小林徳三郎、萬鉄五郎らが動員されたが、これはまた別の一章となる。

付記

本稿は科学研究費国際共同研究加速基金（国際共同研究加速（B））「サードフォースの美術史　1880-1920―在英日本人ネットワークの研究」（研究代表者五十殿利治）による研究成果の一部である。

注

1 島村抱月「欧州の絵画陳列館」『志きし満』、一巻五号、一九一一年六月。
2 黒板勝美「美術展覧会の設備に就て」、同右、一巻三号、一九一一年三月。
3 山本哲也「博物館学史の編成について」『博物館学研究』、三七巻一号、二〇一一年一二月、五一頁。
4 このことについては、五十殿利治『観衆の成立 美術展・美術雑誌・美術史』、東京大学出版会、二〇〇八年、第二章、で論じた。
5 中村義一『近代日本美術の側面 明治洋画とイギリス美術』、一九七六年、造形社、一五一～一八七頁。
6 木下杢太郎「地下一尺録」『木下杢太郎全集』、第七巻、岩波書店、一九八一年、五六頁(初出『昴』一九〇九年二月)。
7 『乱雲集』表紙には「抱」と読める署名があり、抱月自身のデザインの可能性がある。
8 木下杢太郎「欧米日記 三 大正十二年――大正十三年」『木下杢太郎日記 第二巻』、一九八〇年、岩波書店、四一一頁。
9 木下杢太郎「欧米日記 一 大正十年」『木下杢太郎日記 第二巻』、岩波書店、一九八〇年、三五四頁。ただし、この記述の日付は不明。
10 島村抱月「囚はれたる文芸」、『島村抱月全集』、第一巻、日本図書センター復刻版、一九七九年、一七八頁(『早稲田文学』一九〇八年一月)。
11 島村抱月「近代批評の意義」、『島村抱全集』、同右、二六七頁、より。
12 榎本隆司、竹盛天雄編「島村抱月『滞独帰朝日記』」『早稲田文学図書館紀要』、四〇号、一九九四年一一月、八五頁。
13 川副国基「渡英滞英日記」、『明治文学全集』、四三巻、筑摩書房、一九六七年、八四～一三二頁。

14　岩佐壯四郎『抱月のベル・エポック：明治文学者と新世紀ヨーロッパ』、大修館書店、一九九八年。
15　福田秀一『文人学者の留学日記』、武蔵野書院、二〇〇七年、八九頁。
16　「岩村透より、正木校長に宛て、左の書信ありたり」『東京美術学校校友会月報』、三巻四号、一九〇五年一月、七四頁。岩村透については、今橋映子の浩瀚な研究書『美術批評家・岩村透とその時代　上・下』、白水社、二〇二一年を参照。ただし、この時期の旅程とその意義についての特別な言及はない。
17　島村抱月「英国最近の絵画について」、『島村抱月全集』、第三巻、日本図書センター復刻版、一九七九年、二二二頁（『新小説』一九〇六年一〇月）。
18　同右。
19　岩佐壯四郎『抱月のベル・エポック』、二〇八頁。
20　No.12, Nocturne in Blue and Silver, Cat. Memorial exhibition of the works of the late James McNeill Whistler, first president of the International society of sculptors, painters, and gravers, in the New gallery, Regent Street, London, 1905, p.79
この目録はHathiTrust Digital Libraryでオンラインで閲覧できる。
21　抱月「最近英国の絵画について」、二二七頁。
22　抱月「英国の尚美主義」『島村抱月全集』、第一巻、日本図書センター復刻版、一九七九年、三二六頁（『近代文芸の研究』一九〇九年六月）。
23　抱月「渡英滞英日記」、九四頁。
24　姉崎嘲風「英京通信」『帝国文学』、八巻八号、一九〇二年八月、八三頁。
25　島村抱月「新装飾美術」『島村抱月全集』、第三巻、日本図書センター復刻版、一九七九年、二三六頁（『趣味』一九〇六年五月）。

26　高山樗牛「博物館論」『太陽』、五巻九号、一八九九年四月、五一―五二頁。なお、明治期の博物館論については、青木豊編『明治期博物館学基本文献集成』、雄山閣、二〇一二年、が参考となる。

27　抱月「英国最近の絵画について」、一二一頁。

28　Whistler. Etchings, lithographs and pastels by the late James McNeill Whistler.

29　Memorial exhibition of the works of the late James McNeill Whistler, first president of the International society of sculptors, painters, and gravers, op.cit.

30　Exposition des oeuvres de James McNeill Whistler. Palais de l'Ecole des beaux-arts, quai Malaquais. Paris.　このカタログはGallicaでオンラインで閲覧できる。

31　榎本隆司、竹盛天雄編、「島村抱月「滞独帰朝日記」」『早稲田大学図書館紀要』、四〇号、一九九四年一一月、八八頁。

32　La collection Thomy-Thiéry au Musée du Louvre : catalogue descriptif & historique, Paris : Librairie de l'Art Ancien et Moderne, 1903.

33　Heinrich Wölfflin, Kunstgeschichte des 19. Jahrhunderts: Akademische Vorlesung, Zweite verb. Auf., Verlag und Datenbank für Geisteswissenschaft, Alfter, 1994.

34　ただし、認めながらも、批判的にみている。ゴンブリッチ『規範と形式：ルネサンス美術研究』、岡田温司、水野千依訳、中央公論美術出版、一九九九年、二四五頁。

35　Norbert Schimitz, "Zur Validität des Typoskripts", ebenda, S. 8.

36　岩佐壮四郎『抱月のベル・エポック』、二〇四頁。

37　黒板勝美『西遊弐年　欧米文明記』、文会堂、一九一一年、三二四頁。本書は国立国会図書館デジタルコレクションで読むことができる。

38 James Sheehan, Museums in the German Art World, Oxford university Press, New York, 2000, p.180.

39 「岩村教授より正木校長への近信中左に抄録す」『東京美術学校校友会月報』、三巻五号、一九〇五年三月、一〇一頁。この書信の最後に「伯林ベルヴヰユー、ホテルにて　十二月三十一日　岩村透」と記載がある。

40 美術館の開館時間休館日などは、以下による。Berlin und die Berliner: Leute, Dinge, Sitten, Winke, J. Bielefelde Verlag, Karlsruhe, 1905, S. 192.

41 岩村透「旅中小感（四）」『美術新報』、一四巻八号、一九一五年六月、四頁。

42 James Sheehan, op. cit.,pp.160-161

43 Ausstellung von Werken Adolph von Menzels 1905, Berlin, Königliche National-Galerie, 1905.

44 島村抱月「囚はれたる文芸」、『島村抱月全集』、第一巻、二〇五頁。

45 島村抱月「囚はれたる文芸」、『島村抱月全集』、同右、二〇五頁。

46 Berlin und die Berliner: Leute, Dinge, Sitten, Winke, J. Bielefelde Verlag, Karlsruhe, 1905, S. 193.

47 バーゼル美術館のウェブ版パンフレット。https://kunstmuseumbasel.ch/de/ausstellungen/2020/b%C3%B6cklin-begegnet/saalbooklet（2021.08.13 閲覧）

48 Julius Meier-Gräfe, Entwicklungsgeschichte der modernen Kunst, S. 324.

49 岩村透、『巴里之美術学生』、七九頁。

50 島村抱月「此頃の事（二）画の事」『読売新聞』、一九一一年六月二二日五面。

第二章

潜在するジレンマ
——抱月の洋行をめぐって

岩井眞實
IWAI Masami

1　はじめに

明治末から大正にかけての日本の演劇界は、多様なジャンルが未成熟なまま乱立する、まことに魅力的な時代であった。

川上音二郎の正劇運動が一定の成果を挙げたのが明治三〇年代後半である。一九〇八（明治42）年一一月、藤沢浅二郎が東京俳優養成所（のち東京俳優学校）を作り、一九〇九（明治42）年一一月、小山内薫の自由劇場が旗揚げをした。一九一〇（明治43）年には新社会劇団と新時代劇協会が発足し、一九一一（明治44）年三月に帝国劇場が開場、五月には（後期）文芸協会が第一回公演を行った。一一月川上音二郎が死に、これと袂を分かって独自路線を歩み始めたかに見えた新派は、実は存在意義を失い始めていた。

一九一三（大正2）年文芸協会が解体し、本稿に述べる島村抱月が芸術座を旗挙げする。ときを同じくして舞台協会・無名会も興った。歌舞伎界では新歌舞伎が市民権を得、新劇とまがうような演目も上演される。その一方で六代目菊五郎と初代吉右衛門は旧劇を守るため市村座に立てこもった。

旧派・新派・新劇といった区別はもはや意味をなさなくなった。ただしその担い手が素人か玄人かということはある種の人々には重大な問題であったようだ。三宅周太郎は次のように回想する。

以上、明治末期から大正初頭にかけて起つた数々の新劇団に就いて述べた。が、凡そこれらの新劇運動程、「新劇の嫌味」を感じさせられたものはなかつた。あの頃の日本演劇！それは自由劇場を除いては、回想するさへ愉快でない。流石に嘗て広津和郎氏が「朝日」の文芸欄で、あの時代の新劇の感想を書いて、「あんないい気なものが横行したのに呆れる」と喝破せられたのは、私は全く同感した。あの時代、私すら知り合ひの先輩から二等席あたりの切符をよく頼まれた。で、止むなくその新劇を見に行くと全く「いい気」の外何物もないではないか。……[1]

文中の「数々の新劇団」とは、多くは文芸協会から派生した劇団を指す。三宅周太郎は歌舞伎・文楽の人であるから、特に素人による演劇に対する評価が低いのだろう。個人的に距離が近いこともあり、自由劇場だけは三宅の攻撃の範囲外にある。

三宅に代表されるように、小山内薫の自由劇場を新劇の祖とする一方で、文芸協会・芸術座とりわけ島村抱月に対してはほとんど黙殺に近い態度をとる一定数の識者・文化人があるのは特異な現象である。またそういう人たちは、明治末から大正にかけて劇壇に前述の如き多様な形態が生まれたことに対して極めて冷ややかである。

やや結論めいたことを言うと、こうした態度の分かれ目はジレンマを避ける者と受け容れる者との違いであろう。抱月およびその理解者が後者に属することは言うまでもない。私事になるが、内容であれ形式であれ、あらゆるレベルにおいて演劇はジレンマの集合体であるというのが、一五年間アマチュア劇団の運営に関わり舞台にも立った筆者の実感である。逆の言い方をすれば、ジレンマこそが演劇の営為そのものである。が、これはいま少し論理的に考察する必要があろう。本稿は、抱月という人間のジレンマを、洋行体験とりわけ観劇体験から引き出そうと目論むものである。

　これも私事ながら、筆者は一九九八（平成10）年四月から一九九九（平成11）年三月までロンドン大学大学東洋アフリカ学院（School of Oriental and African Studies）の客員研究員としてイギリスに滞在中、延べ八一本の芝居を観た。その後たびたび渡英し、累積数は一四〇本余を数える。抱月が足を運んだウエスト・エンドの劇場は一〇〇年の時を経てもほぼ同じ場所にあり、昔の面影を残している。リリック、ヒズ（ハー）・マジェスティズ、ドゥルリー・レーン、ウィンダムなど馴染みの劇場も多い。筆者の体験をも少しく参照しつつ、イギリスを中心に抱月の観劇体験を追ってみたい。

　本稿に引用する文章は、原則として通行の字体に直した。筆者が補った箇所は〔　〕で示し、省略部分は〔…〕にて表記する。引用部分の頁数は、特にことわらない限り『抱月全集』第七巻[2]のものである。また、「島村抱月滞欧日記」[3]を引用する場合は『明治文学全集』第四三巻の翻刻を用い、「日記」の字句を付して頁数を示すものとする。

2 観劇のはじめ

島村抱月は一九〇二(明治35)年三月からイギリスとドイツに遊学し、ヨーロッパ各地を視察後、一九〇五(明治38)年九月帰国した。洋行の費用は京都の富豪藤原忠一郎が早稲田に寄附した二万円の利息によって賄われた。

洋行の目的は欧州文明の背景を見味わうという漠然としたものであり、演劇に特化したものではなかった。それは師の坪内逍遙の希望でもある。しかし渡英後、抱月は驚くべきtheatregoerへと変じてゆく。岩佐壮四郎の「抱月観劇リスト」[4]に拠って数えると、イギリスで延べ一二五本、ドイツで五一本、その他の地域で四本、再びイギリスに戻って三本、帰路の上海で一本、計一八四本の芝居を約三年の間に観たことになる。「延べ」というのは同じものを何度か観たのである。

本稿末に、「島村抱月滞欧日記」(以下「日記」)をもとに、筆者独自にカウントしたイギリス観劇一覧(以下「観劇一覧」)を付した。岩佐の「観劇リスト」とは若干の異同があり、また採用する事項も異なるので、屋上屋をいとわず掲載することにする。

抱月は一九〇二年五月七日にロンドンに着いた。まず58 Torrington Squareに下宿を定める。現在、ここには筆者も通ったロンドン大学東洋アフリカ学院がある。劇場街のウエスト・エンドへは歩いて二〇分程度、大英博物館へは一〇分とかからない。いまはセント・パンクラス駅近くに大英図書館が独立したが、当時は大英博物館内に図書館があった。しばらくは毎日のように通う。

最初の観劇はロンドン着から一ヶ月以上経った六月一一日夜であった。コヴェント・ガーデンのオペラハウスでイタリアオペラ「アイーダ」を観る。

二日後の一三日夜にはライシアム劇場で「ファウスト」を観た。かつてこの劇場にアクター・マネージャーとして君臨していた名優ヘンリー・アーヴィング(Henry Irving)がメフィストフェレスに扮した。抱月にとって最初のアーヴィング体験である。抱月は「サシテ深キ感ジモ起コラザリキ」(日記、95頁)と書き記している。

翌六月一四日、抱月はウエスト・エンドから約六マイル北のスタンフォード・ヒル(Stamford Hill)にある牧師サマーズ宅に下宿することになり、以後三ヶ月は観劇が途絶える。

九月二三日、下宿先のサマーズ夫人の案内でダルストン劇場でセシル・ラレイ(Cecil Raleigh)作「平和の価 *The Price of Peace*」という芝居を観る。これが三度目の観劇である。ダルストン劇場はウエスト・エンドから北東四マイルの郊外、むしろ下宿に近い。もともと劇場というより演芸場で、一八九八年に新装なって劇場の結構を備えたばかりであった。現在の分類で言えばFridgeに相当するだろうか。「下ラヌモノナリ」(日記、100頁)と日記にはある。

四度目は九月二七日、ドイツから来た「林川君」とコヴェント・ガーデンのオペラハウスで観た「ファウスト」だった。

五度目は一〇月一日、やはり「林川君」とドゥルリー・レーン劇場に「第一の友人 *The Best of Friends*」を観る。ドゥルリー・レーンは一六六三年開場というロンドンで最も由緒ある劇場で、一時焼失したが大建築家クリストファー・レンの手で現在の地に建設された。この芝居の作者はダルストン劇場同様セシル・ラレイ、メロドラマやミュージカルを良くした作家である。当時の劇評は悪くない。

一〇月四日、抱月は聴講先のオックスフォードに移った。しばらくはウエスト・エンドでの観劇は難しい。もっぱら地元のニュー・シアター（新劇場）で一一月一四日「闘牛士 *Toreador*」、一二月五日「田舎娘 *A Country Girl*」、一二月一二日「エレアノア *Eleanor*」を観る。オックスフォードに移ってにわかに観劇のペースは上がった。「観劇一覧」を見ても、コンスタントに劇場通いが続いたことがわかる。

一九〇三（明治36）年三月一三日、講義が終わると抱月はオックスフォードを後にしてロンドンに向かった。最初にロンドンに着いたときに下宿した58 Torrington Squareを宿にする。ここに一週間滞在するのだが、その間にウエスト・エンドで六本の芝居を観た。

三月一四日は、昼のヒズ・マジェスティ劇場で運命の「レサレクション（復活）*Resurrection*」を観る。夜はリリック劇場に入ろうとするが満員札止め、そこでミュージック・

ホール Hippodrome に行くもまた札止め、結局 Empire というミュージック・ホールに入った。三月一六日夜ドゥルリー・レーン劇場でパントマイム「マザー・グース *Mother goose*」、一七日夜デューク・オブ・ヨーク劇場で「あっぱれクライトン *The Admirable Crichton*」、一八日昼ストランド劇場で「チャイニーズ・ハネムーン *Chinese Honeymoon*」と立て続けに観る。その夜は、今度こそリリック劇場に入ろうとして間違って隣のアポロ劇場に入り、すぐに出てリリック劇場に入り直した。演目はキップリング（J. R. Kipling）の小説を劇化した「消えた光 *The Light That Failed*」である。劇場を間違えたことについて「連日引続キテノ芝居研究ニ稍疲レ気味也」と「日記」には記している。しかし疲れもものかは、翌一九日夜もニュー・シアターで名優チャールズ・ウィンダム（Charles Wyndham）の「ローズマリー *Rosemary*」を観た。

このニュー・シアターはオックスフォードのニュー・シアターと同名で紛らわしいが、アクター・マネージャーのウィンダムがロンドンに建てた劇場である。ウィンダムはすでに一八九九年に自らの名を冠したウィンダム劇場を持っていたが、隣接する空き地にもう一件劇場を建てた。命名に窮したのでとりあえず「ニュー・シアター」とした。後にオールベリー劇場と改名して現在に至る。なお現ウィンダム劇場は地下鉄のレスター・スクエア駅を上がったチャリングクロス・ロードに面しているが、当時はひとつ東側のセント・マーティンズ・レーンにあった。ウィンダムは他にピカデリー・サーカスにあるクライテリオン劇場をも所有していた。

慌ただしい一週間のロンドン滞在の後、抱月は二一日オックスフォードに戻った。二四日、ニュー・シアターでいわゆる「ロマンチック、プレー」の「好標本」とも言うべき「ネル・グィン *Nell Gynn*」を観る。

さてここまでのところ、抱月はオペラやアーヴィングの芝居、あるいはライシアム劇場やドゥルリー・レーン劇場など、まずは見ておくべきものを選んで足を運んだ。オックスフォードに移ってからは気軽に入れるニュー・シアターで次第に芝居に馴染んでいく。最初は友人・知己に誘われ、あるいは接待と称して同行し、そのうち一人でも行くようになる。Box Office でチケットを買うのすら最初は億劫だったが、それもいつしか慣れてしまった。再びロンドンに出ると芝居熱はますます嵩じ、以後観劇のペースは増してゆく。

ひとまずは、こういう物語を思い浮かべることが可能だろう。

3 「英国の劇壇」

話は変わるが、最初に抱月が日本に向けて行ったイギリス演劇に関する報告は、一九〇三（明治36）年四月の『新小説』に掲載された「英国の劇壇」である。以後、洋行中に執筆して日本に送った文章には演劇に関する報告が多く、演劇以外のジャンルとしては、いずれも『新小説』

に発表した同年三月の「英国の小説界」、同年八月の「英国詩宗」が目立つのみである。このことは記憶しておいてよい。

さて「英国の劇壇」だが、抱月はまず東西に流れるテムズ川を左に九〇度回転させて、南から北に延びる隅田川と重ね合わせ、ロンドンの町を東京に喩える試みをしている。すなわち中央の金融の中心たるシティが日本橋、シティの西（南）の劇場街のあるウエスト・エンドが京橋から麹町にかけての一帯、シティの東（北）の「世界の暗黒面、貧民窟」イースト・エンドが浅草・下谷というわけである。モラルや世間体を重んじる「英国紳士」に代表される「中央」「西」と、切り裂きジャックが出没した犯罪と貧困の「東」という、ヴィクトリア朝の光と影を地図上に置いた上で、抱月は「東方西漸」すなわち「ウェスト、エンドの芝居が段々イーストト、エンド的趣味に堕落して行く」（4頁）現状を述べる。

イースト・エンド的「通俗趣味」の芝居はミュージカル・コメディー、コミック・オペラ、ファース、メロドラマに分類されるという。抱月による各々の定義と代表的演目は次の通りである。

○ミュージカル・コメディー（あるいはミュージカル・プレイ）……滑稽芝居に、歌、音楽、踊りを交ぜたもの

【例】「闘牛士」「チャイニーズ・ハネムーン」

○コミック・オペラ……専ら歌、音楽、踊りのみで、滑稽若しくは喜劇的の筋を演ずるもの

【例】「メリー・イングランド」「ニュー・クラウン」
○ファース……通常の芝居のセリフ、しぐさで滑稽劇を演ずるもの〈ファースとコミック・オペラとを散文と韻文の両端とすれば、ミュージカル、コメディーは「之れを搗き合はせたやうなもの」〈5頁〉〉
○メロドラマ……真の劇が人間そのものを中心とするに対し、むしろ事柄を主とした、所謂出来事の重積、一場々々の刺戟を主として、変化・興奮・好奇・穿鑿を目的とする作の総称
【例】「第一の友人」「もし我にして王たりせば」

これらのうち、特に人気を博しているのはミュージカル・コメデイ／プレイであった。抱月は次のように解説している。

いづれも、筋は極めて単純で、性格といふやうなものは勿論なく、二組か三組のラヴ、アフェヤースが一寸した事情か何かで縺れて、其の間に種々行違ひの滑稽などあツて、結局めでたく納まるといツたやうのものですが、台詞の多分は歌になツてゐて、歌から世話に、世話から歌にと、色々に変化し、介も并の芝居ほどに賑やかにやります。また歌の間は、例の舞台前のオーケストラで其の歌の性質により、賑やかな者には賑やかな鳴り物、しめやかなものには、しんみりとした鳴り物を添へます。歌は大抵、所々離れ離れに歌ツても

一の唄ををなしてゐるやうに出来てゐて、此れが世間の流行歌の一部となります。
（6～7頁）

内容はともかく、形式はまさに現在の「ミュージカル」だが、当時まだこの呼称は定着していない。歌が「世間の流行歌の一部とな」るというのは、抱月にあるインスピレーションを与えたと思われるが、無論「復活」はここから直接発想されたのではない。なお、抱月は帰国後の一九一一（明治44）年一月に『読売新聞』に掲載した「帝国劇場への注文」という文章の中で、帝国劇場には「新通俗劇の工夫」が第一であるとし、その例として「音楽喜劇」すなわちミュージカル・コメディを推奨している。

日本でも旧劇衰へ、新劇興らず、他のあらゆる娯楽類も旧文明の頽廃と共に退廃し去つた今日のやうな社会には、殊に此の種のもの渇を覚える。（181頁）

つまり帰国後の抱月は、ミュージカル・コメディの通俗趣味を否定していない。またその二年後の「演劇と劇場」（一九一三〈大正2〉年四月『歌舞伎』）で、「最高芸術」は「思想芸術でなくてはならない」としながらも、一方で帝国劇場が「衆俗娯楽場となつてしまつた」ことを皮肉でなく「成功」と見なしている。この文章が出たのは、抱月が文芸協会からの引退を決意した時期であった。抱月はこう締めくくる。

大きな劇場、若しくは大きな資本が右の手で営利劇をやり、左の手で芸術をやるのは少しも差支へのないことである。今後発展しようとする劇場は、つまりこの道を取るのが一番好い方法であらうと思ふ。（205頁）

いわゆる「二元の道」は、抱月が実際にロンドンの劇場において、通俗趣味の芝居を頭では軽んじながらも、客席の熱狂を受け容れざるを得なかったという、引き裂かれるような体験に根ざしていると言ってさしつかえない。

さて「英国の劇壇」だが、話題は有力な作家に移る。メロドラマの作者ラレイは「第一の友人」および場末のダルストン劇場で観た「平和の価」の作者でもあった。前述「もし我にして王たりせば」のマッカーシーもメロドラマあるいはコスチューム・プレイ（時代劇）の作者に属する。他にチェムバー（Chamber）、マーシャル（Marchall）、フィッツジェラルド（Fitzgerald）、年配としてジョーンズ（H. A. Jones）、ピネロ（Pinero）、ギルバート（Gilbert）などを挙げ、次の様に述べる。

全体からいふと、其の脚本家といふ所に、どうも文学的趣味が少ないといふやうな意味を持つて来る恐れがある。俗受の方に流れ易いといふ意味を持ツてゐます。此に於てか、劇界が若し向上的に佳作を得やうとする日には、勢ひ之れを他の方面に求めざるを得ない。其の方面が二つあります。一つは広い文壇に之れを求めるので、一つは外国物を輸入するのです。(12頁)

「広い文壇に之れを求める」というのは、具体的には小説など演劇以外のジャンルの作品を劇化するということと、演劇以外のジャンルに作者を求めることの両方を意味している。前者すなわち小説種で、かつ「外国物」という意味で、トルストイ作、バタイユ脚本の「レサレクション」はまさにこの条件にかなう作品だった。結果的にこの作品は通俗性と文学性を併せ持っていた。すでに有楽座の「復活」は準備されていたのである。

一方後者すなわち小説家・詩人による作品の中に「去年の劇壇で最も文学的価値を有して且つ舞台にも成功した作」(13頁)が目立つ。すなわちバーリー(Barrie)作「屋敷小路 *Quality Street*」および「あっぱれクライトン」、フィリップス(Stephen Phillips)作「ユリシーズ *Ulysses*」および「パオロとフランチェスカ *Paolo and Francesca*」である。特にフィリップスの二作は「時代的ロマンチックの物」ではあるが、当世流行の「ロマンチック・プレー」すなわち「日本で言ツたら、宝物の紛失、名刀の行衛が恋する女の操立て、わかるといふやうな、コンヴェンショナリズムの作」(13頁)とは一線を画すという。ロマンチック・プレーの例としては「ネル・グウィン *Nell Gwyn*」を挙げている。

次に俳優の紹介となる。代表格はもちろんアーヴィング（Henry Irving）で、抱月はすでに「ファウスト」を観たが、このあとドゥルリー・レーン劇場で「ダンテ」を観てある種の霊感を得ることとなる。次が前述した劇場を三つ持つウインダム、そしてて「レサレクション」のビアボム・ツリー（Herbert Beerbohm Tree）である。また、ツリー本人は来なかったが、オックスフォードに巡業した一座の「永遠の都 *Eternal City*」という芝居で主役がツリーの演技を真似るのを観た。

英国劇壇の紹介はまだ続くが、それはこの先述べることと関連し重複もするので略す。

さてここまで、抱月の述べる英国劇壇の現状を縷々紹介してきた。抱月が具体例として挙げた作品と、観劇した年月日および劇場を掲出する。

「ファウスト」（一九〇二年六月一三日、ライシアム劇場）
「平和の価」（一九〇二年九月二三日、ダルストン劇場）
「第一の友人」（一九〇二年一〇月一日、ドゥルリー・レーン劇場）
「闘牛士」（一九〇二年一一月一四日、ニュー・シアター〈オックスフォード〉）
「鼠と人」（一九〇三年二月三日、ニュー・シアター〈オックスフォード〉）
「永遠の都」（一九〇三年二月一〇日、ニュー・シアター〈オックスフォード〉）

「ニュー・クラウン」（一九〇三年三月三日、ニュー・シアター〈オックスフォード〉）
「レサレクション」（一九〇三年三月一四日・四月一六日、ヒズ・マジェスティ劇場）
「あっぱれクライトン」（一九〇三年三月一七日、デューク・オブ・ヨーク劇場）
「チャイニーズ・ハネムーン」（一九〇三年三月一八日、ストランド劇場）
「ローズマリー」（一九〇三年三月一九日、ニュー・シアター〈ウエスト・エンド〉）
「ネル・グウィン」（一九〇三年三月二四日、ニュー・シアター〈オックスフォード〉）
「パオロとフランチェスカ」
（執筆当時未見、後一九〇三年六月九日、ニュー・シアター〈オックスフォード〉）
「屋敷小路」（執筆当時未見、後一九〇三年六月二五日、ヴォードヴィル劇場）
「もし我にして王たりせば」
（執筆当時未見、後一九〇三年一〇月二六日、ニュー・シアター〈オックスフォード〉）
「ユリシーズ」（未見）
「メリー・イングランド」（未見）

「英国の劇壇」は『滞欧文談』[5]に収録されているが、その目次には「明治三十六年三月二日稿」とある。しかし「記者（抱月）の見たうちで『ネル、グヰン』（Nell Gwyn）などいふ芝居が、其の（ロマンチック・プレーの）好標本ですが」云々とある以上、「英国の劇壇」の材料として抱月が観た芝居は「ネル・グウィン」の三月二四日まで引き下げて考えるべきだろう。四月一八日に観ることになる「アルト・ハイデルベルヒ」について「之れはまだ見ないから筋を話す訳に行きません」と正直に述べているのも信じるに足る。なお「日記」の四月二日条に「今夜原稿ヲ書キ了ル、“Resurrection”見物記ノミハ長スギル故後ニ廻ハス」とあるので、「三月二日稿」はあるいは「四月二日稿」の誤りかも知れない。無論これだと『新小説』の四月刊行には間に合わないが。

先に触れたが、抱月は「英国の劇壇」に先駆けて「英国の小説界」を一九〇三（明治36）年三月の『新小説』に掲載している。また「英国の詩宗」は同年八月の『新小説』に掲載された。この間がさしあたり抱月に課せられた「芝居研究」の期間だった。

ここまでの観劇記録を追ってわかることは、抱月はやみくもに芝居を観たわけでも、芝居に淫したわけでもないということである。「英国の劇壇」を日本に紹介する目的で、極めて冷静に評価の定まった作品・作者・俳優を取捨選択したのである。ウエスト・エンドで六本芝居を観た「芝居研究」の一週間も無論記事を書くためである。ウエスト・エンドで本格の芝居を観る時間がない場合は、場末のダルストン劇場に足を運んだり、代替物としてオックスフォードのニュー・シアターで二流の芝居を観たりした。紹介記事は書いたが未見のもののいくつかは後付けで観た。

小説や詩は読めばよいが、芝居ばかりは観なければものが言えない。「芝居研究」には時間がかかるのである。三時間以上を劇場で費やさねばならないという意味だけではない。必要に応じて台本を取り寄せて精読しなければならない。オックスフォードでは多岐に亘る分野を専攻し、宗教にも強い関心を示した抱月であるが、当初絶妙の配分で割り当てられていた学問・宗教・演劇の三分野は、次第に演劇に偏してゆくように思われる。

「英国の劇壇」で、網羅的かつ啓蒙的にイギリス演劇の現状を紹介するという重責を終えた抱月の次の使命は、日本にいくつかの具体的作品を紹介することであったろう。それが「レサレクション」あるいは「ダンテ」「二度目のタンカレー夫人」などであった。

4 「レサレクション」

ビアボム・ツリー一座の「レサレクション」はヒズ・マジェスティ劇場において一九〇三（明治36）年二月一七日から五月一六日まで、計九三公演行われた。この劇場の歴史は一七〇五年にまで遡る。当初はヘンデルがイギリスにオペラを紹介した劇場であり、「イタリアン・オペラ・ハウス」と呼ばれた。一八九七年、「トリルビー」で大成功したツリーがアクター・マネージャーとしてハー（ヒズ）・マジェスティ劇場を再建する。収容人数一二〇〇人余、最もヴィクトリア朝の雰囲気を強く残す劇場である。現在は「オペラ座の怪人」がロングランを続けている。

抱月は「レサレクション」を三月一四日に観て、これは「英国の劇壇」には書かず、四月一六日に再度観て「ツリーの『レサレクション』」を書いた。この文章は同年六月の『新小説』に掲載される。

前述の通り、「レサレクション」はトルストイの小説をアンリ・バタイユが劇化したものである。今日、小説を劇化することは珍しいのだが、この時代は頻繁に行われており、抱月も「文学的趣味」を担保するためにこれをよしとしている。もとが小説であるから場面は複数にわたり、それにともなってプロットの時間は連続せず飛び飛びになる。当然筋の緊密さも確保されない。つまり古典主義的作劇法は全く無視されていた。

この芝居の構成は全四幕六場である。今日、ロンドンで四幕もある芝居にお目にかかることはまずない。全二幕で休憩が一回と決まっていて、五幕からなるシェイクスピアの芝居でも二幕仕立てで上演される。逆に二時間未満の短い芝居でも一回の休憩が確保される。劇場内の飲食業者の権益を守るためと、休憩の間に帰る観客への便宜のためであろう。ところが「観劇一覧」を見渡せば一目瞭然だが、抱月の時代には二幕の芝居はミュージカル・プレイ以外見られない。上演時間も八時半から一一時半と、三時間以上が普通であった。開演を一時間早めるべきであると作家のピネロが提唱したことがある[6]が、改善されなかったらしい。現在はほとんどの芝居が七時半開演である。

「ツリーの『レサレクション』」の文章は大半が「見たまま」であり、その記述は詳細を極めている。台本を手元に置きつつ書いたに相違ないが、舞台を観た者でないとわからない部分も正確に再現している。しかも、小説の梗概のように「○○は△△を内心に秘めながら……」などと人物の心理を先回りして底を割ることをしていない。人物の登退場と言動を時間軸に沿ってただ叙述するのは、優れて演劇的な知性と言わざるを得ない。

舞台装置の説明などは歌舞伎台本の舞台書きそのままである。次は第一幕の冒頭である。

舞台一面田舎大家の居間の飾りつけ、正面上手、奥に寄せて寝床を見せ、海老茶天鵞絨のカーテンを半ば絞りある。直ぐ下手より二間通しの大窓、硝子四枚の開きになり、之れを透かして、外すなはち舞台裏は、夕月夜の遠見、窓下一条の道を隔てゝ、遙に墨絵のやうな疎林に続いた小流れといふ景色です。（38頁）

さて肝心の内容だが、まず第一幕で書生のネクリュドフが小間使いのカチューシャと恋愛関係を結ぶ。第二幕は一〇年後、ネクリュドフと離れ離れになったカチューシャはその子を宿したがために屋敷を追われ、世の辛酸をなめたのち殺人の罪で裁判にかかる。たまたま陪審員に選ばれたネクリュドフはカチューシャの無実を主張するが、カチューシャは有罪となる。三幕目はネクリュドフは公爵の娘との縁談を拒み、あくまでカチューシャを救い出す決心をする。三幕目はネクリュドフが監獄にカチューシャを訪れる場面である。カチューシャは蓮葉な女になっており、ネクリュドフを拒む。四幕目は監獄の附属病院で、ネクリュドフはカチューシャの特赦願を持ち来る。大詰ではカチューシャは赦免されるが、ネクリュドフの真心を知りながらも求婚を断り、シモンソンという社会党の囚人と結婚する。

ネクリュドフにはビアボム・ツリーが、カチューシャには新進女優のレーナ・アシュレルが扮した。アシュレルは公演期間中、アーヴィングの「ダンテ」の出演のため劇場を移るので、抱月が二度目に観たときはカチューシャの役はリリー・ブレートンに替わる。抱月はアシュレルの方を高く買っていたようだ。

ところで第一幕ではカチューシャが「春は溶けます白雪が」というような歌を歌う。オーケストラの伴奏を伴うのではなく、手拍子で歌うところが重要である。ストレート・プレイでは、登場人物に聞こえない音を観客に聞かせることはしない。歌に伴奏をつけたり、音楽が流れる中でセリフを言ったりするのはミュージカル・プレイの技法であり、日本で言えば歌舞伎・浄瑠璃の技法と言えよう。まだしも歌舞伎・浄瑠璃では一定の規則が守られているが、日本の現代劇においては音楽の問題は曖昧なまま放置されている。これに対し、イギリスのストレート・プレイでは場面転換以外には音楽を流さない。この約束事は抱月にとって好結果をもたらした。この作品が芸術座で「復活」のタイトルで上演されたとき、松井須磨子はやはり手拍子で歌ったのである。須磨子は歌が上手くなかった。これも「カチューシャの歌」の流行にひと役買ったかもしれない。

「レサレクション」では一度しか歌われなかったのを、数を増やして印象的にしたのも抱月の工夫だった。「芸術座の稽古室より」（『読売新聞』一九一四年三月）に言う。

第一幕と第四幕に女主人公カチユーシヤと其の妹分のフヨドーシアといふのが歌ふ歌があります。之れは原作の小説には無いのですがフランスの脚色本にあります。但しそれは一つであるが、今度はあと四つばかり加へて、五つへ（ママ）の小曲を交錯して歌はせます。（210頁）

他に演出面では、幕明きに舞台と客席の照明が完全に消えるのを体験する。日本における暗転の最初は川上音二郎一座の「意外」（一八九四年一月、浅草座）だと言われている。また「ハムレット」（一九〇三年一一月、本郷座）において、亡霊の出る青山墓地の場で照明に強弱の変化を加えたことはよく知られている。ただし完全暗転によって場面転換を行うとなると、一九〇六年一〇月の「祖国」を待たねばならないと私かに考えている。

5 「アーヴィング劇『ダンテ』」その他

「ダンテ」は一九〇三年四月三〇日から七月一八日まで、ドゥルリー・レーン劇場で計八二公演行われた。抱月は六月二七日と七月一一日に観劇している。その観劇記「アーヴィング劇『ダンテ』」は一九〇四（明治37）年六月の『新小説』に掲載された。「レサレクション」が「見たまま」であったのとは打って変わって、ここには様々な情報が盛り込まれている。というよりも迷走しているとみてよい。

特に強調されているのが「標現主義」(表現主義)への抱月の関心である。すでに前年の六月一三日、ライシアム劇場でアーヴィングの「ファウスト」を観て「サシテ深キ感ジモ起コラザリキ」とした抱月だったが、標現主義あるいはシンボリズムへの関心は常に抱月が抱くところである。ヨーロッパでは自然主義はすでに役割を終え、文芸の潮流は標現主義へと移りつつあったからである。しかし「最大俳優」アーヴィングと「最大脚本家」サルドゥをもってしても「標現主義」の「ダンテ」は成功作とは言えなかった。抱月の考える標現主義においては、舞台に表れる事象すなわち標象(表象)の奥には、「理」と「情」、「社会」と「個人」、「自」と「他」といった、人生普遍の二項対立が寓意として表現されねばならない。すなわち「英国の劇壇」にいう芸術(美術)の理想的な境地である。

絵なり芝居なりを見てゐるうち、或る刹那は眼前の景に気を取られてをり、次ぎの刹那はそれを本に自分がさま〴〵の連想を頭の中に漠然と編んでそれに思ひ耽ける。且つ向かふのものを見ては、且つ自分の頭の中を見るといふ風の心持が、大きな高尚な美術には必要になつて来るのです。只もうスリリングに、息もつかせないで、見せさへすれば、中身は何であらうが構はぬといふのは、大美術には出来ない事です。(16頁)

同化／異化などという議論が空しく思われる程、単純明快で的を射た言説ではないか。こうして抱月の筆は、志においては「レサレクション」よりも「ダンテ」をはるかに高く評価しつつも失敗作と断じ、その一因を壮大すぎる舞台装置へと矮小化し、上演時間の問題へと脱線してゆく。「見たまま」の部分も写実の劇でないだけに要領を得ない。
挙げ句に抱月は次のように結ぶ。

英国劇の精華として、他国の及ばぬ、所謂イングリッシュ、コメディーの妙味を説いた上でなくば、本当に英国の芝居を紹介したとは言へない。是れも他日の事。（103頁）

抱月に残された課題は喜劇の紹介ということになった。たしかに、抱月は次第に喜劇に関心を抱きつつあったようである。
抱月は「英国の劇壇」の中で「東力西漸」について次のように述べていた。

センセーショナルの重いものとファーシカルの軽いものと、即ちメロドラマとミュジカル、プレーとが倫敦の俗趣味を代表して、悲劇、喜劇の高尚な趣味を圧倒して行く。真の悲喜劇と銘うつべきものまでが、兎角幾分づゝは此の風潮の犯すところとなる。〔…〕詮ずる所、多くの芝居が軽いものに寄席、仁和加の趣味を帯び、重いものに夢幻劇、壮士芝居のセンセーショナル、サイドと近づいて来る。大向ふ的、ガラリー的、すなはち東倫敦的になつて行く。之れを彼等が劇壇の東力西漸といふのです。（6頁）

しかし帰国後書いた「ピネロ作『二度目のタンカレー夫人』」（一九〇六〈明治39〉年五月『新小説』）では、俗趣味に堕してゆく傾向を弁護する言説が見られる。

而して多数の喜劇は、やゝもすると俗趣味に投ずるだけの極くつまらないものになる。其の一番主もなる理由は元来世の多数衆俗といふものは、一日頭や身体の疲れる仕事をして、夜分にでも劇場に行つて笑つて一日の労を息めやうといふのであるから、好んで肩の凝るやうな芸術を味ふことなぞは出来ない。是れが現時の大都会の形勢であらう。（121〜122頁）

高尚な芝居も必要である、しかし一日の労働の疲れを癒やしてくれるのは小難しい芸術的な芝居ではない。どちらも真実である。

ところで「二度目のタンカレー夫人」の作者ピネロは最初は俳優であり、次に喜劇作家としてキャリアを始めた。伝統の風習喜劇 Comedy of Manners はこの国では誰しもがくぐり抜けるべきものらしい。それが一転、まじめな社会悲劇の作家に転じた。この転身は、現代の作家マイケル・フレインを想起させる。一九八二年の「ノイゼス・オフ *Noises Off*」はバックステージもののスラップスティック喜劇だった。一九九八年の「コペンハーゲン *Copenhagen*」は原爆開発を巡るニールズ・ボーアとハイゼンベルクの師弟の愛憎を描く傑作である。二〇〇三年の「デモクラシー *Democracy*」では、西ドイツ社民党政権と東ドイツスパイの葛藤を通してデモクラシーというものの足腰の弱さを描いた。筆者は「ノイゼス・オフ」を日本版で、「コペンハーゲン」はロンドン版六回と日本版を一回、「デモクラシー」はロンドン版と日本版を一回ずつ観たのだが、同じ作家の作であることにしばらく気づかなかった。蛇足だが、フレインのチェーホフ作品の英訳は大変すぐれている。

話は変わるが、抱月は、行きの船中での「日記」で、門司を発ったあとの一九〇二年三月一四日条に次のように記している。

下等室ニすまたら移住民ノさんがぽーるニ下船スルモノ数十人乗組メリ〔…〕十二三ノ無邪気ノ女児夕方ニハ相連レテ唱歌ヲ歌ヒナガラ甲板ヲ往キツ戻りツスル可憐也　事務長ハイフ彼等モ末ハ何ニナルカト　蓋シ淫売婦タルベシトノ意也　嗚呼唱歌ヲ謡ヒテ暖キサレドモ貧シキ親ニ連レラレテ故郷ヲ棄テ、富ヲ得ニ行ク〔…〕（日記、85頁）

抱月は貧しい家の生まれであるから、売春婦になることを運命づけられた移民の子にも暖かいまなざしを向けている。同様に抱月は、イギリスの暗部すなわちイースト・エンドの人々にも少なからず同情を覚えたはずである。一方で「高大を要求するといふ文芸壇目下の一潮流」(77頁)たる標現主義をうたいながら、一方で俗趣味に堕することもよしとするようなジレンマを抱月は常に内に秘めていたと言えよう。事ほど左様に抱月は、あらゆるものに二項対立を見いだし、それを止揚することに人生の意義を見いだしていたようである。たとえば「英国劇と道徳問題」では、「デユチー・エンド・プレヂユァー、即ち義務と快楽といふ反対熟語」の「二股道」は「即ち現代に於ける一番深い道徳問題であります」(111頁)と述べている。「義務」か「快楽」かのジレンマに悩むのではなく、矛盾そのものを楽しんでいるかのようでもある。それは抱月の美学論、文学論についても言えることだ。

6 芝居におぼれる

抱月は日本への報告記事を書くために、極めて冷静に評価の定まった作品・作者・俳優を取捨選択したのであって、芝居に淫したのではないと先に述べた。

しかし、本当に芝居に淫する時期は来た。それは一九〇三年六月二〇日、オックスフォードを発ってロンドンに移り住み、一〇月一〇日まで滞在した期間であった。

「観劇一覧」を見ると、抱月は四ヵ月の間に実に述べ五一本を観ている。しかも多くの作品では、各公演のシーズンが始まるとすぐに劇場に足を運んでいるのである。情報を得たら片っ端から観たという表現が適当だろう。しかもその成果を「英国の劇壇」のごとく、あるいは「ツリーの『レサレクション』」のごとく、日本に報告した痕跡はない。

抱月は「日記」の五月二一日条に「一昨日独乙行ヲ来年マデ延セシ事を宿ノモノニ告グ」(日記、114頁)と記している。ドイツ行きの延期を決めた理由は不明である。想像の域を出ないが、ウエスト・エンドで精力的な観劇が始まる時期と重なることから、観劇がその理由ではなかったか。

ところで、抱月は芝居のセリフがどの程度聴き取れたのだろうか。

抱月の英語力については検証されていないが、読み書きはともかく聴く・話す能力は多くの同時期の留学生同様、十分とは言えなかっただろう。ロンドンに着いてからオックスフォードで聴講するまでの数カ月間、抱月は熱心に英語の勉強をしている。きちんとした英語を話すサマーズ牧師のところに下宿して何かと相談にあずかったことも英語の上達に役に立った。また抱月は日曜には教会に通い、説教を楽しみにしていたことがわかるが、これも宗教への興味以外に英語を聴くという目的があったのかもしれない。逆の言い方をすれば、日々精進しなければ聴く・話すことにはまだまだ対応できなかったということであろう。

川副國基は次のように指摘する。

外国に言葉に対する熱心の度合からいえば、この鷗外も漱石も抱月も、アメリカにいた頃の荷風が、ひたすらフランス語を学びフランス文学を熱読しフランスの老婆デトウルを陋巷にたずねて共にフランス語で語ることに僅かにフランスへの憧れをいやしていたという憑かれたような「西遊日誌抄」の態度には到底比すべくもあるまい。[7]

荷風に比べれば鷗外・漱石・抱月などまだまだ甘いということか。語学の達人で何度も通時として政府要人の洋行に随行した福地桜痴にしても、劇場のセリフは聞き取っていない。

一国の国運を担って実用の世界を寸分洩らさず記録する事を使命とした彼等にとって、夕食後の時間に訪ずれる「劇部」は、自ずと疲れた身体を休め、記録する使命を忘れさせてくれる場であり、耳に響く殆ど聴取不能な俳優の名調子や歌手の美声は、ひたすら眠りに誘う効用しかなかった事は、使節団の一人であった福地桜痴をはじめ幾人かが後に回想している。[8]

桜痴は演劇に興味はなかったので「聴取不能」だったのかもしれないが、通時としては接待の観劇の内容ぐらいは聞き取っておかねば後々不都合も起こりそうなものだ。要するに語学堪能であっても芝居のセリフは聞き取れないのである。

比較すること自体抱月に失礼だが、筆者の場合は最初の五〇本ぐらいはあらかじめ台本を読んでから劇場に行かないと、舞台で何が起こっているのかわからなかった。少しずつ慣れてくると、初見でもいくらかは聴き取れるようになる。ただし抱月も観たシェリダンの「恋敵 *The Rivals*」などは、わざと間違った言葉を言うマラプロピズム（Malapropism）が多用されるのでさっぱりわからなかった。笑い転げる客席の中で疎外感を感じる瞬間である。

前置きが長くなったが、要するに抱月は台本の助けなしにセリフの細かいニュアンスまでは理解しなかったと考えられる。芝居から「文学」を味わうことはできなかったのだ。抱月が劇場で学んだのは装置であり、衣裳であり、照明であり、つまり広義の演出であった。[9] それにもまして何よりの学びは、客席の空気である。真に素晴らしい芝居に「ジワ」が来る瞬間、観客が一日の疲れを忘れて無防備に笑う瞬間、はたまた笑いに来ている観客が先取りして笑う不愉快な瞬間、などなどである。こうした空気は舞台で行われているものの質とは無関係に迫ってくるものだ。

7　おわりに

洋行中、抱月はイプセンの芝居を二本しか観なかった。「ヴァイキング」（一九〇三年四月一七日、ロンドン、インペリアル劇場）と「ジョン・ガブリエル・ボルクマン」（一九〇四年九月一五日、シラー劇場）である。いわゆる「問題劇」は観ていない。「二度目のタンカレー夫人」が、風習喜劇の土台にイプセン風の「問題劇」の状況設定を加えた作品と捉えることができる程度だろうか。ちなみに本作ではチェーホフの「かもめ」のようなアンチクライマックスがくっついている。

それはともかく、抱月の「人形の家」に関する理解は一八四本の観劇経験をもってしても埋まらなかったと思われるので、ここに私見を記しておく。

一九一一（明治44）年九月二二日、二三日、文芸協会の試演として坪内邸で島村抱月訳「人形の家」が上演された。序幕と三幕目だけの上演である。第二幕を上演しなかったのは、ノーラのタランテラの踊りがどういうものかわからなかったためだという。そこで第二幕だけは抱月が幕前で梗概を説明した。

抱月はじめ一同は、第三幕がこの芝居の眼目と考えていたようである。むろんテーマ主義に立てば、結末の第三幕が最重要であることは自明である。しかし演劇的には、第二幕が最重要なのである。これについてはかつて書いたことがあるので引用する。

第二幕には、ノーラが「タランテラの踊り」を稽古する場面がある。音楽性に乏しいセリフ劇の中で、踊りはひとつのアクセントになっているのだが、この踊りは観客に対するエンターテインメントに終始してはいない。借用書偽造の秘密をクログスタににぎられたノーラは、死を覚悟でタランテラの踊りを踊る。絶望と希望の入り交じった感情に支配されたノーラの踊りは、ピアノを弾くヘルメルの調子を外れて激しさを増す。美しい妻の姿を悦に入って眺めたいヘルメルの期待を裏切るかのように。ヘルメルはピアノを弾くのを止め、医者ランクがピアノに向かう。ランクはノーラに密かに想いを寄せているが、一方で自分の死期が迫っていることを承知している。ともにジレンマを抱えた弾き手と踊り手の心理が、激しさを増す踊りの調子とシンクロする場面だ。踊りはヘルメルによって中断されるが、その激しさの余韻は、ノーラとランクの中でそれぞれの静かな確信へと変化してゆく[10]。

本公演では第二幕も上演された。ヘルメルには土肥春曙、ランクには森英治郎が扮したが、この二人はピアノが弾けたのだろうか。そういうことは些事であって、憑依型女優・松井須磨子の存在が他の問題点を上書きしてしまったということか。

須磨子のどこに魅力があるのか、写真だけではまったく看取することができない。子供の頃から大正・昭和初期の演劇を博多の劇場で観てきた武田政子は「生ける屍」（一九一八〈大正7〉年、九州劇場）の須磨子を見ている。

肝腎の松井須磨子その人については、どちらかといえば背の低い、まるっこい体つきと、ふんわり背中まで垂らしたウェーブのある髪の毛と……そんなことくらいしか記憶に残っていないのだが、この芝居の印象は強く、おそらくこのあたりから、見た目の面白さだけでなく、人と人とのからみ合う芝居の中身の面白さへと、興味の目を開かれていったのではないかと思われる。[11]

武田政子七歳、子どもにここまで感じさせることができれば、抱月も以て瞑すべしである。最後に、本稿冒頭に挙げた小山内／抱月問題について、神山彰の決定的な言説を引用する。

小山内は後に外遊しても、著名な演劇人に会い、評価高い劇団を見ているだけで、最後のモスクワで、移動演劇集団の「青服座」を見た以外は現地の生活者が親しむ芝居など念頭にも浮かべないタイプの人だった。松本克平が指摘したように、文芸協会に私財を投げ打った逍遥や、興行の実際で苦労し、旅回りを続けた抱月に較べて、小山内は「いつも特等席に座っている」手を汚さない人間だったのである。[12]

芝居で食っていけるかどうかは、現代においても（現代だからこそ）大問題である。国から金がもらえて芸術的で実験的な芝居をして満足する行き方は、どこかおかしい。それゆえに芸術座は松竹に身を委ね、同時期に小林一三は大劇場構想を発表する。このジレンマを知らなかったことにする、なかったことにする人たちに、芝居に関わる資格があるのかどうか。いまさらだが問うて見なければなるまい。

なお、本稿冒頭に述べた明治末から大正にかけてのまことに興味深い演劇状況については、あらためて考察する必要を感じる。他日を期したい。

注

1 三宅周太郎『新版　演劇五十年史』鱒書房、一九四七年、160頁。

2 『抱月全集』第七巻、天佑社、一九二〇年。

3 早稲田大学図書館蔵、全三冊。明治三五年三月の横浜出帆から明治三七年五月までを収める二冊分は「渡英滞英日記」の名称で『島村抱月・長谷川天渓・片上天弦・相馬御風集』(『明治文学全集』四三、筑摩書房、一九六七年)に翻刻されている。

4 岩佐壮四郎『抱月のベル・エポック』大修館書店、一九九八年、317〜322頁。本稿に示す演目名の邦題は原則として岩佐に拠る。

5 島村瀧太郎〔抱月〕『滞欧文談』春陽堂、一九〇六年。なお本稿に引用する抱月の著作の多くは『滞欧文談』にも収録されているが、『抱月全集』を採る。

6 「アーヴィング劇『ダンテ』」および「劇場問題」。いずれも『抱月全集』第七巻所収。

7　川副國基「島村抱月の渡英滞英日記について」『早稲田大学教育会研究叢書』第二冊、一九五一年、21頁。

8　神山彰「「ヴィクトリアン・ジャパン（明治日本）」の劇場」『歌舞伎　研究と批評』39号、二〇〇七年、32頁。

9　もっとも、文芸協会発足当初、抱月が演出家として何もできなかったことは、河竹繁俊『逍遥、抱月、須磨子の悲劇』（毎日新聞社、一九六六年）の「人形の家」稽古場風景のくだりに詳しい（69〜70頁）。

10　岩井眞實「演劇の愛は疾走する」『愛』〈テーマ・シンキング叢書004〉、ミッションプレス、二〇一四年、21〜22頁。

11　武田政子著、狩野啓子・岩井眞實編『芝居小屋から　武田政子の博多演劇史』海鳥社、二〇一八年、171頁。

12　神山彰「松居松葉の時代」『海を越えた演出家たち』日本演出者協会、れんが書房、二〇一一年、85頁

抱月イギリス観劇一覧

- 「島村抱月滞欧日記」(「渡英滞英日記」)をもとに、島村抱月の観劇記録をイギリスのものにかぎり掲出する。
- 一覧を作成するにあたっては、岩佐壮四郎「観劇リスト」を参考にした。特に邦題については同リストに負うところが大きい。
- 演目の細かいデータについては次の書を参考にした。特にジャンル(演目名のあとのカッコ内)についてはこの書の分類に従っている。
  J. P. Wearing, The London Stage 1900-1909, A Calendar of Productions, Performers, and Personnel, Second Edition, Rowman & Littlefield, 2014.
- 当該演目が、どの劇場でどの期間何公演行われたかという記録も同書をもとに記した。
  【例】1902/4/2-7/11. 68 perf (1902年4月2日から7月11日まで、計68公演行われた)
- 「日記」にある抱月の感想等はできるだけ「 」内に紹介する。

No.	日	劇場・題・上演記録・日記記載事項 等
1	1902 6/11	ロイヤル・オペラ・ハウス(Covent Garden)「アイーダ Aida」(オペラ、4幕) 1902/6/6, 6/11, 7/12, 7/22. 4 perf 「能ト踊リト剣舞トノ趣味ニ芝居ノ書割ヲ加ヘタルガ如キ気持セリ、Amphitheatre ニテ二志半也」
2	6/13	ライシアム劇場(Lyceum)「ファウスト Faust」(悲劇、5幕) 1902/4/2-7/11. 68 perf(初演は1885/12/19。1894再演時に計500回に達する。ヘンリー・アーヴィング出演。 「Amphitheatre ニテ二志也〔…〕サシテ深キ感ジモ起コラザリキ」
3	9/23	ダルストン劇場(Dalston)(ロンドン郊外)「平和の価 The Price of Peace」(メロドラマ、4幕) セシル・ラレイ作、ドゥルリー・レーン劇場 1900/9/20-12/12. 98perf 「下ラヌモノナリ」
4	9/27	ロイヤル・オペラ・ハウス(Covent Garden)「ファウスト Faust」(オペラ、5幕) 1902/8/26, 9/4,9/6, 9/10, 9/13, 9/17, 9/27. 7 perf
5	10/1	ドゥルリー・レーン劇場(Drury Lane)「第一の友人 The Best Friends」(メロドラマ、4幕) セシル・ラレイ作 1902/9/18-12/6. 92 perf.
6	11/14	ニュー・シアター(New Theatre)(オックスフォード)「闘牛士 Toreador」(ミュージカル・プレイ、2幕) J. T. タナー /H. ニコラス /I. キャリル /L. モンクトン作 ゲイティ劇場 1901/6/17-1902/7/25, 1902/9/2-1903/7/4. 676 perf 「Comic Opera ノ類」「ツマラヌモノ也」
7	12/5	ニュー・シアター(New Theatre)(オックスフォード)「田舎娘 A Country Girl」(ミュージカル・プレイ、2幕) J.T.タナー /L.モンクトン作 デイリイズ劇場 1902/1/18-1904/1/30. 729 perf

8	12/12	ニュー・シアター（New Theatre）（オックスフォード）「エレアノア Eleanor」（プレイ、4幕） H.ウォード作 マリオン・テリー巡業 ロイヤル・コート劇場 1902/10/30-11/15. 13 perf
9	12/26	アレクサンドラ劇場（Alexandra Theatre）（ロンドン郊外）「赤ずきん Red Riding Hood」（パントマイム）
10	1903 1/28	ニュー・シアター（New Theatre）（オックスフォード）「彼の女地主 His Landlady」（「小喜劇」）
11		同劇場・二本立 「可愛いフランス人の小間物屋 Little french Milliner」（「仏蘭西 Farce」） 「此狂言ニせり上げト書割ノ廻リ舞台トヲ用ヒタリ」
12	2/3	ニュー・シアター（New Theatre）（オックスフォード）「鼠と人 Mice & Man」（ロマンチック・コメディ、4幕） M.L.ライリー作 初演はシアターロイヤル（マンチェスター）1901/11/27 リリック劇場 1902/1/2-12/10, 12/26, 1903/1/3, 1/10, 1/17, 2/4. 365 perf 「可也ノ出来也」
13	2/10	ニュー・シアター（New Theatre）（オックスフォード）「永遠の都 Eternal City」（5幕） H.ケイン作（ケインの小説を自ら劇化） ヒズ・マジェスティ劇場 1902/10/2-1903/1/16. 117 perf 「Roma ノ役者可也、B. Tree ノ一座中ヨリ来リシナリ、道具書割立派也」
14	3/3	ニュー・シアター（New Theatre）（オックスフォード）「The [New] Clown」（ファルス、3幕） H.M.ポール作 テリーズ劇場1902/2/8-3/19.後コメディ劇場3/22-4/16.80perf 「可ナリノ出来」※日記には「The Clown」とあり。
15	3/6	ニュー・シアター（New Theatre）（オックスフォード）「嘘吐きども The Liars」（喜劇、4幕） H. A. ジョーンズ作 初演はクライテリオン劇場 1897/10/6。 ウィンダム劇場 1900/6/20-7/20. 30 perf 「女主人公ヲ勤メシ女優ノ顔ノ表情最妙ナリキ」
16	3/11	ニュー・シアター（New Theatre）（オックスフォード）「軍艦ピナフォー The Pinafore」（滑稽オペラヵ） 「Heroine ノ Soprano ノ声ハ極メテ善カリシモ他ハマヅシ 筋ハツマラヌモノ」
17	3/14	ヒズ・マジェスティ劇場（His Mafesty's）「復活（レサレクション）Rasurrection」（ドラマ、4幕） M.モートン作（アンリ・バタイユの翻案、L.トルストイ原作） ビアボム・ツリー一座 1903/2/17-5/16. 93 perf. 「全体ニハヤヽ統一ノ情味薄カリシ感アリ Ashwell ノ表情ハ評判ノ如ク見物也 Tree ノ芸ハ余リ感服セズ 第一場ハ Idyllic ニテヨシ 獄家ノ場ハ Ashwell ノ芸ノテ妙 終幕ハ書割ニテ面白シ」
18	3/16	ドゥルリー・レーン劇場（Drury Lane）「マザー・グース Mother Goose」（パントマイム） 1903/2/17-5/16. 93 perf. 「舞台ノ粧飾目ヲ驚カス」「舞台装置の最も、すばらしいのは天国の場です」（英国の劇壇）

19	3/17	デューク・オブ・ヨーク劇場（Duke of York）「あっぱれクライトン The Admirable Crichton」（ファンタジー、4幕） J. M. バリー作　ヘンリー・アーヴィング出演 1902/11/14-1903/8/28. 326 perf 「極メテ淋シキモノ也」
20	3/18	ストランド劇場（Strand）「チャイニーズ・ハネムーン Chinese Honeymooon」（ミュージカル・プレイ、2幕） ジョージ・ダンス作 初演は 1899/10/16。1901/10/5-1904/5/23. 1075 perf. 「極メテ賑ヤカナルモノ也」
21	3/18	リリック劇場（Lyric）「消えた光 The Light That Failed」（ドラマ、3幕） G. フレミング作（R. キップリングの小説の劇化） ロバートソン出演 リリック劇場にて 1903/2/3-4/18, その後ニュー・シアターにて 4/20-6/20. 151 perf 「Robertson 善シ　結末ノ方善シ　ブロンテノ "Jane Eyre" ノ結末と同巧異曲ノ観ヲ成セルハ Dramatise セル際ノ結果ナルベシ　此夕入口ヲ間違ヘ一軒手前ノ Apollo Theatre ニ入ル　直チニ出ヅ　連日引続キテノ芝居研究ニ稍疲レ気味也」
22	3/19	ニュー・シアター（New Theatre）「ローズマリー Rosemary」（プレイ、4幕） L. N. パーカー /M. カーソン作　チャールズ・ウィンダム出演 初演はクライテリオン劇場にて 1896/5/16。ニュー・シアターにて 1903/3/12-4/8. 28perf その後ウィンダム劇場にて 4/29-5/9. 12 perf. 「Pathetical ノモノナリ　Wyndham ノ芸風ハ通人トイフモノナド扮スルニ適スト見エタリ、場内赤ト白ノ色彩勝チテ頗ル花ヤカ也」
23	3/24	ニュー・シアター（New Theatre）（オックスフォード）「ネル・グウィン Nel Gwyn」（ロマンチック・プレイ） 「時代物ナレド極メテ拙シ」
24	3/31	ニュー・シアター（New Theatre）（オックスフォード）「悪名 A Bad Character」（メロドラマ） 「探偵小説振ノ Melodrama ナリキ」
25	4/16	ヒズ・マジェスティ劇場（His Mafesty's）「復活（レサレクション） Rasurrection」（ドラマ、4幕） ビアボム・ツリー一座　1903/2/17-5/16. 93 perf.〔二度目〕
26	4/17	インペリアル劇場（Imperial）「ヘルゲランの勇者たち（ヴァイキング） The Vikings」（ロマンチック・ドラマ、4幕） ヘンリック・イプセン作　エレン・テリー出演　1903/4/15-5/14. 30 perf
27	4/18	セント・ジェイムズ劇場（St. James）「アルト・ハイデルベルク Old Heidelberg」（喜劇、5幕） R. ブライヒマン作（W. マイヤー＝フェルステルの翻案） ジョージ・アレキサンダー出演 1903/3/19-7/17. 129 perf
28	4/18	アレクサンドラ劇場（Alexandra Theatre）（ロンドン郊外）「〔題不明〕」「云フニ足ラズ」

29	4/21	ニュー・シアター（New Theatre）（オックスフォード）「カジノ・ガール The Casino Girl」（ミュージカル・ファルス、2 幕） H. B. スミス /L. イングランダー作 初演は 1900/3/19（ニューヨーク）。シャフツベリー劇場にて 1900/7/11-1901/1/22. 193 perf
30	4/22	シェイクスピア紀念劇場（Memorial Theatre）（ストラットフォード・アポン・エイヴォン）「マクベス Macbeth」 ベンソン一座 「Mrs. Benson ガ Lady Macbeth ニテ大入ナレド芝居ハアマリ感服セズ Benson ノ妻君ハ寧ロ優シキモノガヨカルベシ　Macbeth ニハ小サ過ギタリ、声ナドモ、イガリ過ギタル気味也」
31	4/28	ニュー・シアター（New Theatre）（オックスフォード）「闘牛士 Toreador」（ミュージカル・プレイ、2 幕）〔二度目〕
32	5/5	タウン・ホール（Town Hall）（オックスフォード）「〔題不明〕」 「Dramatic Performance〔…〕素人芝居ノ類也」
33	5/6	ニュー・シアター（New Theatre）（オックスフォード）「スーザンの反抗 The [Case of] Rebellious Susan」（喜劇、3 幕） H. A. ジョーンズ作 ウィンダム劇場にて 1901/5/16-7/11. 57 perf 「作一寸善シ」
34	5/7	ニューシアター（New Theatre）（オックスフォード）「ビショップス・ムーブ The Bishop's Move」（喜劇、3 幕） P. M. T. クレイギ夫人 /M. カーソン作 ギャリック劇場にて 1902/6/7. 1 perf. 1902/7/30-10/25　他 12/10 迄 112 perf, 1903/7/13-9/19. 69 perf 「是亦作可ナリニ善シ」
35	5/11	ニュー・シアター（New Theatre）（オックスフォード）「〔題不明〕」（1 幕） 「何レモ皆面白キ作意也、前者殊ニ善シ」
36		同劇場・二本立「〔題不明〕」（1 幕） 「希臘ノ Mythology を本トシタル作」
37	5/12	ニュー・シアター（New Theatre）（オックスフォード）「ルネ王（の娘）King Rene ['s Daughter]」（プレイ、1 幕） エドワード・フィリップス作（ヘンリック・イプセンの改作） 初演はシアター・ロイヤル（ダブリン）にて 1849/11/28 「King Rene トイフ一幕物面白シ、矢張リロマンチツクノ物也」
38	5/14	ニュー・シアター（New Theatre）（オックスフォード）「お転婆なナンシー Naughty Nancy」（ミュージカル・コメディ、2 幕） O. バース作　サヴォイ劇場にて 1902/9/8-11/22. 77 perf 「Musical comedy ニテ言フ程ノ事ナシ　Loftus ノ芸風稍下等ニテ寄席芸ノ気味アリト感ジタリ」
39	5/18	ニュー・シアター（New Theatre）（オックスフォード）「ヴェニスの商人 The Marchant of Venice」 Oxford University Dramatic Society 「書割見事、芸モ黒人也」

40	5/27	ニュー・シアター（New Theatre）（オックスフォード）「シルペリック Chilperic」（コミック・オペラ）
41	6/1	ニュー・シアター（New Theatre）（オックスフォード）「ボーケア氏 Monsieur Beaucaire」（ロマンチック・コメディ、4幕）　B. ターキントン /E. G. サザランド作（ターキントンの小説を劇化） コメディ劇場にて 1902/10/25-1903/8/1. 316 perf 「時代物ニテ主人公ノ切ラレテ台詞ヲ言フ所日本趣味也」
42	6/8	ニュー・シアター（New Theatre）（オックスフォード）「パオロとフランチェスカ Paolo & Francesca」（悲劇、4幕）　S. フィリップス作　ベンソン一座 セント・ジェイムズ劇場にて 1903/3/6-7/5. 134 perf
43	6/9	ニュー・シアター（New Theatre）（オックスフォード）「ある夜の失敗 She Stoops to Conquer」（喜劇）　ゴールドスミス作　初演は 1773 年
44	6/11	ニュー・シアター（New Theatre）（オックスフォード）「マクベス Macbeth」
45	6/12	ニュー・シアター（New Theatre）（オックスフォード）「ウィンザーの陽気な女房たち Merry wives of Windsor」
46	6/13	ニュー・シアター（New Theatre）（オックスフォード）「ハムレット Hamlet」
47	6/22	インペリアル劇場（Imperial Theatre）「から騒ぎ Much Ado about Nothing」エレン・テリー出演
48	6/23	ロイヤル・オペラ・ハウス（Covent Garden）「トリスタンとイゾルデ Tristan and Isolde」（オペラ）
49	6/24	ヒズ・マジェスティ劇場（His Mafesty's）「フロードン・フィールド Flodden Field]」（ドラマ、プレリュード、2幕）　A．オースチン作 1903/6/8, 6/20-6/26. 8 perf
50		同劇場・二本立「ザ・マン・フー・ウォズ The Man Who Was」（1幕） F. K. ペイル作（キップリングの小説を劇化）　1903/6/20-7/8. 19 perf 「Kipling ノ作及現詩宗 Austin ノ作ヲ見ル Kipling ノガ善シ」
51	6/25	ヴォードヴィル劇場（Vaudeville）「屋敷小路 Quality Street」（喜劇、4幕） J. M. バリー作 1902/9/17-1903/11/28. 457 perf 「Hicks、Ellaline Teriss、Marion Terry 等ノ一座也」
52	6/26	ギャリック劇場（Garrick）「ドミ・モンド Le demi-monde」（喜劇、5幕） アレクサンドラ・デュマ作　1903/6/26-6/27. 3perf　初演は 1855 パリ。 「仏の女優 Rejene ヲ見ル　作ハ Dumas 物ナリ」
53	6/27	ドゥルリー・レーン劇場（Drury Lane）「ダンテ Dante」（プレイ、4幕） L. アーヴィング翻案（V. サルドゥー作）　ヘンリー・アーヴィング出演 1903/4/30-7/18. 82 perf
54	6/27	ニュー・シアター（New Theatre）「生の喜び The Joy of Living」（悲劇、5幕） H. ズンデルマン作　1903/6/24-7/11. 20 perf. 初演は 1902/10/23 ニューヨーク。 「Mrs. Patrick Campbell ト Martin Harvey トノ Sudermann 物〔…〕可也ノ作也　Campbell ヨシ」

55	6/31	ウィンダム劇場（Wyndham's）「ゴリンジ夫人の首飾り Mrs. Gorringe's Necklace」（プレイ、4幕） ヘンリー・デイヴィス作　ウィンダム一座ウィンダム劇場にて 1903/5/12-7/16、その後ニュー・シアターにて 9/23-12/19. 160perf
56	7/1	アデルフィ劇場（Adelphi）「皇妃に優る Plus que reine」（プレイ、6幕） E.ベルジュラ作　サラ・ベルナール出演　1903/6/29-30, 7/1, 7/1, 7/2-4. 7 perf 「ナポレオン物ニテ当人〔ベルナール〕ハ Josephine ニ扮セリ」
57	7/2	アレクサンドラ劇場（Alexandra Theatre）（ロンドン郊外）「東洋の竪琴 East Lyre」 「ツマラヌ物也　子役ヲ使フ為メ女ノ見物ナド泣クモノ多カリキ」
58	7/3	アヴェニュー劇場（Avenue）「ローナ・ドーナ Lorna Doone」（プレイ、4幕） A. ヒューズ作（R. D. ブラックモアの小説の劇化） 1903/6/30, 7/2-3. 3 perf.　初演はオペラハウス（タンブリッジ・ウェルズ）にて 1903/1/1
59	7/3	ヘイマーケット劇場（The Heymarket）「従妹ケイト Cousin Kate」（喜劇、3幕） H．デイヴィス作 1903/6/18-1904/1/16. 241 perf
60	7/4	アポロ劇場（The Apollo）「ケイから来た娘 The Girl from Kay's」（ミュージカル・プレイ、3幕） J．デイヴィス / C．クック / A．ロス / C．アヴェリング作 アポロ劇場にて 1902/11/14-1903/12/12, その後コメディ劇場にて 1903/12/14-1904/1/23. 433 perf
61	7/4	コメディ劇場（The Comedy）「ボーケア氏 Monsieur Beaucaire」（ロマンチック・コメディ、4幕） B．ターキントン /E. G. サザランド作（ターキントンの小説を劇化） コメディ劇場にて 1902/10/25-1903/8/1. 316 perf　〔二度目〕
62	7/6	プリンス・オブ・ウェールズ劇場（Prince of Wales）「女生徒 The School Girls」（ミュージカル・プレイ、2幕）　H. ハミルトン /L. スチュアート /P. M. ポッター　1903/5/9-1904/4/4. 330 perf
63	7/8	ヒズ・マジェスティ劇場（His Mafesty's）「トリルビー Trilby」（プレイ、4幕） P. M. ポッター（ジョージ・デュ・モーリアの小説の劇化）　ビアボム・ツリー出演 1903/5/30-6/19, 6/27-7/8. 31 perf. 初演はパーク劇場（ボストン）にて 1985/3/11、イギリス初演はシアター・ロイヤル（マンチェスター）にて 1985/9/7、ロンドン初演はヘイマーケット劇場にて 1985/10/20。
64	7/11	ドゥルリー・レーン劇場（Drury Lane）「ダンテ Dante」（プレイ、4幕） ヘンリー・アーヴィング出演　1903/4/30-7/18. 82 perf　「二度目也」
65	7/11	シャフツベリー劇場（Shaftesbury）「イン・ダホメイ In Dahomey」（ミュージカル・コメディ、3幕） J. A. シップ /W. M. クック /P. L. ダンバー /A. ロジャース作　ネグロ一座 1903/5/16-12/26. 250 perf

66	7/14	ドゥルリー・レーン劇場（Drury Lane）「ヴェニスの商人 The Merchant of Venice」（喜劇、5幕）ヘンリー・アーヴィング、エレン・テリー出演 1903/7/14 マチネ1回
67	7/15	ニュー・シアター（New Theatre）「二度目のタンカレー夫人（タンカレー氏の後妻）The Second Mrs. Tanqueray」（プレイ、4幕）A．W．ピネロ作　キャンベル夫人出演 ロイヤルティ劇場にて 1901/9/7-11/16. 72 perf ニュー・シアターにて 1903/7/11-7/30. 22 perf
68	7/18	リリック劇場（Lyric）「吟遊詩人と女中さん The Medal and The Maid」（ミュージカル・コメディ、2幕）J. デイヴィス /S. ジョーンズ /C. H. テイラー /G. ロリット /P. ルーベンス /H. フォードウィッチ作 1903/4/25-7/25, 8/15-9/12. 121 perf
69	7/20	エンパイア（The Empire）パントマイム 「我が所作事との比較などを考ふ」
70	7/21	パレス劇場（The Palace）「〔題不明〕」
71	7/22	ギャリック劇場（Garrick）「ビショップス・ムーブ Bishop's Move」（喜劇、3幕）P. M. T. クレーギー夫人 /M. カーソン作　1903/7/13-9/3. 69 perf 「Oxford にて一度田舎組のを見たる也」
72	7/22	クライテリオン劇場（Criterion）「ジャスト・ライク・キャラハン Just Like Callgham」（ファルス、3幕） C. スチュアート作（M. ハネクインと G. デュヴァルの翻案）1903/6/3-7/21. 49 perf 「仏の Farce の adaptation」
73	7/25	テゥヴォリ（The Tivori）　内容不明
74	7/29	ストランド劇場（The Strand）「チャイニーズ・ハネムーン Chinese Honeymoon」（ミュージカル・プレー、2幕）ジョージ・ダンス作 1901/10/5-1904/5/23. 1075 perf 初演は 1899/10/16 「二度目」
75	7/29	デューク・オブ・ヨーク劇場（Duke of York）「あっぱれクライトン The Admirable Crichton」（ファンタジー、4幕）J. M. バリー作　ヘンリー・アーヴィング出演　1902/11/14-1903/8/28. 326 perf 「二度目」
76	7/31	スタンダード（The Sandard）「二国に仕えて Under Two Flags」 ウィーダ Ouida〈M. L. デ・ラ・ラミー〉の小説の劇化
77	8/1	デイリイズ劇場（Daly's）「田舎娘 A Country Girl」（ミュージカル・プレイ、2幕）J. T. タナー /L. モンクトン作　1902/1/18-1904/1/30. 729 perf 「Oxford にて二度見たれば凡て三度目也」
78	8/5	アデルフィ劇場（Adelphi）「エミリー Em'ly」（4幕） T. G. ウォレン /B. ランデック作（ディケンズの小説「デイヴィッド・コッパーフィールド」の劇化） 1903/8/1-8/28. 29 perf.　「Dickens 物の翻案」

79	8/8	ヘイマーケット劇場（Heymarket）「夜の影 The Shades of Night」（ファンタジー、1幕） ロバート・マーシャル作　1903/7/20-1904/1/8. 196 perf
80		同劇場・二本立「従妹ケイト Cousin Kate」（喜劇、3幕） H. デイヴィス作　1903/6/18-1904/1/16. 241 perf　〔二度目〕
81	8/13	ケニントン劇場（Kennington）内容不明
82	8/15	アポロ劇場（The Apollo）「ケイから来た娘 The Girl from Kay's」（ミュージカル・プレイ、3幕） アポロ劇場にて 1902/11/14-1903/12/12, その後コメディ劇場にて 1903/12/14-1904/1/23. 433 perf　〔二度目〕
83	8/21	グランド劇場（Grand Theatre）（イズリントン）「ロイヤル・デヴォース The Royal Divorce」（ロマンチック・ドラマ、5幕）W. G. ウィルズ作　初演はサンダーランド（イギリス北部）にて 1891/5/1、ロンドン初演はオリンピックにて 1891/9/10。 「一寸よい所のある作也　十三四年来大当りのものといふだけありて何所かに其理由あるらし　ナポレオンとジヨセフヰンとの事也　Wellesley といふ道外方役者及其妻 Webb といふ女優とに逢ふ　明夕再び行きて舞台裏を見る約束す」
84	8/22	グランド劇場（Grand Theatre）（イズリントン）「ロイヤル・デヴォース The Royal Divorce」（ロマンチック・ドラマ、5幕）W. G. ウィルズ作　初演はサンダーランド（イギリス北部）にて 1891/5/1、ロンドン初演はオリンピックにて 1891/9/10。 「サムマースの倅と落合ひ楽屋に行き、且 O. P 側のウヰングス傍より舞台を見物しなどし終まで居る、楽屋の Wellesley といふ俳優の間は五人の共同部屋にて座頭を除いての名題ともいふべき地位（勿論此座での）の男優のみの部屋也　人物は下等、中央に顔洗場ありて周囲にぐるりと座を取り居る也　色々話しを試む　ビール一杯宛を驕る」
85	8/31	ロイヤル・オペラ・ハウス（Covent Garden）「ローエングリン Lohengrin」（オペラ、3幕） リヒャルト・ワーグナー作　1903/8/26, 8/31, 9/5, 9/15, 9/23. 5 perf
86	9/5	セント・ジェイムズ劇場（The St. James）「トム・ピンチ Tom Pinch」（コミック・ドラマ、3幕） J. デイリー/L. クリフトン（チャールズ・ディケンズによる）ウィラード一座 1903/9/5, 9/9, 9/12, 9/16, 9/23. 5 perf
87	9/9	コメディ劇場（The Comedy）「クライマーたち The Climber」（プレイ〔またはメロドラマ〕、4幕） クライド・フィッチ作　初演はニューヨークにて 1901/1/21 「亜米利加物〔…〕まづし」
88	9/12	クライテリオン劇場（Criterion）「ビリーの小さな愛の出来事 Billy's Little Love Affair」（ライト・コメディ、3幕）ヘンリー　V. エズモンド作 1903/9/2-1904/1/9. 457 perf

89	9/16	ヴォードヴィル劇場（Vaudeville）「屋敷小路 Quality Street」（喜劇、4 幕） J. M. バリー作　1902/9/17-1903/11/28. 457 perf 〔二度目〕
90	9/17	ヒズ・マジェスティ劇場（His Mafesty's）「リチャードII世」（悲劇、3 幕） ビアボム・ツリー一座 1903/9/10-12/23. 107 perf
91	9/19	セント・ジェイムズ劇場（St. James）「枢機卿 The Cardinal」（プレイ、4 幕） L. N. パーカー作 1903/8/3-12/5. 106 perf. 初演はモントレーにて 1901/10/21.
92	9/24	ダルストン劇場（Dalston）（ロンドン郊外）「サム・トイ Sam Toy」
93	9/26	ドゥルリー・レーン劇場（Drury Lane）「満ち汐 Flood Tide」（メロドラマ・ファルス、4 幕）　セシル・ラレイ作　1903/9/17-12/4. 90 perf
94	10/6	ウィンダム劇場(Wyndham's)「リトル・メアリー Little Mary」("Uncomfortable play" prologue、2 幕 J. M. バリー作　1903/9/3-1904/3/25. 207 perf
95	10/7	ギャリック劇場（Garrick）「黄金の沈黙 Golden Silence」（プレイ、4 幕） H. チェンバース作 1903/9/22-11/28. 78 perf
96	10/8	デューク・オブ・ヨーク劇場（Duke of York）「レッティ Letty」（ドラマ、4 幕） A. W. ピネロ作 1903/10/8-1904/2/5. 122 perf 「今夜は初日にて立ちつくす、昨夜の〔リトル・メアリー〕も今夜のも夜の暗中の幕あり　漸次明りをつけるによりて明くする見せ方也」
97	10/9	クライテリオン劇場（Criterion）「ザ・ミラー The Mirror」（プレイ、1 幕） R. フィリッピ作 1903/9/15-1904/1/9. 99per 「日本を取れる芝居」
98	10/26	ニュー・シアター（New Theatre）（オックスフォード）「もし我にして王たりせば　If I Were King」（ロマンチック・コメディ、4 幕）　J. H. マッカーシー作　ガーデン劇場（ニューヨーク）にて 1901/10/14. セント・ジェイムズ劇場にて 1902/8/30-1903/3/3. 213 perf
99	11/16	ドゥルリー・レーン劇場（Drury Lane）「満ち汐 Flood Tide」（メロドラマ・ファルス、4 幕） セシル・ラレイ作　1903/9/17-12/4. 90 perf 〔二度目〕
100	11/19	ヒズ・マジェスティ劇場（His Mafesty's）「リチャードII世」（悲劇、3 幕） ビアボム・ツリー一座　1903/9/10-12/23. 107 perf 〔二度目〕
101	11/21	ゲイティ劇場（Gaiet）「蘭 The Orchid」（ミュージカル・プレイ、2 幕） J. T. タナー /I. キャリル /L. モンクトン /A. ロス 他作 1903/10/26-1905/5/24. 557 perf. 「新開の Gaiety Theatre〔…〕例の楽嬉劇にてチェムバーレンを当て込みたるもの也」
102	11/23	リリック劇場（Lyric）「ダンツィ ック公爵夫人 The Duchess of Danzig」（ライト・ロマンチック・オペラ）　H. ハミルトン /I. キャリル作　1903/10/17-1904/6/11. 238 perf 「Sardou の "Sans Géne" の訳也」
103	11/24	ロイヤル・コート劇場（Royal Court）「テンペスト Tempest」 1903/10/26-12/5. 50perf

104	11/24	ストーク・ニューイントン劇場（Stoke Newinton）「ジュリアのごまかし Whitewashing Julia」（喜劇、3幕） 1903/10/8-1904/2/5. 107 perf. 「可也の作也」
105	11/25	デューク・オブ・ヨーク劇場（Duke of York）「レッティ Letty」（ドラマ、4幕） A. W. ピネロ作 1903/10/8-1904/2/5. 122 perf 「二度目也」
106	11/26	コロネット劇場（Coronet）（ロンドン梗概）「たった一つの道 The Only Way」（ロマンチック・プレイ、4幕） F. ウィルズ作（チャールズ・ディケンズの小説の劇化） 初演はライシアム座にて 1899/2/16. 「Dickens の "A Tale of Two Cities" の翻案にて可也　結末の "It is far, far better" 云々の口調が有名にて Harvey の名を成せる劇也」
107	11/27	ニュー・シアター（New Theatre）（オックスフォード）「キティの結婚 The Marriage of Kitty」（喜劇、3幕） C. G. レノックス デューク・オブ・ヨーク劇場にて 1902/8/19-9/26、その後ウィンダム劇場にて 9/27-1903/4/25. 293 perf
108	12/7	ニュー・シアター（New Theatre）（オックスフォード）「ゴリンジ夫人の首飾り Mrs. Gorringe's Necklace」（プレイ、4幕） ウィンダム劇場にて 1903/5/12-12/19. 160 perf 「倫敦にて嘗て見しを二度目に見し也　本場と田舎廻りとの芸の差著し」
109	12/10	ニュー・シアター（New Theatre）（オックスフォード）「私たちが二十一歳だったとき When We Were Twenty-One」（喜劇、4幕） H. V. エズモンド作 コメディ劇場にて 1901/9/2-11/30. 102 perf
110	12/14	ニュー・シアター（New Theatre）（オックスフォード）「秘書 The Private Secretary」（ファルス・コメディ、3幕） チャールズ・ホートレイ作 グレート・クイーン・ストリートにて 1900/7/7-12/14. 161 perf. 「十八年来旗を打廻るものとの事　Spritualism を題とせる也」
111	1904 1/4	ニュー・シアター（New Theatre）（オックスフォード）「人生への判決 Sentenced for Life」 「Sensational と Musical と Comical とを混合して偏に俗に訴へんとせるもの大悪もの也」
112	1/11	ニュー・シアター（New Theatre）（オックスフォード）「沈黙する敵 The Silent Foe」「大悪の物」
113	1/18	ニュー・シアター（New Theatre）（オックスフォード）「長ぐつをはいたネコ Puss in Boots」（パントマイム）
114	1/25	ニュー・シアター（New Theatre）（オックスフォード）「私のレディ・モリー My Lady Molly」（コミック・オペラ、2幕） H. ジェソップ /S. ジョーンズ /P. グリーンバンク /C. H. テイラー作 テリーズ劇場にて 1903/3/14-1904/1/16. 341 perf 「二度目也」
115	2/1	ニュー・シアター（New Theatre）（オックスフォード）「ローエングリン Lohengrin」（オペラ、3幕） リヒャルト・ワーグナー作　初演はワイマールにて 1850/8/28. 「可なりよし」

116	2/3	ニュー・シアター（New Theatre）（オックスフォード）「タンホイザー Tannhäiser」（オペラ、3幕） リヒャルト・ワーグナー作　初演はドレスデンにて 1845/10/19. 「此夜大入也」
117	2/4	ニュー・シアター（New Theatre）（オックスフォード）「道化師 Pageliacci」（ファルス、3幕） R. レオンカヴァッロ作　コヴェント・ガーデンにて 1900/5/19, 6/14. 2 perf
118	2/4	ニュー・シアター（New Theatre）（オックスフォード）「カヴァレリア・ルスティカーナ Cavalleria Rustiocana」（オペラ、1幕） P. マスカーニ /G. メナーシ作。コヴェント・ガーデンにて 1900/5/19, 6/14 2 perf. 「ワグネル物に比すれば雲泥の差也」
119	2/5	ニュー・シアター（New Theatre）（オックスフォード）「ドン・ジョヴァンニ Don Giovanni」（オペラ、2幕） モーツァルト作　初演はクライテリオン劇場にて 1897/10/6 「中等の出来」
120	2/15	ニュー・シアター（New Theatre）（オックスフォード）「お気に召すまま As You Like It」（喜劇、5幕） Oxford University Dramatic Society
121	3/3	ニュー・シアター（New Theatre）（オックスフォード）「ミカド Mikado」
122	6/8	ニュー・シアター（New Theatre）（オックスフォード）「ライヴァルどうし（恋敵）The Rivals」（喜劇、5幕） シェリダン作　ベンソン一座　初演はコヴェント・ガーデンにて 1775/1/17
123	6/9	ニュー・シアター（New Theatre）（オックスフォード）「オセロ Othello」（悲劇、4幕） ベンソン一座
124	6/22	ウースター・コール・ガーデン（Worcester Coll Garden） Pastral Play 「Wilton 物及び Jonson 物也　夜気寒し、風情あるもの也」
125	7/14	ニュー・シアター（New Theatre）（オックスフォード）「嘘吐きども The Liars」（喜劇、4幕） H. A. ジョーンズ作　ウィンダム一座　初演はクライテリオン劇場 1897/10/6。ウィンダム劇場 1900/6/20-7/20. 30 perf〔二度目〕「よし」
126	1905 7/18	エレファント・アンド・キャッスル劇場（Elephat and Castle）「ロイヤル・デヴォース The Royal Divorce」（ロマンチック・ドラマ、5幕） W. G. ウィルズ作
127	7/19	ギャリック劇場（Garrick）「ジェリコーの壁 The Walls of Jericho」（プレイ、4幕） A. スートロ作　ギャリック劇場にて 1904/10/31-1905/9/30、その後シャフツベリー劇場にて 1905/10/2-11/25. 421perf
128	7/20	リリック劇場（Lyric）「トリーシャムの養育 Breeds of the Treshams」（ロマンチック・ドラマ、4幕） ジョン・ラザフォード作　1905/6/5-7/22. 48perf

第三章

小説家および劇作家としての抱月

林　廣親
HAYASHI Hirochika

1　はじめに

抱月は、生涯を通じて二十編を超える小説と六編の戯曲を発表している。発表時期は、明治三十（一八九七）年から大正七（一九一八）年まで[1]、十七年にわたっているが、継続的な創作活動の期間は限られていて、年間一作の年を含めても通算十年に満たない。亡くなって間もなく編まれた全集[2]では第六巻が創作にあてられており、通覧すると長さも内容もさまざまな印象だが、ありていに言えば本質的に作家的野心に乏しいアマチュアの世界である。それが再評価の可能性を狭めている。研究史を顧みると、つとに川副國基や佐渡谷重信による行き届いたアプローチがあって、もうそれで十分だという気がしないでもない。

川副國基は昭和二十八（一九五三）年に[3]、佐渡谷重信は昭和五十五（一九八〇）年に[4]、それぞれの抱月研究書を上梓しているのだが、どちらにも創作家抱月を論じた一章がある。川副は小説の題材を分類しつつ、テーマや情趣に共通する個性に言及するというやり方を通じて、その創作活動を「豊かな浪漫調の中にあってこの世の悲涼を描き人生の深い意義を暗示しようと」したものとだと述べ、さらにその特徴は「自然主義文学評論家としての抱月に重大に関連している。」と主張している。川副は抱月の小説に評論活動の肥しとして以上の意味を認めない。その立場は後の『明治文学全集』解説[5]でも変わりがなく、小説家抱月をめぐる定評と見るべきだろう。

　後発の佐渡谷のアプローチは、全集第六巻に収められた作品のすべてを発表順に取り上げて梗概をまとめた上で、鑑賞し論評していく網羅的なやり方に特徴があり、同時代評なども丹念に拾った労作である。

　対照的な研究による成果はそれぞれに説得力があり、これに多少の意見を加えたところで、屋上屋を架す結果になるのは目に見えている。ただし『乱雲集』出版の意味や、明治末以後に書かれた小説の評価の可能性については、先行研究の関心が相対的に低いようで、その感触を頼りに自分なりのアプローチを試みて見たいと思う。

　抱月の人となりも人生も、知れば知るほどユニークで魅力的である。小説も戯曲も、モチーフやテーマをおのずと作者と結びつけて解したくなるが、それは先行研究で十分なされている。ここではその誘惑に抗して、読みから見えてくるものを主にして考えたい。

2　創作活動のパースペクティヴ

　次に示すのは、天祐社版全集第六巻と『乱雲集』（明治三十九年十二月　彩雲閣）、創作集『影と影』[6]（大正二年六月　植竹書院）および『明治文学全集43』（昭和四十二年十一月）の「年譜」その他を参照しながら、作品を時系列で示し、それぞれに四百字詰原稿用紙換算の枚数、初出と収録単行本の有無および文体についてのメモを加えた表である。ただし年表といってもあくまで考察の便宜のために、創作活動全体が見えるよう作成したものにすぎない。

＊　＊

明治三十（一八九七）年

四月　小説「しろあらし」26枚、『新著月刊』→『乱雲集』、文語体。

六月　小説「玉かづら」105枚、『新著月刊』、文語体。

九月　小説「めをと波」35枚、『新著月刊』→『乱雲集』、文語体。

十二月　小説「笹すべり」24枚、『太陽』→『乱雲集』文語体。

明治三十一（一八九八）年

一月　小説「月暈日暈」112枚、『新著月刊』）、口語体。

小説「ながれ星」20枚、『世界の日本』→『乱雲集』、文語体。

四月　小説「佛ぞろへ」24枚『早稲田文学』→『乱雲集』、口語体。

六月　小説「白蓮華」33枚、『国民之友』→『乱雲集』、文語体。

八月　小説「墨絵草紙」38枚、『国民之友』→『乱雲集』、文語体。

九月　小説「夏の夢」12枚、『中学文壇』→『乱雲集』、文語体。

明治三十二（一八九九）年

小説「利根川の一夜」5枚、『読売新聞』→『乱雲集』、文語体。

一月　小説「衆生心」66枚、『新小説』、口語体。
四月　小説「花がるた」27枚『太陽』↓『乱雲集』、文語体。
明治三十三（一九〇〇）年
六月　小説「待つ間あはれ」90枚、『新小説』、口語体。
七月　小説「後の塩原」22枚、『新小説』↓『乱雲集』、文語体。
明治三十四（一九〇一）年
一月一日〜二〇日　翻訳小説「其の女」202枚、『読売新聞』↓『その女』、文語体。
明治三十五（一九〇二）年
一月　小説「紅涙賦」7枚、『中学世界』↓『乱雲集』、文語体。
※明治三十五年三月八日、横浜を出発して渡英、三十七年十月ドイツに移り、明治三十八年九月十二日、横浜に帰着するまでおよそ三年半にわたり留学生活を送る。
明治三十九（一九〇六）年
十二月　『乱雲集』（彩雲閣）《「笹すべり」「花がるた」「ながれ星」「めをと波」「墨絵草紙」「しろあらし」「白蓮華」「後の塩原」「夏の夢」「利根川の一夜」「紅涙賦」》
明治四十（一九〇七）年
一月　小説「山恋ひ」27枚、（『早稲田文学』↓『影と影』、口語体。
二月　『その女』（大倉書店）

明治四十四（一九一一）年
一月　戯曲「平清盛」46枚、『早稲田文学』→『影と影』。
二月　小説「柏峠紀行」20枚、『早稲田文学』、改題「柏峠」→『影と影』。口語体。
四月　戯曲「運命の丘」35枚、『早稲田文学』→『影と影』。
七月　戯曲「海浜の一幕」14枚、『早稲田文学』→『影と影』。
明治四十五・大正元（一九一二）年
一月　戯曲「復讐」14枚、『早稲田文学』→『影と影』。
十月　戯曲「競争」28枚、『早稲田文学』→『影と影』。
大正二（一九一三）年
二月　小説「断片」17枚、『早稲田文学』→『影と影』、口語体。
六月　**『影と影』**（植竹書院）《劇／「平清盛」「運命の丘」「海浜の一幕」「復讐」「競争」、小説／「断片」「柏峠」「山恋」、小品五篇「S君」「松と按摩」「野犬」「大晦日」「一面」》
大正三（一九一四）年
一月　『清盛と佛御前』83枚、『早稲田文学』→『全集』。
七月　戯曲「赤と黄の夕暮」23枚、『中央公論』。
大正七（一九一八）年

七月　小説「小門の夜焚」17枚、『時事新報』。
大正八（一九一九）年
六月　**『抱月全集第六巻』**（天祐社）《小説／「志ろあらし」**「玉かづら」**「めをと波」「笹すべり」**「月暈日傘」**「ながれ星」「佛ぞろへ」「白蓮華」「墨絵草紙」「夏の夢」「利根川の一夜」**「衆生心」**「花がるた」**「待つ間あはれ」**「後の塩原」「紅涙賦」「山恋ひ」「柏峠」「断片」「小門の夜焚」「その女」・戯曲／「清盛と佛御前」「運命の丘」「海浜の一幕」「復讐」「競争」「赤と黄の夕暮」》

3　創作活動の概要と再評価に関わる問題

まずいくつかポイントとなる時期を押さえながら、創作活動の全体像を見てゆきたい。抱月の小説家デビュー作は、明治三十（一八九七）年四月、『新著月刊』創刊号に同人として掲載した小説「しろあらし」である。当時二十七歳で、すでに『早稲田文学』の評論家として注目されていた。小説を書き出した動機[7]について、一つに絞るとすれば『新著月刊』の創刊だが、より広く文学史的観点に立てば、つまりは日清戦後の小説界の新しい動向に応じた出発と見てよい。この年のうちに四作を発表し、三十一年は七作、三十二年、三十三年は二作ずつである。『新著月刊』の後は『太陽』、『国民の友』、『新小説』と発表の場が広がっている。二作ずつの年も、そのうちの一作はかなり長いものである。

発表誌からみて小説家としての認知は速やかであったようだ。二作目の「玉かずら」は『めざまし草』や『文学界』、『太陽』で高い評価を得ている。創作のピークはその翌年の三十一年で、三十三年までの四年間にわたって活動が持続している。三十四年の一月に『読売新聞』に連載した翻訳小説「其の女」（単行本、全集の表記は「その女」）は、登場人物の名前だけが日本名になっていて翻案小説とも称された作だが、結婚制度を拒否した女の一生を描いた長編で、留学から帰国した後に刊行もされている、最初の創作活動期間の終わりがたにこの作品の訳出があることは、その内容を思えば、抱月のその後の意識に関わる意味で注目すべきことであるに違いない。

その後三十五年一月の「紅涙賦」は別として、次の創作活動が始まるまで、ほぼ六年の休止期間がある。尾崎紅葉が亡くなり、文壇の地殻変動が起こった時代であったことを思えば相当に長い休止である。

帰国の翌年となる明治三十九年十二月に、初めての小説集として『乱雲集』が刊行されている。なお年表では、全集には収められているが、この作品集に採られていないものを確認できるように、作品集と全集の内容もそれぞれの目次を写して書き出してある。全集収録作品でゴチック表記のものは、『乱雲集』には採られていない。この異同の問題については後述する。

創作活動は、明治四十年の「山恋ひ」で再開されたかに見えるが、同年に翻訳小説『その女』

を刊行して後、再び三年間の休止がある。評論活動をはじめとしてその他の方面で多忙を極めたこともあろうが、短くはない期間である。四十四年になって戯曲四篇と小説一篇が発表され、それ以後は年に一篇ずつ、それも長さから言えば寥々たるものである。

この期（後期）の創作のほとんどは大正二年六月に、戯曲と小説・小品からなる創作集『影と影』としてまとめられている。（なお年表の『影と影』でゴチック表記の作品は『全集』には未収録）続いて大正三年七月に戯曲「赤と黄の夕暮」が『中央公論』に発表されている。小説「白蓮華」を脚色した作品だが、これと絶筆にあたる「小門の夜焚」の二作以外は『早稲田文学』に発表されているのが特徴である。

なお、創作戯曲は「清盛」と「運命の丘」が史劇、「海浜の一幕」「復讐」「競争」が現代劇、そしてやや遅れて「赤と黄の夕暮」があるが、発表が比較的短期間に集中しているのが特徴だろうか。

＊

さて、この年表から見えてくるものだが、創作活動は断続的であり、明治三十年代前半と、明治末から大正の初めにかけての時期から成っている。『乱雲集』の序文に「今から七八年前、専ら作家を以て立たんと志した頃の吾」とあることはよく知られているが、この時期の創作活動は、初め職業作家に近い意識で進められたものと見ることができる。

それに引き換え、明治末から大正期にかけてのそれは、先述のようにほとんど『早稲田文学』

に掲載されたものであり、発表数からみても、創作意識がかつてと同じものだったとは考えにくい。そこに断絶をみるか、発展をみるか、あるいはまた別の見方をするにしても、創作活動の二つの期間の関係をどうとらえるは、小説家抱月をめぐる論点の一つであるに違いない。

それと関連して、処女小説集『乱雲集』の刊行時期および内容をどう考えるかの問題がある。年表の印象からすれば、遅くとも明治三十三年頃には小説集が出版されていてよさそうであり、もしそれが出ていたら小説家としての前途もまた違ったものになっていたかも知れない。なぜそうしなかったかの問題は措くとしても。留学後の三十九年の刊行は、どう考えても遅きに失した印象を受ける。にも関わらずなぜ上梓したのか、そこに見落とされて来た問題があると考えられる。

年表の全集の収録作品で、ゴチックで強調したものは『乱雲集』には未収録である。原稿用紙換算の枚数をみると、比較的長い四作がすべて採られていない。なおこの事については、『座談会　島村抱月研究』[8]の「小説」の回で、司会の岡保生が「『乱雲集』には短いものだけが選ばれた向きがありまして、この時期の抱月の小説としては、かなり長いもので、また力作であると思われます『玉かづら』とか、『月暈日傘』とかは、これには載っておりません」と述べている。残念ながら、それ以上話題にはされていないが、確かに未収録の四篇はいずれも中編の読みごたえのある作であり、なぜその一つなりとも採らなかったのかという気がするのである。

さらに、年表に示した全集の目次と『乱雲集』の目次を比較すると興味深い事実が浮上する。全集では作品が発表順に並んでいるのだが、『乱雲集』の目次の順序は全然違っている。時系列とは別の発想で作品集が編まれていることも、また興味深い事実である。なぜそうしたのか。時期遅れに出版されたことも含めて、『乱雲集』は、創作家抱月を理解する鍵の一つであると考えられる。

なお先行論の小説評価は、おそらく全集に拠っているために、『乱雲集』には入っていない「玉かづら」「月暈日傘」「衆生心」「待つ間あはれ」をクローズアップするものとなっている。これは読み応えからして当然なのだが、抱月の編んだ小説集に採られなかったそれらの作品が、抱月研究の評価基準とされてきたという事情には留意が必要である。なぜならば明治末の一般読者にとり、小説家抱月はまず『乱雲集』の抱月であって、かつて評判になった力作も、『乱雲集』に採られない限り、彼らの視野の外にある。その理を抱月は承知していたはずだ。そう考えた場合、従来の評価には小説家抱月を論じる上での盲点があるのではないか。

さて、もう一つの創作集である『影と影』は、時期的に当を得た出版だが、全集との関係では「小品五篇」が全集に採られていないという問題がある。全集の編者が「小品」を小説としては扱わなかったのだろう。しかしながら『影と影』の目次は「劇」と「小説」とのカテゴリーから成っており、小品は小説として扱われているようだ。中には興味深い作品もある。

なお、「小品」は明治三十年代の末頃から流行した散文の形態で、内容の自由さに特徴がある、夏目漱石に「永日小品」があるように、小説の新しい可能性を抱月が模索していた可能性が想われるのである。

また創作集『影と影』の小説「断片」「柏峠」「山恋」は、それぞれ違った特徴的な形式を持つ点がまず興味深いが、先行研究ではいずれも当時の抱月自身の境遇と結びつけた方向での理解に止まっていて、別の面から再評価すべき余地がある。

4　明治三十年代の創作活動

明治三十年代の創作は専ら小説で、見方によっては作家活動は実質四年程の期間に過ぎない。だが、先掲の年表を眺めていると、そうした了解では見えてこないものにこそ小説家としての抱月を再評価する手掛かりがあるのではないかと想われる。次の創作活動の始まりは、四十年一月の小説「山恋ひ」の発表を待たなければならず、それまでに長いブランクがある。先述のように留学期間を含めたその終わりがたに『乱雲集』と『その女』が上梓されているのだが、その内容を考えると両書の出版がここでなされたことはきわめて興味深い。

『乱雲集』の序には次のようにある。


今から七八年の前、専ら作家を以て立たんと志した頃の吾が短編小説十二種、いづれも今日からみれば慊らぬ節が多い。しかも当時の吾れは此等の作を以てよく現実以上の境に瞑通するものと信じた。此の己惚が無かつたら小説は作り得なかつたであらう。万事は気運の推移がさせる業、この一冊の短編集も、我に取つては、時勢変遷の後を忍ぶの料である。

しばしば引用される文章だが、「現実以上の境に瞑通するもの」をはじめ、必ずしも分かりやすいものではない。この時点でなお自負心があるのか、それとも単に過去の記念碑的な意味にとどまる本なのか。

先述のようにその編集の仕方に注目すると、記念碑としては、好評だった作品が採られていないこと、さらに作品の配列が時系列によっていないことなどから、抱月がこの本によって、その最初の創作活動に何らかの意味づけをしようとした可能性が思われるのである。しかし、そうした観点から『風雲集』に着目した研究は管見のかぎりないようである。

そこで『乱雲集』が持つ意味を考える場合、この本に採られなかった作品が気になる。以下、まずそれらについて論じ、次いでそれと『乱雲集』の編まれ方との関係を考えるという順序で進みたい。

『乱雲集』に採られなかったのは、「玉かづら」「月暈日暈」「衆生心」「待つ間あはれ」の四篇で、年表の枚数に示されているように比較的長い作品の全部である。題材は皆違っていて「玉かづら」以外は口語体だが、それぞれなりに力作と言える。

「玉かづら」（明治三十年六月）は、第二作目に当たるが、好評をもって文壇に迎えられ、『めざまし草』（巻19、明治三十年七月）の合評では広津柳浪と同格にみられている。『太陽』（明治三十年六月）では、プロットが近松の「槍の権三」や「おさん茂平」に通じる所もある傑作だとし、「将来多望の作家なること是一篇に顕れたり」と高く評価されている。市ヶ谷谷町の路地に住む大工伊三郎の女房お繁が、男たちとの関係に翻弄されたあげく、夫の弟分の新之介と心中するに至る物語で、夫伊三郎の異常な猜疑心と嫉妬心からする行動が悲劇の要因であり、悲惨小説、あるいは深刻小説の系列につらなる性格は明らかだが、お繁の視点に寄り添った語りには読み手を引き込む巧緻さがある。川副國基は「心理描写の深さ」が抱月作品の特徴で、処女作の「しろあらし」からすでに当時の小説界のレベルを抜くものであると評価し、「玉かづら」「めおと波」「月暈日暈」「待つ間あはれ」他、いわば「心理主義の小説というべき一連の作品があると述べている。心理描写のうまさは衆目の一致するところで、『座談会』では、紅葉の『多情多恨』の影響を見る意見もある。

翌三十一年一月に発表された「月暈日暈」は、官吏の世界を舞台に、恩人である上司の苦境を救うために公文書改竄の不正に及んだ主人公の正木が、同僚に現場を見られてしまい、追いつめられた挙句に殺人を犯してしまうのだが、それを打ち明けられないまま恩人の娘と結婚し、やがて夫婦で心中するに至る話である。『罪と罰』に通う趣もあると言われた意欲作であり、佐渡谷重信によれば、『太陽』の批評では「是作にて最も成功せるは正木の性格なること勿論なり。心と事と内外受発の理路はほゞ完き近し」と賞賛され、『国民之友』『帝国文学』等でも高評価を受けたという。佐渡谷は、「この作品は『玉かづら』と同様、作品の構成には見事なものがあり、正木の苦悶は明治時代に限らず、時代を超えた普遍性をもち、また義理と人情という正木の日本的性格をも十分に描出され、今日の時代においても遜色を感じさせない力量である。」と述べている。

『座談会』では岡保生と村松定孝が「非常に明治の当時の社会の官吏の経済生活を、良くつかんでいる」と構想の大きさを評価する一方で、「そういうことを作者が言わせるんなら、ここでもってこの男は、もう頭が混乱しているということを、も少し読者にわからせるように書かなければいけない」と作品の本質的弱点を指摘している。主人公は不正工作の現場を目撃した同僚を懐柔するために、あろうことか恩人の娘との仲を取り持とうとさえするのだが、その心底を見透かされて、ますます焦って窮地に陥っていく。その主人公の心理にあくまで寄り添う書き方なので、読んでいる時の迫真性は十分でも、読み終われば「常套的」な「作り話」には違いない。書き出しは二葉亭四迷の「浮雲」を連想させるものだが、私見では時代を超える本質的な新しさは感じられない作である。

翌三十二年一月の「衆生心」は人に馴染まない乞食少年と彼を憐れむ富家の娘をめぐる物語で、邸宅への放火事件で少年が焼死する筋は、先の二作とは趣きが違い、何となく国木田独歩の「源叔父」を思わせるものがある。独歩の影響を窺わせる作だが、プロットを展開しきれていない。原稿用紙で六十枚ばかり、四作の中で一番短いのはそのためだろうか。雑誌の評にもほとんど取り上げられなかったようだ。

「待つ間あはれ」の発表は、明治三十三年の六月であり、「花がるた」を挟むものの「衆生心」から一年半経過した後に発表された。失地回復を狙ったかのような野心的な作品である。政界を舞台に、潜入スパイたることを宿命づけられた主人公が、やがて任務を果たした結果、そのために唯一の友人を自死させたことを知り、自らも自殺して終わる話で、題名の〈待つ間〉は、余儀なくした裏切りの結果を見届けぬうちに、友の依頼でその妻が療養している塩原温泉に来た彼が、遅れて来るはずの彼の到着を、騒ぐ心を抱えつつ待っている時間を指す。待ち人の代りに届いたのは彼の死の知らせだった。秘められた恋が絡む筋はスケールが大きく、ビクトル・ユゴーの小説を想起させるような異色作である。『座談会』には当時の「政治小説」との関連を指摘する発言もあるが、孤独を宿命づけられた主人公の内面の劇が主題である。

なおこの作品で気になるのは、「帝都を西にはづれて、郡部に接した一郭の大建物、といへば読者は直ちに合点せられやう。当時の大政党、左党の副総理小動城冠吾が校長として、優に一千の書生を養ひつゝある、彼の政法学校である。」という早稲田大学を想起させる書き出しで、主人公はその卒業生という設定だが、意味不明のプロットである。一般の読者には分からないこの種の独りよがりな仕掛けは、作家としての伸びしろの程を暗示するものだろう。主人公はスパイとして生きる宿命を負わされている。いかにも物語的なキャラクター設定の冒険と、彼が自殺に至る心理悲劇の丹念だが常套的な描写は、何かかけ違った印象である。尾崎紅葉もどきに塩原温泉を自殺の舞台としたのも小説に対する意識変化を思わせる。いろいろな意味で謎の多い、興味深い作品なのだが、ここではこれ以上踏み込む余裕がない。

さて、以上の四作に共通してみられる特徴は、人を引き付ける文章で、基本的に話の筋により読者を引っ張っていく小説であること、主要な人物の心理描写が巧みで丁寧であること、場面効果を計算した叙景が目立つこと、すべて主人公の死で終わる物語であること、そして長くて筋が入り組んでいることとである。

『座談会』では、岡保生の「いろいろのもの、西洋文学もあれば、紅葉も二葉亭も、なんでも全部を自分にとりいれちゃって、そして書いたという感じがしますね」を受けて、川副國基が「紅葉なんかもね、島村君はもっと小説を書けば相当なもんになったんじゃないか、といっているけど、ある時期は、作家として期待されたと思いますね。」と発言している。四作品に見られる特徴を思うと、悲惨小説や社会小説や政治小説めいた装いはあっても、つまるところその小説としての魅力の本質は、尾崎紅葉の小説に近い。彼が認めたのも当然と考えられるのである。

小説「玉かづら」の心理描写には、読者に〈そうした性質の女性がそういう出来事を強いられたなら、そんな心持がするにちがいない〉と思わせる種類の精緻さと巧みさがある。読者が

「なるほど」と膝を打ちたくなるのは、新しい感情と出合ったからではない。なじみ深い感情が生き生きと再現されているからである。だから抵抗感がなく、読んでいて快感がある。そうしたものを小説を読む楽しみだとする小説観は、まさに硯友社のものであるが、それは要するに類型的な感情を巧みになぞった描写で、それだけのことだとする小説観もありうる。文体にしても同じである。巧みに修飾された流麗な文章を小説に求める読者だけがいるわけではない。発表時にもっとも好評だった「玉かづら」「日傘月暈」も含めた四作の、どれ一つをも『乱雲集』に採らなかったのは、おそらく明治三十九年の抱月にはそれらがもはや小説ではないと感じられたからではなかったか。こうした小説観の問題はやがて芥川龍之介と谷崎潤一郎のいわゆる「小説の筋論争」(心境小説論争)[9]という姿で現れてくるものでもあるだろう。

ちなみに、森鷗外が小説「追儺」[10]の枕に、「一体小説はかういふものをかういふ風に書くべきであるといふのは、ひどく囚われた思想ではあるまいか。僕は僕の夜の思想を以て小説といふものは何をどんな風に書いても好いものだといふ断案を下す」と書いたのは、明治四十二年で、『乱雲集』の出版より後のことだが、志賀直哉が祖母との喧嘩を描いた「或る朝」の草稿に「(非小説、祖母)」と題したと日記に書いたのは明治四十一年一月のことだった。日常的な生活体験の写実に努めながら、それを小説とは思えない意識を端的に示す例である。こうしたことの背景に、硯友社の文壇支配を過去のものにしてしまう小説観の革命が起こりつつあったことは周知の文学史的事実である。『乱雲集』の編集に、そうした小説観の問題にかかわる意識が働いていたのかどうか、とにかくその編集方法を点検してみよう。

5 『乱雲集』の意味

表一は、抱月の明治三十年代の小説全部を発表順に並べたもの、念のため題名をゴチックで強調したものは『乱雲集』に採られなかった作品である。表二は『乱雲集』の目次を写して、それぞれの内容についてのメモ、全体の印象、原稿用紙換算の枚数を付したものである。なお表二の二段目のゴチックによる番号は『抱月全集』での配列順を示している。

表一　『抱月全集』第六巻

1	「志ろあらし」
2	**「玉かづら」**（市ヶ谷谷町　大工の女房・心中物）
3	「めをと波」
4	「笹すべり」
5	**「月暈日傘」**（九段　官吏の世界、夫婦心中物）
6	「ながれ星」
7	「佛ぞろへ」

8	「白蓮華」			
9	「墨絵草紙」			
10	「夏の夢」			
11	「利根川の一夜」			
12	**「衆生心」**	（神田　浮浪児の焼死）		
13	「花がるた」			
14	**「待つ間あはれ」**	（東京―塩原　潜入スパイの自死）		
15	「後の塩原」			
16	「紅涙賦」			

表二『乱雲集』

1	4	「笹すべり」	（中国地方・帰郷・恋人再会・別れ）	24枚	哀話
2	13	「花がるた」	（本郷弓町・賭博狂の挿話）	26枚	笑話
3	5	「ながれ星」	（鎌倉・邯鄲師（枕捜しの泥棒）	20枚	人情話
4	3	「めをと波」	（三田尻港・港町の悲話・無理心中）	35枚	哀話
5	9	「墨絵草紙」	（多摩地方・夫婦愛の再燃・二人で出奔）	38枚	悲喜劇
6	1	「しろあらし」	（東京山の手・下級官吏の人生転落）	26枚	悲劇

7	**8**	「白蓮華」	（米子・名僧の若き日の挿話）	33枚	発心譚
8	**15**	「後の塩原」	（塩原温泉・ある巡査の話）	22枚	笑話
9	**10**	「夏の夢」	（国府津・帰省の思い出）	12枚	兄弟愛
10	**11**	「利根川の一夜」	（利根川・心中する男女の舟と出会った話）	4枚	哀話
11	**16**	「紅涙賦」	（熱海行きの船中・未亡人の悲嘆）	7枚	哀話
12	**7**	「佛ぞろへ」	（青山・宗旨違いの家・心中は誤報）	24枚	滑稽譚

二つの表を比較して直ぐに分かるのは、『乱雲集』には先述の2「たまかづら」、5「月暈日暈」、12「衆生心」、14「待つ間あはれ」の四作を除いた十二篇が、すべて採られていることである。またその配列が時系列とは全然無関係であることだ（表二のゴチック数字参照）。『乱雲集』に採られなかった作品は、原稿用紙換算で66枚から112枚の分量、採られた作品は最も長いもので38枚、平均すると20数枚というところなので、結局短編集になった。理由は分からないが、出版費用の問題ならこういう長短截然とした取捨にはならないだろう。発表当時高く評価された「玉かづら」「月暈日暈」を交えた形で編んで同程度の規模にするという行き方もありうるが、そうしなかったのはなぜか。

採られなかった四作の共通点は、その長さが語るように物語の筋で読み手を引き込むタイプで、しかも何れも主要人物の死で閉じられる悲劇的内容である。また読みどころは主人公の強迫的心理に密接した描写で、文章は連綿とした雅俗折衷の曲流文（「玉かづら」）から二葉亭の小説を思わせるような口語体（「月暈日暈」）まで、それぞれ工夫が凝らされている。すべて三人称小説であり、語り手は物語の後ろにいるが「次の日、牛が淵に夫婦心中の噂高く、二人は見事に宇川の跡追うた。深沢も長からぬ命、残るは母一人の哀れ、今も飯田町あたりに、かすかな烟を立て丶ゐるとか。」（「月暈日暈」）というように、結びの後日譚にちらりと顔を見せる点が共通していて、物語的なモチーフが見やすい小説になっている。

それに対して『乱雲集』の作品は「佛ぞろへ」を除くすべてが文語体だが、物語としての筋の魅力を味わうには所詮短すぎるものが多い。したがって抒情性や暗示が目立ってくる。採られなかった四作はすべて東京が舞台なので、それを除くと地方が舞台であることが目立っている。内容はさまざまであっても、登場人物の死で終わる作品は「めをと波」と「利根川の一夜」の二つに止まる。しかもいずれも旅先でたまたま出会った出来事で、旅人である語り手の感慨がテーマをなしている。主人公自身が死ぬことはない点で、『乱雲集』に入れられなかった四作品とは印象が全然違う小説である。「めをと波」は、無知な娘の哀れさが印象に残るが、四作品を除いた上で、改めてこのような順で作品を配列すると、本全体としては、悲喜こもごも入れ替わりながら繰り広げられる人間喜劇に出会っていくといった印象であり、採られなかった四作の作者とは別人の仕事のようである。

『抱月全集第六巻』の小説を、順を追って読み進んだ場合、「玉かづら」や「月暈日傘」の印象が強すぎるために、他の作品でも深刻さや悲哀や死といった要素に読み手の意識がおのずと向いてしまう。『乱雲集』の世界にだけ接した場合と、そこが大きく違ってくるだろう。

ちなみに「めをと波」について、佐渡谷重信は「この作品は男の身勝手、不人情を主題にしたものであるが、同時に恋に溺れる若き女の悲哀を軽妙なタッチで描いた佳作」と評している。その軽妙さは語り手である旅人の目を通してのものであり、孕まされた子を堕してでも、相手の男の心を得たいという、娘の言動に惹かれる語り手の心に主題を見た方が、小説としては新鮮だ。短編だけ集めてみると、そういう読みをしたくなるのである。

賭博狂の男を描いた「花がるた」などは、妻や子のために賭博を止める決意を固めた男が、あるきっかけにより一瞬のうちに翻心して賭場に出かけてしまう話で、佐渡谷は「男の意志薄弱と女の哀感を描いたものであるが、平凡な描写の中にお千代と金次郎の性格が生き生きとして一応の佳作」と評している。深刻な読み方もできるが、男の意志薄弱を笑うこともできる。また、心変りの一瞬に収斂するプロットは、コントそのものであり、抱月の小説家としての才能が本質的に長編よりも短編に向くものであったという気もしてくる。

十二編の作品の真ん中あたりに埋めるように置かれた「しろあらし」は、デビュー作であり、その当時の流行を反映した典型的な深刻小説である。昇進に漏れたことを妻に告げる機会を逸して、酒に逃げ遊びを覚えた挙句、何もかも無くして浮浪人となる官吏の話で、メモに「悲劇」とはしたが、主人公の行動に同情できる点がほとんどない点で、悲喜劇ともとれる。この作品の前後には、「墨絵草紙」と「白蓮華」が配され、いずれも最後に救いがある物語なので、その間に深刻小説をはさんだことで悲惨さの印象は弱まっている。

『乱雲集』全体の構成に目をやると、「笹すべり」を冒頭に置き、喜劇的な「佛ぞろえ」で締めくくられている。「笹すべり」は、東京での生活に破れて帰郷した主人公早瀬健一が、未亡人となっていた昔の恋人玉置綾子と再会し、ある雪の夜、炬燵を囲んで語りあうち互いの思いを確かめることができるが、笹に積もった雪が落ちる音を聴いて翻心し、もう一度上京して迎えにくるといって去るという話で、語り手は「後幾年、玉置の妙心とて、初めは惜みし黒髪も、執着の我れに恥じてぷつりと切り捨て、処の一名物と今に残れど、健一のみは、たより伝ふるものもければ、名さへ思ひ出す人のありや無しや。」と結んでいる。いわば物語が始まろうとする寸前に、主人公が逃げ出してしまうような小説である。読み終えて唖然とさせられるが、なぜこの作品を最初にもってきたのか、気になるところである。

二番目三番目に置かれた「花がるた」と「流れ星」は、いずれも軽い娯楽的な作品である。その後には「めをと波」「墨絵草紙」「しろあらし」とやや深刻な内容の作品が続くが、「めをとなみ」が無理心中に終わる重さを「墨絵草紙」の夫婦愛再燃という結びがカバーして、「白蓮華」以降は、主人公が死に追いつめられていく物語的な小説とは異質な短編のバラエティーとなっていて、まことに乱れ雲の名にふさわしい気もする。

「佛ぞろえ」は、落語並みに笑える作品で、最後にこれと出会えば、読み手の抱月に対するイメージも相当に変わらざるをえない。なお、その前に並ぶ「夏の夢」「利根川の一夜」「紅涙賦」は、一人称の語り手が前面に出て来るのが特徴であり、おそらくその特徴を意識した配列だろう。

*

さて、『乱雲集』とは何であったか。作品の選択と配列から考えて、その刊行は過去の記念碑を作ろうとしたものではおそらくない。むしろ小説家としての過去の総括と合わせて、現在の立ち位置を示そうとするための出版であったと考えられる。この短編集に込められたメッセージは、一言で言うなら《物語》との決別であろう。

もちろん小説は物語性と切り離せないものだが、ここで言う《物語》は、筋の魅力で読ませ、装飾的で流麗な文章で読ませ、克明な心理描写で読ませるタイプの小説、すなわち硯友社小説に通有のそれをさしている。『乱雲集』に採られなかった四作が、まさにそうなので、執筆に費やされた労力は短編とは比較にならず、「玉かづら」のように高評を得た作もあるのに、その一つさえ採らなかった行き方の意味するものは大きいと考えられる。

『乱雲集』に採られた小説は何れも短い。そのために物語は語り手の見聞の背後に垣間見えるだけだ。語り手が旅先で無理心中の現場に立ち会う「めおと波」でも、事件の背景にあった恋のいきさつは直接語られることはない。「利根川の一夜」はその点もっと甚だしく、語り手は利根川の夜船で行き違った舟の男女が心中したことを翌日知る。それが話の筋で、女が潮来の娼妓で男はその客だったと聞いて催した、次のような感慨が結びである。「あ、彼等二人は、月に思ひのまゝ浮世を泣きて遂に波間を分けゝるなり。此の上のことは聞くにも及ばず、聞きたりとて語るも用なし。われは昨夜見し夢の続きをまた見る心地して、利根川を顧望の間に渡り、其の日直ちに京に還りぬ」。また「紅涙賦」は、熱海行きの船中で出会った女の話である。女は夫とともに過ごした幸福な日を偲んで一夜泣き明かすために船に乗ったという。奇妙な話である。乗り合わせた語り手と僧侶を驚かした女の嘆きの深さは、語り尽せない物語の暗示だろうか。たった七枚の小説だが、三十年代の抱月の小説が行きついたところをよく示している。

これらを執筆していた当時の抱月が、短編小説に対してどのような意識をもっていたかは明らかではない。『乱雲集』序に「当時の吾れは此れ等の作を以て能く現実以上の境に瞑通するものと信じた」とあるが、それほど確信的であったのなら、時系列に編んでもよかったはずで、編集に苦労はなかっただろう。かつて発表が連続していた時期の終わり方にも「待つ間あはれ」が書かれているように、硯友社的な《物語》をめざす中で、結果的にスケッチ（佐渡谷）風の短編が多くなったのではないか。

また作家としての膂力の問題もありそうだ。『座談会』の「小説」の回で岡保生が「私がいちばん思うのは、どうもあの人は、途中で投げやりに成っちゃうような気がする」と発言しているが、体力もふくめてもともと短編向きの資質だったのではないかとも考えられる。『乱雲集』の編集が、その自覚と、かつての短編に対する意味づけの意欲をうながしたのではなかったか。

我田引水をあえてすれば、読者の物語的好奇心を最後に袖にしてしまうような「笹すべり」を冒頭にもってくる判断は、やはりこの時期にしてはじめて可能だったのではないかと考えられる。

＊

『乱雲集』が、それ自体において過去の創作活動の総括であり、現在の立ち位置の表明であると考えるべき理由として、以降の創作が、小説であれ戯曲であれ、いわば《物語》的な完成度にはほど遠いものに終始した事実がある。作品年表が示すように、抱月の創作活動は前後二期から成るが、それぞれの作品の傾向に鑑みて、『乱雲集』の上梓には、抱月自らがその二期を截然と分かった行為の観がある。

なお《物語》との決別の萌芽はもっと早い時期にあった可能性がある。その契機として考えられるのが、グラント・アレンの"The Woman Who Did"の翻訳『その女』である。

明治三十四年の一月にこの仕事があることは、注目すべきことで、『座談会』では木村毅が最大級のほめ言葉で評価している。[11]二百枚を超える長編で詳しく紹介できないが、本間久雄は原題を「敢えてした女」と訳して「その革命的思想や、情熱の点では、イプセンやハウプトマンやバアナード・ショウなどよりも、はるかに徹底した大胆なもので」「性道徳上のいわゆる新道徳の最先端を代表するもの」としている。本間は高山樗牛や与謝野晶子の自我解放や古い制度への反抗が叫ばれた時代に掉さした意義と後年の抱月自身の女性問題、婦人問題との関わりの出発点としての意義を認めているが「翻案」と称されることもあるように人物に日本名を、地名は元のまま漢字を当てた古風なものながら、結婚制度自体を否定する主人公浜子の苛烈な一生を描いた内容は道徳の問題に止まらず、人生そのものについて読者を深く考えさせる力がある。

ここでの興味は、小説家抱月への影響である。この翻訳を発表した後の創作は、一年後の異色短編「紅涙賦」まで見当たらない。木村毅は「その女」の翻訳について「これは、自分自身が小説を書く先にやっているんだからね。この新しさが、小説の創作の方にも出て来たら、どんなによかったろうということを、しょっちゅう僕は思うんですよ。」と述べている。「小説を書く先」は誤解で、前年には「待つ間あはれ」と「後の塩原」を書いている最初の創作活動の終わり方であるが、「この識見、この新しさが、小説の創作の方にも出て来たら、どんなによかったろう」というのは抱月自身の感慨であったのではないか。翻訳の作業は、硯友社流の読者をいかにして楽しませるかという小説とは、全く違う小説との思いがけない出会いであったに違いない。『乱雲集』に続いて、この六年前の「翻案」小説を改めて出版したことにも、『乱雲集』と同様に自然主義をはじめとする革命的な文学状況に対する自己確認の意味があったのではないか。

6 『影と影』について

『乱雲集』以後の創作のほとんどは大正二（一九一三）年六月に刊行された『影と影』に収録されている。この年九月に芸術座が旗揚げし、以後の創作は戯曲「赤と黄の夕暮」（大3・7）と小説「小門の夜焚」（大7・7）の二篇に止まる。『影と影』は、戯曲と小説から成り、書名はそれと兼ね合うものだが、なお意味ありげで、筆名を抱月としたように「月」が彼の作品で象徴的な意味をもつ天象であることから臆断するなら、謡曲の「松風」に「月はひとつ影は二つみつ潮の」とある詞章との関係が考えられる。

後期の創作活動の特徴はそのいわば二股性だが、戯曲が総じて魅力に乏しいことに比べて、小説はいずれも現在でも読むに堪え、再評価される価値があると考えられる。川副國基は主な三篇を次のように評価している。

後期の作品の「山恋」（四十年）には世間的な名利を逃れて故郷の自然に帰りたいとの欲求が見られ「柏峠」（四十四年）には同じく、俗世的規範を脱して自然界に放浪する者への憧れが語られている。この二つの作品には自然主義評論家としての抱月の所謂「真我」の解放が求められているわけである。また「断片」（大正二年）には三角関係に悩む当時の抱月の切ない気持ちを見ることが出来る。従って唯、作品の生ま生ましさとか切実さとかいう点からいえばこれら後期の作品の方が、同じく当時の彼の心境描写と想われる数篇の戯曲と共にむしろ買わるべき物であるかもしれない。

川副が指摘する傾向は、たしかに後期の創作活動の大きな特徴である。小論の文脈から言えば、前期の小説では、短編に見え隠れしていたその欲求に、自覚的に従った結果と見なせるが、それはともかく、この川副の評価は作品を抱月の伝記的事実と結びつけて理解する立場に立つ限り、更新されようのない作品理解である。しかし問題は作者と切り離した時の作品自体の魅力である。

「山恋ひ」は、三篇の中では最も小説らしい小説である。主人公は千代子という野性的な女で「甲斐と信濃の山あひで育つた彼女には、金峯山から吹いて来る風の遠鳴りが、胎内にゐた命の初めから二十で嫁入りする夕まで、魂の窓の薄の明りにしみ込んでゐる」。村長の家に生まれた彼女は、村の小学校長大原均一と結婚し、上京して十年、野心的な夫は今や代議士候補であるが、彼が出世するにつれて都会生活が耐えがたいものとなっている。

物語の時間は夫婦が後援者への挨拶を予定した冬の日の夕まぐれに始る。行く気になれないでいる彼女のところへ、「郷次はとうとう死んだ」ということばを繰り返す虚無僧が訪れる。僧の話によれば、郷次は故郷の村の日雇いで、千代子が十七の時山で遭難したのを救いだした男だが、身分違いの恋に悩む中、千代子の結婚を知って気が違ってしまった。それが十年たって正気に戻ったところで自殺したという。僧の話に心を揺さぶられた千代子は、何もかも投げ出して故郷に帰る。

佐渡谷は千代子を「人形の家」のノラに見立てて評価しているが、彼女の言動は川副の所謂「「真我」の解放」に通じるモチーフを示しており、少し前に抱月が高く評価していた島崎藤村の「破戒」[12]をはじめとする同時代文学との共鳴性こそ興味深い。

この小説の特徴は、非常にドラマチックな発想と構成にある。中盤は千代子が虚無僧の長い物語を聞き、初めて郷次の思いを知る雑木林の場面である。

「気が付いて見れば、わたしはつく〴〵今の身分が厭になるよ、わたしはもう疲れちやつたの、今一度生まれた山の中に帰つて、あの甘い渓の水を飲んで、青い山蔭の空気を吸うて、身も心もさつぱりとして死にたい……わたしは、斯んな事を考へてると言つてね、若し生きてゐたら郷次さんに言(こと)つてをしてお呉れ……。」

「分かりました、よく分かりました。それぢやあ是がお分かれでごわすよ。」

自分に恋して気が狂ったという男の話を聞くうちに、千代子は虚無僧がその郷次本人であることを悟っている。しかし何ごともなく二人は別れる。新派の舞台にぴったりの場面である。

彼女が故郷へ帰った時、折しも村では郷次の水死の噂がかしましかったが「併し千代子はそれを聞いて別に驚きもしなかつた」という。「身も心もさつぱりして死にたい」ということばは、郷次の思いに報いる行動を暗示している。別れの時点で二人には黙契が生じていた。そのように読むと、この小説もまた心中物なのでいささか驚く。

しかし前期の小説における心中とはその動機は全く違う。また登場人物の性格造型に無理がなく、郷次の心情や行動のみならず、夫である大原にも一個の人間としての自然なリアリティがある。さまざまな要素を含んで、繰り返しの読みに絶える点で、小説としての進境著しい作品である。抱月の「山林に自由存す」（国木田独歩）だとも読めようが、彼自身の体験をめぐる興味はまた別である。

小説の発表は「山恋ひ」が最も早いが、『影と影』では小説を発表とは逆の順に配列している。「柏峠」は後期二作目、と言っても四年も後の発表で、初出の題は「柏峠紀行」であった。一見変哲もない作者の体験を記した紀行と見えて、時代を先取りした短編小説として再評価すべき作品である。

主人公は「S生」（即ち「島村生」）で、三人称の小説ながら後半はほとんど一人称の視点で描かれている。修善寺に出かけたS生が、宿替えを望んで、冷川から伊東へ峠越えする旅の話で、馬車に乗った彼は、宿の番頭や御者の不得要領な応対の不愉快さを思い「此の人達が利益の相互保護の必要に教へられて、他の事をはつきり言うのを避けるようになつた道行を考へ」

たりしていたが、途中から乗り込んだ土地の若い女の、親切で「いかにも直截な物の言ひかた」に痛快さを覚える。「居所もなければ、商売もない」「風来人」だという女は、大いに彼の興味を引いたが、その後峠の茶店で再び出会った時、女はもう彼の方を見ようともしなかったというのが主な出来事である。「俗世的規範を脱して自然界に放浪する者への憧れ」(川副)を読むことに異論はないが、より注目したいのは小説としての決定的な新しさである。

S生は修善寺の宿に着いた日、お湯にも食事にも満足して寝床についている。ところがそのうち川の瀬音が耳につき始め、「それが後には暴風雨にでも襲われて居る様で、折角治まりかけてゐた神経がまた興奮してきた。S生はとうとう夜の明ける迄一睡もし得」ず、「翌朝は頭がしびれたやうになつて」散歩をしても気分が治らない。そうなると土地の雰囲気から番頭の様子まで何もかも不愉快でたまらない。

小説の始まりは主人公のこの気分で、それに強いられた旅を経て道連れの女が教えてくれた伊東の宿に着く。午後の日が差し込む湯殿にまずはいって「湯に浸つてゐると、今朝のいら〳〵した気持ちは消えて了つて、ゆつたりとなつて、そして思ふともなく道づれの女の身の上を思つて見た。」という結びになる。主人公の不快から快に至る経緯を主題とする小説と見なすならば、やがて志賀直哉によってもたらされる小説的主題の先取りに他ならないだろう。

さて今一つの「断片」だが、書簡形式で健三に宛てたせんという女からの「初めのたより」と「中ごろのたより」から成っている。「後のたより」がない点、いかにもアンバランスで、途中で無理に切り上げてしまった印象の短編である。実際二通目のたよりは短く、しかも「是から先は、また二人一緒に同じ心持で同じ自分を眺めて暮らすのぢやないでせうか？そして二人一緒に……。私何だかそんな気がしてなりません。」という結びである。

佐渡谷はこの作品の二人を完全に抱月と須磨子に読み替えて、この結びも「文芸協会内ですでに露呈した抱月須磨子の問題について、抱月自身「二人一緒に……。」と結論を出していたことになる」としているが、例によって心中の暗示で切り上げたと見ることもできる。要するにゆるされぬ恋愛の悩みを描いた小説で、抱月に引き付けるのも読みの興味ながら[13]、書簡体という形式と、その文体の新しさは改めて評価されてよいと想われる。書簡体といっても候文ではない、目の前にいる相手に語り掛けるような口語体である。髪を洗うと同棲していた頃の記憶がよみがえるのだという。

ねえ、髪を洗つてゐる私。おぼえてゐらつしやるでせう？縁先に立つて髪をほごしてゐると、見てゐらしたあなたが「僕が解かしてあげやう」と言つて、前から元結を切って下すつて、そしてそのま、両手を私の肩にかけて、捌髪の私の顔を見詰て、眼元でちよつとお笑いなすつた。私だつて元結を切つて下さるあひだ、じつとお顔を見つめて、眼と眼の行き合ふのを待つてゐました。たゞお顔があんまり近く来るのに、ちよつとどぎまきしました。

こうした一人称の語りと語り手の思考の流れは、太宰治の女性独白体小説の文体とまるで区別がつかない。その点で、この小説にもやはり時代を先取りするような傾向を見いだせるのではないか。

さて『影と影』の小説の枠には「小品五品」も入っている。随想やスケッチ的なものだが、「松と按摩」は按摩と植木屋の対話で世間の有為転変を暗示しつつ、山縣有朋に関連した風刺もあって興味ぶかい。「野犬」は床下に入り込んで子を生んだ野犬を見守る語り手の気持ちが読み手の心を打って小説として読める。引っ越しの挨拶を受けた主婦が立て続けのおしゃべりをする、そのセリフで終始する「一面」の風刺も面白い。こうした小品は川端康成の掌編小説の自由さを想起させる。

なお、「大正七（一九一八）年七月に発表された「小門の夜焚」は絶筆となった短編で『影と影』には収録されていない。九州を巡った芸術座の仕事を終えた時の小旅行が題材である。「私」を語り手として、見るもの聞くものが過去の思い出を誘われる心境の推移を描き出したこの小説は、紛れもない私小説として「柏峠」にその片鱗を見せていた抱月の資質を証明するものであるに違いない。私小説論、あるいは心境私小説論の対象として共有されるべき秀作であり、抱月はここに至って、自らの資質に最もふさわしい小説表現を獲得していたと言える。

さて、先に鷗外の「追儺」に言及して「小説といふものは何をどんな風に書いても好い」という「断案」を引用したが、抱月の後期の小説はそうしたところに抜け出た意識の存在を感じさせる。読者を楽しませることより、自分を優先する創作意識はアマチュア的だが、それこそがそれぞれに新生面を備えた後期の小説の成果に通じるものだったと考えられるのである。

7 おわりに 抱月の戯曲について

劇作家としての抱月について、秋葉太郎は「その劇作家としての才能は、新劇指導者としての彼の業績に比しては見劣りがする」と述べて、逍遥の「私の見るところでは同君は劇の作者ではなかつた」ということばを引いている[14]。春陽堂の『日本戯曲全集』（春陽堂）や『現代戯曲全集』（国民図書株式会社）はじめ全集類に名を連ねてながらも、劇作家としての影は薄い。今回改めて読み返しても、残念ながら作品を再評価したいという気持ちが湧いてこないままである。

例えば「海浜の一幕」は避暑地の村の小間物屋で長芋売りの小僧が起こす窃盗騒ぎを描いた現代物で、裕福な避暑客らしい老人と、彼を「御前さま」と呼ぶ二人の女が通りかかる場面に、「人間と言いふ奴が巣を造ると、兎角暗い蔭が出来るものだ。（間を置いて）お前、あのピストルは仕舞つて置いたらうな」という老人のセリフがある。いかにも意味ありげで気になるが、このセリフにつながっていく展開は後にも先にもない。人生というものに関わる何かの暗示らしいが、作者の独りよがりな書き方のほうが気になって、読みの興をそがれてしまう。『座談会　島村抱月研究』で尾崎宏次が「戯曲を書くと極めて私的になり、私的になると、あのナポレオンの脚本もそうですけど、なにかいきなり運命なんてテーマがでてしまう。」と批判しているが、その通りである。「脚本をしてまず読物たらしめよ」は、新脚本の流行に向けた抱月の発言だが、彼自身は読んで面白い作品は一つも書けていない。先行研究が作品の興味を作者自身の運命観や生き方、とりわけ松井須磨子の関係に見いだそうとしてきたのも無理はない気がするのである。戯曲については秋葉太郎や佐渡谷重信、『座談会　抱月研究』の意見に加えたいものも余りないので、以下いくつかの覚え書きで責を塞ぎたい。

抱月の戯曲は、『影と影』に収められた五篇「平清盛」「運命の丘」「海浜の一幕」「復讐」「競争」で、後になるほど劇としては貧弱になる。やや遅れて発表された「赤と黄の夕暮」は秋葉によって唯一「佳品」と評された「浪漫的な気分劇」で、前期の小説「白蓮華」を劇に直したものだが、主人公を慕う女が村の娘から尼の少女に変わり、道成寺伝説に通じるような小説の迫力が消えているのが惜しい。

五篇の発表は、明治四十四年一月から大正元年十月にかけてだが、最初の年に三篇を書いて、もうそのあたりで劇作に賭ける気持ちがしぼんできた印象を受ける。「平清盛」とナポレオンのモスクワ遠征に取材した「運命の丘」は史劇である。もっとも「運命の丘」は文芸協会第二回試演の演目とされたバーナード・ショウの「運命の人」に刺戟されたものと思われる小品である。ちなみに明治四十四年六月七日の『読売新聞』(よみうり抄)には、「島村抱月氏は「源頼朝」執筆中」、同じく七月六日には「島村抱月氏は湘南地方で「田園の頼朝」執筆中」という記事がある。「運命の丘」は四月に発表されているから、その次は「頼朝」劇の発表を予定していたと推測しうる。古典に取材した史劇への抱負のありようが窺える記事である。

七月に発表された「海浜の一幕」は先述のような走り書き的小品で、おそらくは「頼朝」劇執筆のかたわらに書かれたものだろう。その「頼朝」劇が、結局日の目を見ることなく終わった後の「復讐」(四十五年一月)および「競争」はそれぞれ、題名に続けて「(縮図劇)」と銘打たれている。人生の縮図の意味かも知れないが、読んでみてもまじめな取り組みの印象はない。どちらも男女の愛の駆け引きに終始した対話劇で、ドラマとして心に響く要素がない常套的な展開に終始している。この失速は抱月の劇作の志が史劇にあったことを示しているようだ。

「清盛と佛御前」は最初「脚本　平清盛」の題で『早稲田文学』に発表された。『影と影』には、僅かな修正の外ほとんどそのまま収録されている。今様や舞なども巧みに組み込んで、抱月の戯曲中では唯一読むにも観るにも足る作品に違いない。もし「頼朝」が完成し、さらにこの種の劇が数作あれば劇作家としての評価は違っていただろうと思われる。もっとも、それが史劇の効用というものであって、舞台の背後にある歴史時代や人物についての既成のイメージを観客に期待できるので、ドラマの場面が作りやすいのである。「平清盛」には、佛御前が清盛を福原遷都に踏み切らせたという新しい解釈が盛り込まれているが、それでも祇王を気遣う彼女の性格は『平家物語』のイメージに通うものなので、読み手（観客）も安心して楽しめる作となっている。

抱月は大正三年にこの戯曲に大幅に手を加えて「清盛と佛御前」と改題し、大正五年の芸術座の舞台に乗せた。「新史劇の技巧　芸術座の「清盛と佛御前」」（『読売新聞』大正五年三月二十五日）は、上演に臨んでの苦心談というべきもので『平家物語』の佛御前の登場場面の大胆な態度を現代式で型破りなものに感じ、そこから人物の性格を作ったこと、「それと清盛とを一種の現代思想の当時に現れてゐたシンボルと見て、一方に重盛祇王などの上にその反対の思想を対照させて見たいのである。即ち一方は所謂優勝劣敗で、強くなれ、力を求め美を求めよの人生観、一方は謙遜なれ、弱くなれ、消極的に兵を求めよの人生観である。」と書かれている。「平家物語全体に流れている当時の時代精神の一面と、それに対する清盛自身の立場からの人生観を対照させて見た」ともあるが、分量では「清盛」の倍もあるこの改作を読んでみると、なるほど佛御前の性格は『平家物語』離れが目立っていかにも現代的である。それで抱月が企図したような効果があがっているかと言えば、そうとは感じられない。違和感が先だってしまうのである。

『演芸画報』（大正五年五月）の記事「芸術座と無名会（劇評）」では谷口庄次郎が「島村抱月の『清盛と佛御前』は進級試験に及第しても、容易に卒業の見込みのつかないものでした。」「何を描いたのかそれが分かりませんでした。人物も、清盛が主なのか、佛御前が主なのか一向分かりませんでした。」という突き放した書き出しで、その挙句は演出から役者まで全否定という舞台評を書いている。これ以上引くのは抱月に気の毒な気がするくらいの同情に欠けた評には驚く。この戯曲の改作については、松井須磨子とのかかわりも想われるが、むしろ「清盛」と「清盛と佛御前」それぞれの『平家物語』からの距離の取り方が興味深く想われる。他日機会があれば史劇史の観点から考えてみたい、〈劇作家〉抱月の忘れ形見のような、気になる作品ではある。

注

1 本論集では西暦表記が原則だが、論の展開上元号表記を主にし、必要に応じて西暦と併記する形とした。

2 『抱月全集第六巻』（大正八年六月二十八日　天祐社）なお、この巻の編者は中村吉蔵である。

3 川副國基『島村抱月―人及び文学者として―』（昭和二十八年四月五日　早稲田大学出版部）。なお以降の本文での言及が度々にわたるため、「川副國基」あるいは「川副」と記した場合、基本的にこの書物を指すこととし、一々の注は施さないこととする。

4 佐渡谷重信『抱月島村瀧太郎論』（昭和五十五年十月　明治書院）。なお以降の本文での言及が度々にわたるため、「佐渡谷重信」あるいは「佐渡谷」と記した場合、基本的にこの書物を指すこととし、一々の注は施さないこととする。

5 「島村抱月研究」、川副國基編『明治文学全集43　島村抱月　長谷川天渓　片上天弦　相馬御風集』（昭和四十二年十一月十五日　筑摩書房）。

6 日本戯曲全集第四十三巻、現代戯曲全集第二十巻（国民図書）、日本現代文学全集（講談社）、等。

7 佐渡谷重信は、学者をめざしていた抱月が小説家に転進しようとした動機として、次の五つを挙げていて参考になる。一、「早稲田文学」記者として小説批評を担当したこと。二、硯友社文学への通俗性への反発。三、民友社が「社会小説出版予告」を発表したこと。四、『新著月刊』の創刊。五、恩師逍遥に倣って文壇の雄になろうとした野心、および近松研究会で学んだ近松的リアリズムに引かれたこと。

8 稲垣達郎・岡保生篇『座談会　島村抱月研究』（昭和五十五年七月　近代文化研究所）、なお以降の本文ではこの書物は『座談会』と略して表記する。また言及が度々にわたるため、この書物については一々の注は施さないこととする。

9 谷崎潤一郎「饒舌録」（昭和二年三〜五、八〜十、十二）、芥川龍之介「一「話」らしい話のない小説」（「文芸的な、余りに文芸的な」昭和二年四―七月、『改造』）参照。

10 「追儺」（明治四十二年五月『東亜之光』）

11 木村「僕は、抱月の力量が、十分にみることができ、かつ抱月の先駆的な新しさを感ずることが出来ると思って、全面的に賛成するのは『その女』ですよ。これは明治三十四年の『読売新聞』に載ったんだが、グラント・アレンは美学者だのに、それにこういう作があることを発見して、そこに閃いている近代精神に同感して、そしてそのエスプリを本当につかんでやっている。これには全面的に、僕は、島村さんに敬服するね。これは、自分自身が小説を書く先にやっているんだからね。この識見、この新しさが、小説の創作の方にも出て来たら、どんなによかったろうということを、しょっちゅう僕は思うんですよ」

12 「『破戒』を評す」（『早稲田文学』明治三十九年五月）

13 「お兄様」を坪内逍遥、「世間」を文芸協会関係者とみなす考えもあるようだが、「お兄様が戦地から便りをお断ちになつた心持ちを考えたり、済まないけれども若しか無事でお帰りになつたら、その時どんな気持ちがするだらう。私は一番先にそう言はう？」というくだりがあることを見ると、抱月の事実に引き付けた読みが通じない面もある作品である。

14 『日本新劇史　下巻』（昭和三十一年十一月　理想社）

なお本文の引用は、「玉かづら」「月暈日傘」「衆生心」「待つ間あはれ」については『抱月全集第六巻』、それ以外は戯曲も含めて『影と影』によった。

第四章

文芸協会と抱月の「人形の家」

安宅りさ子 *ATAKA Risako*

はじめに

『抱月全集』（第五巻）に収められたイプセンの戯曲「人形の家」には、翻訳者・島村抱月の次のような文が添えられている。

明治四十四年九月二十二日から三日間、文藝協會はその研究所の舞臺開を兼ねて、第一回私演に此の脚本を演じた。但しこの時は第一幕と第三幕のみで、中間の幕が省かれたため、劇全體としての印象は不完全たるを免れなかつたが、それでも我が國に於いては新劇として殆ど前例のない程な成功を得、引きつゞいて同年十一月二十八日から一週間、同協會第二回公演として、帝國劇場で『人形の家』三幕全部を上場した。

これが我が國に於ける『人形の家』の最初の興行であると共に、廣く近代劇としても、在来の女形と稱する男優を用ひず、女優を主として成功した眞面目な劇の最初である。[1]

抱月の翻訳・演出による「人形の家」は、一九一一年九月に坪内逍遙の邸内に建てられた文芸協会私演場の舞台開きの演目として上演された。これを見た帝国劇場の支配人の要望により、同劇場における公演が実現する。試演会では第二幕が省かれていたが、帝国劇場の公演では全三幕が上演された。この「人形の家」の成功は、女優の是非をめぐる論争に終止符を打ち、女性解放に関する論争を巻き起こした。「人形の家」の日本初演は、まさに歴史的な出来事となった。

本稿では、抱月の演出家としての出発点となった文芸協会の「人形の家」について考察する。[2]当時は〈演出〉ではなく〈舞台監督〉の名称が用いられ、その役割も現在のものとやや異なっていた。しかし、総合的に作品をまとめるという意味では、抱月はまさしく演出家であった。時代背景を追いながら彼の演劇観を探っていきたい。なお、「人形の家」の役名は抱月訳を用い、年号は西暦に統一する。

1 文芸協会演劇研究所

文芸協会の前身は、東京専門学校（一九〇二年に早稲田大学と改称）の坪内逍遙を中心とする朗読研究会だった。逍遙は、九代目団十郎の台詞術とシェークスピヤ劇のエロキューションを研究し、独自の朗読術で学生たちを魅了した。それを学んだ弟子たちは、朗読会だけでは飽き足らず、実演も試みるようになり、やがて易風会を立ち上げた。一九〇六年、前年留学から帰国した抱月とともに、易風会の土肥春曙、[3]水口微陽、東儀鉄笛等が、[4]文芸協会を設立する。協会の目的は、演劇、文学をはじめとする芸術・文化を刷新することにあった。会頭に大隈重信、演芸部主任には逍遙が就任した。歌舞伎座において第一回演芸大会が開催され、逍遙作「桐一葉」、鉄笛作曲・歌劇「常闇」とともにシェークスピヤの「ベニスの商人」法廷の場（逍遙訳）が上演された。このとき、シャイロックを鉄笛、ポオシャを春曙が演じている。翌年、本郷座で行われた第二回演芸大会の演目は、杉谷代水作「大極殿」、シェークスピヤ作「ハムレット」（逍遙訳）、逍遙作・長唄「新曲浦島」であった。「ハムレット」では、春曙が主演し、鉄笛がクローディヤス、微陽がガアツルード、西川流の伊東梅子がオフィリヤを演じた。通常、ここまでの文芸協会の活動が前期、一九〇九年五月演劇研究所開設以降の活動が後期とされる。同研究所では逍遙の監督の下、鉄笛が主事を務め、主に前期文芸協会で活躍した人々が演技指導を担当した。前年に川上貞奴が帝国女優養成所を、藤沢浅二郎が東京俳優養成所を開設している。帝国女優養成所が女子のみ、東京俳優養成所が男子のみを受け入れたのに対し、文芸協会の演劇研究所は演劇を志す若者たちを男女共学で教育した。

一九〇九年四月、早稲田大学の校舎で演劇研究所の入学試験が実施された。出願資格には〈学力〉〈容姿〉〈音声〉〈天稟〉〈健康〉〈操行〉の項目が並んでいる。知性と教養を伴う俳優を育成するため、志願者には中学または高等女学校卒業程度の学力を求めていた。試験科目は、作文、英文訳読、面接であり、面接試験で容姿、目的（志望動機）、朗読を審査した。原則として歌舞伎や新派の経験者は採らない方針だった。試験の結果、男子十名、女子二名が研究生になった。[5] そのうちの一人が小林正子、のちの松井須磨子である。二十三歳になるこの女性は、東京俳優学校で歴史を教えていた中学教師・前沢誠助の妻だった。前沢との結婚の前に、十七歳で旅館に嫁ぎ、夫から病気をうつされて離婚するという経験をしていた。したがって、高等女学校の教育は受けていない。英語は辛うじてアルファベットが読める程度で、音感もあまり優れなかったが、女優を目指す人一倍の熱意と、隆鼻術を施した容姿が認められ、入所が許可された。やがて彼女は、家事が疎かになり二度目の離婚にいたってしまうほど研究所の勉強にのめりこんでいく。初年度は二回の追加募集があり、夏休み後には二十五名の定員がほぼ満たされた。

開所当初は民家を借りて授業が行われていたが、九月に入り逍遙が無償提供した邸内の土地に新校舎が完成する。理論と実践を学ぶ場にふさわしく、黒板のある教室と舞台のある稽古場が設けられた。研究所の教育課程は体系的なもので、〈学理〉〈脚本〉〈研究〉〈劇史〉〈科介〉〈白〉〈外国語〉〈扮装〉に分類された科目が学年別に置かれている。講義科目には、金子筑水の芸術哲学、伊原敏郎（青々園）の国劇史、逍遙の沙翁劇等があり、実技科目には、春曙の朗読法と話術、鉄笛の写生と声楽、松居松葉の発声法、小早川精太郎の狂言、市川升六の擬闘、藤間嘉舞八と坪内大造の日本舞踊等が並んだ。授業は平日の午後六時から三時間、土曜日は二時間行われた。鉄笛の指導による写生は、観察したものを身体を使って描写する訓練で、男子には魚屋、床屋、車夫等、女子には下女、髪結い、芸者等の課題が与えられた。また、春曙の朗読法では、彼の翻案劇「鏑木秀子」（原作イプセン「ヘッダ・ガブラー」）、「空想」（原作ロスタン「ファンタスティックス」）をテキストに、エロキューションの訓練が行われた。

抱月は、西洋近世劇[6]と英語対話を担当した。西洋近世劇の授業では、イプセンの「人形の家」を英文で講読した。須磨子は当時を振り返り、次のように述べている。

私が『人形の家』と言ふ脚本を知つたのは、協會へ這入つてから島村先生の『近代劇』のお講義を伺つた最初の時でした。

其頃私は、語学の稽古を初めたばかりの時でしたから、脚本としての面白味よりも英文を讀むと言ふ方が主になつて了つて、夫に一週に二時間と言ふ断片的な時間に區切れ〳〵に、伺つたせゐか、随分ノラの性格に付いても、いろ〳〵伺つた筈でしたが、其割合に頭に残りませんでした。従つて何う言ふ柄の人が此ノラに適るか、何んな性格の人が此役に扮したら成功するか、そんな事は考へても見ませんでした。[7]

英文を読むことが出来ない須磨子は、原文のテキストにカタカナを振りながら、単語の意味を覚えたと伝えられている。抱月の講義の内容が頭に残らなかったのも無理はない。当時、早稲田の英文科の学生で研究生でもあった河竹繁俊によれば、「抱月は二年かかって丁寧に逐語的に講義をした」という。[8]研究生の三分の一は早稲田の学生、女子も主に高等女学校の出身者や女子大生であり、研究所では大学レベルの講義が行われていた。

講義や実技の授業のほか、関係者だけが内覧する試演会も、研究所の重要な行事だった。一期生は、二年目に四回の試演会を経験している。試演会の演目は、逍遙訳のシェークスピヤ作品（「ベニスの商人」「ハムレット」）、春曙の翻案劇（「空想」「鏑木秀子」）、松葉の翻訳劇（「デビッド・ガアリック」）等で、春曙、鉄笛、松葉が指導にあたった。試演会では、こうした演目のほか、舞踊、能狂言、擬闘等の発表もあった。

一期生の卒業公演は、文芸協会第一回公演として、一九一一年五月二十日から七日間、三月に開場したばかりの帝国劇場において行われた。演目は、逍遙訳・演出による「ハムレット」全五幕であった。帝国劇場の西野恵之助専務は、機会あるごとに研究所を訪れており、前年の第一回試演会で春曙指導の「ハムレット」第三幕を見ていた。帝国劇場は、逍遙演出の「ハムレット」完全上演に対し、二千円の出演料を支払うことにする。ハムレットに春曙、クローディヤスと墓堀甲に鉄笛を据え、一期生が、ポローニアス（加藤精一）、ホレーシオ（森英治郎）、レヤアチーズ（林和）、マーセラス・劇中劇の王・墓堀乙（佐々木積）、ガアツルード（山川浦路）、オフィリヤ（松井須磨子）等を演じた。帝劇での披露とあって、逍遙の指導にも一段と力が入った。オフィリヤの狂乱の場を演出するために、逍遙はわざわざ巣鴨の精神病院を訪ねている。女優を誕生させるための奮闘ぶりがうかがわれるエピソードである。狂乱の場の須磨子の歌声は、観客に女優と女形の相違をはっきりと実感させたことだろう。

一九一一年六月十日、卒業公演を終えたばかりの一期生十五名が、文芸協会演劇研究所の卒業証書を手にした。研究所出身の若手俳優には、協会から年俸一〇〇円が支払われることになった。研究所は、二年間の教育で素人の研究生を文字通りプロの俳優にしたのである。さらに重要なのは、研究所が花柳界や歌舞伎界と縁のない素人の女性たちを帝国劇場の舞台でシェークスピヤ劇を演じるまでに成長させたことだろう。女形が主流の時代、手本とする先輩女優も数少ない中で、女優としての演技術を獲得させたことは、演劇研究所の特筆すべき功績といえよう。

2 私演場の舞台開き

文芸協会は、一九一一年九月二十二日から三日間、私演場の開設を祝う試演会を行った。この私演場は、坪内逍遙邸の敷地内に研究所の校舎に隣接して建てられたもので、有楽座と同規模の舞台（間口六間、奥行四間）と六百人を収容する枡席を擁していた。舞台と客席をはなだ色の緞帳が仕切り、舞台正面上方には「遊於藝」の額が掲げられていた。伊原青々園のことばを借りれば、「どこまでも國粋の上に新しき藝術を建てるといふ博士の主義と此の會の抱負とが象徴されて居るかのやうに見える[9]」空間だった。逍遙は「新楽劇論」を発表し、新舞踊劇を実践しており、台湾檜造りの舞台も舞踊劇の上演に適したものだった。

舞台開きとなる第一回試演会は、歌舞伎公演のように複数の演目を並べる上演形態をとり、イプセンの翻訳劇「人形の家」と逍遙の三本の舞踊劇「寒山拾得」「お七吉三」「鉢かつぎ姫」を披露した。「鉢かつぎ姫」には、「人形の家」でノラ（ノーラ）を演じる須磨子が、姫と結ばれる宰相役で登場する。初日の観客は招待客が中心で、二日目以降は文芸協会の会員が大半だった。「人形の家」は、タランテラの振り付けができなかったため第二幕が省かれ、第一幕と第三幕のみの上演になった。それでも人々の関心は文芸協会が取り上げる初めての西洋近代劇に集まった。

ところで、わが国における最初のイプセン劇の翻訳上演は、一九〇九年十一月に有楽座で行われた自由劇場の「ジョン・ガブリエル・ボルクマン」（ヨーン・ガブリエル・ボルクマン）である。森鷗外がドイツ語から訳した台本を二十八歳の小山内薫が演出している。老齢のボルクマンを演じたのは三十歳の二代目市川左団次だった。女形（市川莚若、澤村宗之介）と女優（歌舞伎俳優の親族）が共演し、年配のボルクマン夫人とその妹エルラを女形、若いウィルトン夫人とエリーダを女優が演じた。抱月は「自由劇場に就いて（頭の試験である）」[10]と題する談話で、「此の芝居は左團次たり河合たる人々に取って藝の試験でなく頭の試験である」として、歌舞伎や新派の表現とイプセン劇に求められる演技の質の相違を指摘している。その点は小山内も十分に認識しており、「日本の劇壇にはまだこういう劇を演ずる技術の方法が、一つも準備してないと言っても好い」と述べている。[11]

実際、歌舞伎俳優たちはイプセンの大量の台詞に悪戦苦闘した。小山内の「自由劇場の試演を終えて」によれば、左団次でさえ、台詞を忘れて絶句したり、てにをはを間違えたりしたという。歩きながら話すため、何歩の間にどれだけの台詞を言うかということに気を取られていたらしい。他の俳優も同様で、それぞれの付き人がプロンプターになったが、その声が客席にも届く有様だった。[12] 抱月は「臺詞の精神を充分にインタープレットしてそれでつまらない唯言をも舞臺一杯に活かして見せる」ことがイプセン劇の成否につながると考えたが、[13] 当時の歌舞伎俳優には無理な注文だった。そのかわり彼らは所作に長けていた。小山内は、かつての恋人をまだ愛していることを観客に示すために、幕切れでボルクマンにエルラの手を取らせている。

本来、「ジョン・ガブリエル・ボルクマン」は人生の終盤を描いた作品だが、自由劇場の上演では、しがらみを断ち切り、自分の幸福のために生きようとする若者の姿が共感を呼んだ。市川団子が演じるボルクマンの息子・エルハルトは、「僕は只生涯に一度生きて見たいばかりです」という台詞で、明治末期の若者たちを熱狂させた。

文芸協会の「人形の家」の試演に際し、抱月が自由劇場の「ボルクマン」を意識していたことは、「『人形の家』雑感」(一九一一年九月)と題する文章からも明らかだ。

『ボルクマン』は思想に於いて老年青年の生といふ問題を中心とし、『人形の家』は女子の自覺開放といふ問題を中心としてゐる。一はむしろ男性に訴へ青年に訴へ、一は女性に訴へ中年者に訴へる。從つて其の問題を痛切に感ずる者の種類は違ふかもしれん。[14]

さらに抱月は試演会への抱負を次のように綴っている。

『人形の家』はイブセンの社會劇の初期に屬するだけ、一二ケ所まだ舊式なところもあるが、全體に於いて作者の劇的手腕の最も見事に現はれた一つである。一部々々の現實を失はないで、而も心理の變化自在を極めて居る。凡そヨーロッパの近代劇中、此の作の女主人公ほど演じばえするものは無からう。最後の幕、ノラの覺醒以後は、一方觀念の露骨になり過ぎる恐れはあるが、一方其の智識的情熱とでも言ふべきものに引きずられ行く力は凄い程である。ゴッス氏が言ふ如く人生の内的眞實の凄惨強烈な力が吾々を動かすのである。西洋で此の作が婦人問題に一紀元を作った如く、我が邦にも、十分に演ぜられ、十分に理解せられゝば、婦人問題は此所から又新に出發する筈である。[15]

抱月が「凡そヨーロッパの近代劇中、此の作の女主人公ほど演じばえするものは無からう」と述べているように、英国ではジャネット・アチャーチ、米国ではミニー・マダン・フィスケ、イタリアではエレオノーラ・ドゥーゼ等のスター女優たちが、ノラを演じていた。文芸協会は、当初、ノラ役に春曙を当てることも検討したが、研究所を卒業したばかりの新人女優・松井須磨子を抜擢する。文芸協会は、私演場の舞台開きに際し、「人形の家」をもって近代劇における女優の重要性を世に問うことになった。

3 抱月の翻訳台本

抱月は留学中にベルリンのレジデンツ座で「人形の家」を観劇したが、その印象はほとんど記憶に残らなかった[16]。それにもかかわらず、イプセンの数ある作品の中から「人形の家」を二度翻訳している。最初の翻訳は、一九〇六年に「早稲田文学」第十一号に掲載した「ノラ」である。これはウィルヘルム・ランゲのドイツ語訳から第三幕のみを訳出したものだった。このとき抱月は高安月郊の訳を参考にしている[17]。抱月は、部分訳の四年後に、ウィリアム・アーチャーの英訳とランゲのドイツ語訳をもとに、「イプセン社会劇　人形の家」を全訳し、それを「早稲田文学」第五十号（一九一〇年一月）に掲載した。アーチャーはイプセンをイギリスに移入する上で大きな役割を果たした人物である。「人形の家」イギリス初演（一八八九年）の翻訳もアーチャーが手掛けている。

ここで、抱月の翻訳台本の特徴をみておきたい。まず、目を引くのは、日本人の外国作品への抵抗感を減らし、理解を助ける工夫がなされている点である。抱月は、第一幕の冒頭の場面を次のように訳した。

ノラ　そのクリスマス、ツリーをよく隠してお置きよ、エレン。晩にすつかり火を點すまでは、兒共等に見せちやいけないよ。（金入れを出しながら使の男に向つて）幾ら？

使の男　二十五錢。

ノラ　はい、五十錢。い丶え、おつりは取つてお置き。（使の男禮を言つて去る。ノラは戸を閉ぢて、黙つて嬉しげに、にこ〳〵し續けながら、外出仕度のものを脱ぐ。隠しから一袋のパン菓子を取り出し一つ二つ喰ひながら、夫の居る室の扉の側へ爪立足で歩み寄り、聞耳を立て）さうよ、家に居てよ。（右手のテーブルの方へ行きながら又鼻唄をはじめる）

ヘルマー　（自分の室で）そこで囀つてるのは家の雲雀かい。

ノラ　（忙しげに手近の小包を開きながら）さうですよ。

ヘルマー　跳ね廻つてるのは栗鼠さんかい。

ノラ　え丶

ヘルマー　栗鼠さん何時歸つて來たんだい？

ノラ　今歸つたばかし。（パン菓子の袋を隠しに忍ばせ、口を拭ふ）入らつしやいよ、あなた、買物をして來たから御覧なさいよ。

ヘルマー　うるさいな。（暫くして扉を開けペンを持つたま丶此方を覗いて）買物をした？　え丶！　それを皆んなかい？　家の無駄使家が又お錢を撒き散して來たね。

ノラ　だつて、あなた、もう可いわ、少しぐらゐお錢をつかひに出かけたつて。やつとクリスマスが樂に出來るやうになつたんですもの。[18]

原作では、クリスマス・ツリーの値段は五十エーレ、ノラが使いの男にチップを上乗せして払った金額はその倍の一クローネである。文芸協会の二年後に近代劇協会が「ノラ」（「人形の家」）を上演したが、このときの鷗外訳ではノルウェーの通貨がそのまま使われている。おそらく抱月は、観客がはじめから自分たちとは異質な世界の話として舞台を眺めることのないように、わざわざ日本の貨幣に置き換えたのであろう。この後、ヘルマー（ヘルメル）が妻に生活費を渡す場面があるが、そこでもノラは「五圓、十圓、十五圓、二十圓、まあ！有りがたう、有りがたう、ね。是れだけあれば當分大丈夫ですわ。[19]」と言う。明治末の物価からすれば、ノラが受け取った二十円は少ない額ではない。夫が妻に生活費を渡し、一家の主として振る舞う光景は、日本でも当たり前のように見られたはずだ。

イプセン研究の第一人者・毛利三彌は、著書『イプセンのリアリズム』の中で、「人形の家」の土台にはこうした金銭による上下関係があることを指摘している。

支配・被支配関係の媒介をなすのが金銭であるとき、支配権は金銭額決定権と結びつく。それが資本の論理である。ノーラが使いの者にチップを渡したのとまったく同じ構図で、「財布をとり出して」ヘルメルはノーラに家事費用を渡す。当然の必要経費であるにもかかわらず、その額は夫が定め、従って、夫が支配権力を得る。このことを妻も認めている。それが、ノーラのまず金額を数えることの意味である。[20]

イプセンは、ノラに登場早々夫から禁じられている菓子をつまみ食いさせる。夫が妻に菓子を禁じ、妻が隠れてそれを口にする姿は、夫婦のいびつな関係を見事に表しているが、作者はその菓子にマカロンを指定した。マカロンは江戸末期に渡来し、明治期にはある程度知られた菓子で、鷗外は名称を「マクロン」のままにしている。これを抱月はわざわざ「パン菓子」と訳した。一口サイズでつまむことのできる「パン菓子」が、具体的にどのようなものなのかは定かではないが、マカロンを知らない観客でも甘い菓子だということは見当がついたはずである。

ノラが夫に向って「トルワルド」（トルヴァル）とは呼ばず、常に「あなた」と呼び掛けるように訳したことも、日本の観客への配慮であろう。夫のほうは妻に対し、「ノラ」「お前」と呼んでいる。この点は鷗外訳も同じでノラが夫を名前で呼ぶことはない。留学経験のある抱月も鷗外も、西洋の夫婦がファーストネームで呼び合うことは十分承知の上で、日本の習慣に合わせたものと思われる。もしイプセンの書いたとおりに名前で呼べば、当時の日本人には夫婦の力関係が違ったものに見えたことだろう。

このように、抱月の翻訳台本には、日本の観客にむけて理解を助けるさまざまな配慮が見られる。しかし、すべて日本人に受け入れやすい言葉にしたわけではない。例えば、劇中、ノラが何度も口にするmiracle（アーチャー訳）という単語を抱月は「奇蹟」と訳したが、この言葉は当時の日本人にとって馴染みの薄いものだった。月郊も、鷗外も、そして抱月自身も「ノラ」（部分訳）では「不思議」を用いていた[21]。全訳では、抱月は幕切れを次のように訳した。

ヘルマー　私はもう、何うあつても、お前には、見ず知らずの他人とより以上の事は出來ないか。

ノラ　（旅行鞄を取りながら）それは、あなた、そんな事の出來る時には、本當の奇蹟が見はれなくちやなりますまい。

ヘルマー　本當の奇蹟とは？

ノラ　私達が二人ともすつかり變つて—あゝもう、私、奇蹟なんか信じない。

ヘルマー　けれども私は信ずるよ。私達がすつかり變つて—

ノラ　二人の仲が本當の結婚にならなくてはなりません。左様なら。（ノラ出ていく）

ヘルマー　（顔を兩手に埋めて扉の傍の椅子に沈む）ノラ！ノラ！（見廻はして立ち上る）誰も居ない。行つて了つた（一の希望が吹き込まれて來る）あゝ！奇蹟、奇蹟—!?（下から重い戸を閉ぢる響が聞える）[22]

ノラは夫がすべてを犠牲にして自分を庇うことを期待していたが、そのような「奇蹟」は起こらなかった。それどころか夫はノラを罵倒し、自己保身に必死になる。キリスト教では、結婚する男女が神の前で苦難にある時も変わらぬ愛を誓うが、ヘルマーの振る舞いはその誓いを反故にしたのも同然だった。覚醒したノラは、教会の教えに対する不信を口にする。ノラとヘルマーが自己変革を遂げ、自立した男女として互いの人格を尊重し合い、新たな夫婦関係を築くこと―そのような「本當の奇蹟」(the miracle of the miracles) がいつか起こり得るのかわからぬままに劇は幕を閉じる。

「人形の家の序論」で、抱月は、イプセンが不本意ながらドイツの劇場の求めに応じて劇の結末を変更したことに触れている。変更された結末は次のようなものだった。

ノラ　二人の仲が本當の結婚にならなくてはなりません。左様なら！

ヘルマー　しかたがない―行け！(ノラの手を把つて) 併しその前に子供にあつて暇乞をしなくちやいけない！

ノラ　放して下さい！私、子供にはあひませんよ！つらくてあへないのですもの。

ヘルマー　(左手の戸の方にノラを押しやり) あはなくちやいけない！(戸を明けて靜かに云ふ) あれを御覧、子供等は何も知らないで、すや〳〵眠つてゐる。明日目をさまして、母の跡を慕ふ、その時はもう―母なし子。

ノラ　(顫へながら) 母なし子！

ヘルマー　ちやうどお前もさうであつた。
ノラ　母なし子！（堪えかねて旅行鞄を落とし）あゝ、私、自分にはすまないけれど、このまゝ振りすてゝは行かれない（戸の前に半ば體を沈める）
ヘルマー（喜ぶ、優しい聲で）ノラ！[23]

日本の観客の理解を得やすいように工夫を重ねた抱月であったが、イプセンが〈野蛮なる暴行〉と呼んだ幕切れを用いて、良妻賢母論者に迎合することはなかった。第三幕のノラの台詞には、「社會と私と―何ちらが正しいか決めなくてはなりませんから」等、ともすると体制批判と受け止められかねない言葉がある。「人形の家」が試演されたのは大逆事件から間もない一九一一年九月のことであり、ノラが夫の説得に屈する結末にした方が無難であったはずだが、文芸協会は原作を歪めることなく上演している。女性の文芸雑誌「青鞜」の創刊とも時期が重なり、文芸協会の「人形の家」は〈新しい女〉への世間の関心を一気に高めることになる。

4　アーラ・ナジモワの「人形の家」

抱月にとって、文芸協会の「人形の家」が最初の演出作品になるが、それを可能にしたのは、東京専門学校の後輩・中村吉蔵（筆名・中村春雨）[24]の観劇の記録である。彼は一九〇七年にブロードウェイで見た「人形の家」に深い感銘を受けた。主演は、前年にブロードウェイにデビューしたばかりのロシア人女優アーラ・ナジモワだった。中村は二度劇場に足を運び、舞台を詳細に記録した。留学中の観劇体験をまとめた『最近歐米劇壇』には、「ナヂキモヴァ夫人の『人形の家』」が掲載されている。抱月は中村を演出助手につけ、ナジモワの舞台を参考に「人形の家」を演出したものと思われる。

実際、クログスタッド（クロクスタ）役の鉄笛は、文芸協会の試演会を前に、次のように語っている。

殊にイブセン物は如何に演ずべきかといふ標準を吾々は定めることが出來ない。在體にいへば、眞實のやり方は一向知らないのである。併し監督の任に當つて居る譯者島村抱月氏なり中村春雨氏なりは、歐州遊學中に度々見物して來られたので、殊に中村氏は既に『最近歐米劇壇』を著して、舞臺上の誂へとか、やり方を實見された經驗が充分あられるのであるから、吾々は此兩氏の指圖によつて研究して居るのである。[25]

また、ノラを演じた須磨子は、「人形の家の思出」の中で、舞台開きのゲネプロ当日の心境を次のように振り返っている。

九月二十一日―四十四年

『ノラ』の稽古には三ケ月近くも續いて、いよ〳〵明日から三日間試演する事になつた。今日は其總浚ひを兼ねた舞臺稽古の日なのである。

舞臺稽古とは言ふものゝ、普通の劇場のそれとは違ひ、悉皆本式にやるのではあるし、それに見物人も招待する事になつてゐるのだから油斷はならない。

朝御飯をすましてから協會へ行かうかと思つたが、少し時間が早いので、昨日讀みさしの『歐米劇談』を繙ひて、例のナジモワの『人形の家』の型を、もう一度頭の中に描きたいと思つて讀み始めた。少し讀んで行つて、自分と舞臺との比較が湧き出すと、さあもう前へ進まない、彼處であゝしてかうして、どうも力が足りないからあんな呼吸は迚も及ばないなどゝ想像を運らす―と、目前に、頬杖ついて側目もふらず監督してゐらつしやる島村先生が浮ぶ。いつも紙巻を手にしてお鬚を弄る中村先生が浮かぶ。[26]

須磨子は、このとき台本ではなく、中村吉蔵の『最近歐米劇壇』を読んでいた。こうした鉄笛や須磨子の言葉からも、稽古の過程で中村の記録がいかに重視されていたかがわかる。当時は、このように西洋の舞台を参考にすることは珍しくなかったようだ。「ジョン・ガブリエル・ボルクマン」を演出した小山内薫も、ミュンヘン在住の友人に舞台写真の絵葉書を送ってほしいと依頼していた。残念ながら絵葉書は入手できなかったが、友人が作成した舞台の見取り図と観劇メモは大いに役立ったとされている。

「人形の家」の稽古に参加していた河竹繁俊によれば、演出の抱月とその助手の中村は、「演出としては二人ともはじめてのことであり、動きなどについては何らの注意を与えることもできずに、言わば手も足も口も出せない状態であった」[27]という。河竹は、須磨子が自分で工夫したものが土台になっていて、それを抱月、春曙、鉄笛が修正したと述べているが、『最近歐米劇壇』があればこそ、須磨子が自分で土台を作ることが可能だったのであろう。


アーラ・ナジモワは、一九一〇年代から二〇年代にかけてアメリカの演劇・映画で活躍した女優であるが、中村によればその芸風は「天才的な、然も稍もすれば感情挑發的」だったという。[28]彼女は、一八七九年にヤルタのユダヤ系の家庭に生まれた。ソ連時代の演劇百科事典には、一八九八年にモスクワ・フィルハーモニー演劇学校を卒業し、一九〇〇年までモスクワ芸術座に在籍したとある。[29]それが正しければ、のちにチェーホフと結婚する名女優オリガ・クニッペルや、前衛的な演出家となるメイエルホリドと同期だったことになる。モスクワ芸術座退団後はパーヴェル・オルレネフと組み、ロシアやヨーロッパを巡業していた。一九〇五年、ナジモワはオルレネフとともにアメリカに渡り、ニューヨークのラワー・イーストサイドでロシア語公演を行った。その後、ナジモワはニューヨークを活動の場に定めた。

そして、ナジモワはヘンリー・ミラーが手掛けた「ヘッダ・ガブラー」でブロードウェイ・

デビューを果たす。ほとんど英語を話せなかったナジモワが、半年の猛勉強でヘッダを英語で演じたというのだから、その努力はたいへんなものだったろう。好評だった「ヘッダ・ガブラー」に続くのが、翌年の「人形の家」だった。ナジモワの英語の台詞は流暢とはいえなかったが、それでも彼女が演じるノラは十分に魅力的だった。[30] 中村は二回舞台を見て、ナジモワの演技を記憶に刻みつけた。

翌年、ロシアを代表する女優ヴェーラ・コミサルジェフスカヤがオルレネフとともに、ブロードウェイのダリーズ劇場において「人形の家」をロシア語で上演した。コミサルジェフスカヤは、「かもめ」の初演でニーナを演じ、チェーホフを感嘆させた女優である。彼女はメイエルホリドの演出により象徴主義の作品でも成功を収めていた。しかし、ブロードウェイではチケットの売り上げが伸びず、失意のうちに訪米公演を終えることになる。中村はコミサルジェフスカヤ主演の「人形の家」も観ているが、ナジモワのノラほど強烈な印象を受けることはなかった。ナジモワの「人形の家」を演出したミラーは、英語の台詞術が足りないところを派手な動きと表情で補おうとしたのかもしれない。その結果、ノラの子供っぽさを強調することになり、ブロードウェイの観客を喜ばせたとも考えられる。

一方、コミサルジェフスカヤの「人形の家」は、スタニスラフスキーの影響を受けたアンドレイ・ペトロフスキーによる演出で、登場人物の心理描写に重きが置かれていた。かくれんぼの場面でも、コミサルジェフスカヤのノラはナジモワのように無邪気に子供と遊ぶのではなく、常に母親らしく振る舞った。タランテラの場面も対照的で、ナジモワがほとんど半狂乱のように踊ったのに対し、コミサルジェフスカヤは考え事をしながら手足を機械的に動かすだけだった。中村は、コミサルジェフスカヤの写実的な演技を評価しながらも、「チヤイルヂツシユと云ふよりも寧ろ子持ちの妻と云ふ風で、萬事大人びて居た」と記している。[31]

抱月の「ノラの解釋に就いて」によれば、彼もまた自覚以前のノラを「極無邪氣な、子供らしく殆ど三人の子供の母親らしく思ぬまでに可憐な女」として捉えている。「三人の子供を持ち、且つ長年の間貧苦と闘つた世帯じみた世話女房」や「沈鬱な思想の勝つた女」では、〈栗鼠〉や〈雲雀〉と呼ばれる振る舞いが醜悪になってしまうし、リンデン夫人の性格と重なってしまうと考えたためだ。[32] そして抱月は、三幕目のノラについても、二通りの方法を比較している。

一ツは思ひ切り強く演じて、所謂新しき女の威厳もしくは、長い間の厭迫に對して男性に反抗する力と云ふ如きものを集めて、殆ど犯す可らざる威力を持つた強く烈しいノラにして見せると、今一ツは最後まで女性の弱さを棄てぬ、謂はゞ精神は悲劇の犠牲になつて居る女、それが而も弱くメソ〳〵と泣く女ではなくして、どこまでも覺めたる新しき女の強さを女性の情合の底に包んで表はすと云ふやうな心持で見せると、此の二ツのどちらに行くかといふ事が、面白い問題である。[33]

抱月は、後者のノラ像を選択した。日本の観客が、威厳のある強い女性に拒絶反応を起こすことを予期したためである。ノラに対する反感が起これば、作品全体の受け止めが変わってしまう。抱月は、イプセンの社会劇を当時の日本人に受け入れやすい形で上演しようとした。その際、ノラの「チャイルヂツシユ」な面を強調したナジモワの舞台が、演出の手掛かりになったと考えられる。

5　抱月の演出

「演芸画報」一九一一年十一月号には、「人形の家（文藝協會私演）」の「芝居見たまゝ」（魔蝶生）が掲載されている。この「芝居見たまゝ」と『最近歐米劇壇』を並べてみると、文芸協会の「人形の家」には、ブロードウェイの公演から引き写したような箇所が少なくない。例えば、第一幕でヘルマーがノラにクリスマスに欲しいものを尋ねる場面は、「芝居見たまゝ」によれば次のように演じられた。

ヘルマーは安樂椅子に依りかゝり、笑ひ顔をして居る、ノラはその膝の上に倒れ、ヘルマーに抱かれて、上着のボタンをいぢくりながら、顔を見ずに、「實はお金が欲しい、それで自分の好な買物をしたい」といふ。ヘルマーはノラを片手に抱いて、「こんな可愛らしい雲雀が随分夥しい金をつかふものだ。」と微笑しながら云ふ。[34]

『最近歐米劇壇』を見ると、ナジモワ主演の「人形の家」でもほぼ同じ演出がされていたことがわかる。

ヘルマーは安樂椅子に依りかゝり、笑ひ顔をしてゐる、ノラはその膝の上に倒れ、ヘルマーに抱かれて、上着のボタンをいぢりながら、「眞實は…眞實は…少しお金が欲しい、それで自分の好な買物をしたい」といふ。ヘルマーはノラの首へ両手を巻いて「汝のやうな小い、愛らしい鳥を飼ってゆくには、餘つ程費用が要る」と微笑する。[35]

イプセンはト書きに「男の上着のボタンをいぢくりながら、顔を見ないで」としか書いていない。ミラーはブロードウェイの観客向けに少々コケティッシュなチャイルド・ワイフを演じさせたのだろう。抱月は、「ノラの首へ両手を巻いて」を「ノラを片手に抱いて」に変えてはいるものの、ブロードウェイ版と同じように、ノラにヘルマーの膝の上で金をねだらせている。「第一幕第二幕に於けるノラは（～略～）無邪氣な若い女とする外は解釋を許さない[36]」と抱月は考えたが、このような振る舞いを無邪気と受け取るか、媚態と受け取るかは、評価が分かれるところだろう。ノラ役の須磨子にはナジモワのようなチャイルド・ワイフを演じることが求められ、稽古のたびに「思ひ切つて小娘のつもりで」との注意が繰り返された。[37] 抱月の演出助手の中村は、須磨子にナジモワの面影を見て、「輪廓はノラ其人に適して居る處があると思ふ。此優の目の大きな工合は何處か前に述べたナジモヴァに似て居る處があるやうに思ふ」と述べている。[38]

試演会の「芝居見たまゝ」を見る限り、覚醒したノラの最後の場面も、概ね『最近歐米劇壇』に沿って演じられた。人形の衣装を脱いだ須磨子のノラはナジモワと同じようにしっかりした口調で話し始める。ノラが家を出る決意であることを知り、ヘルマーは妻として母としての義務を説くが、ノラは「もうあなたを愛して居ない」と言い、夫に失望した理由を明かす。

ヘルマー「ノラ、お前の爲なら、私は晝夜でも喜んで働く、―不幸も貧乏もお前の爲なら我慢する、―けれども幾ら愛する者の爲だつて、男が名譽を犠牲には供しない」と男の名譽に力をこめて云ふ。ノラ「それを何百萬といふ女は、犠牲に供して居ます」と一段高く怨めしげにいふ。ノラは立上つて、「私は見ず知らずの他人と斯うやつて住んで居て、そして其人に三人の子まで生した―、自分の身を引き裂きたいやうに思ひます」と俯目になつて、動かないで居る。

小山内薫の妹・岡田八千代(芹影)は、「私はこの芝居を見て泣かうとは思はなかつたが、なんだか無暗に涙が出てしかたがなかつた」と書いている。[39] 抱月もまた「若い奥さん連で、急所々々でそつと涙をふくのも見られた」と当日の女性客の様子を伝えている。[40] 先に述べたように、抱月は、この場面のノラを強い〈新しい女〉ではなく、「最後まで女性の弱さを棄てぬ、謂はゞ精神は悲劇の犠牲になつて居る女」として表した方が、日本の観客に受け入れられやすいと考えていた。ノラは立ち上がって「自分の身を引き裂きたい」とやり場のない怒りを口にするが、ここで須磨子はナジモワに倣って視線を落とし、結婚生活への後悔を見せた。もしノラが視線をまっすぐに夫に向け、抗議するようにこの台詞を言ったとすれば、観客の涙を誘うことはなかっただろう。「芝居見たまゝ」は、幕切れを次のように伝えている。

ヘルマーは「本當の奇蹟とは?」と問ふ。ノラ「私達が二人ともすつかり變つて、―あゝもう、私奇蹟なんぞは信じない」強い内に女氣の弱い響きを聞く。ヘルマー「けれども私は信ずるよ。私達がすつかり變つて…」ともう一生懸命でなだめる。ノラは少しも動かされない、「二人の仲が、本當の結婚にならなくてはなりません、左様なら」と身に沁みるやうな、淋しい聲を殘して、ツーと上手の戸口から振向きもしないで去つて了ふ。
ヘルマーは後姿を見送つて、よろ〳〵となつて後の壁の方に凭れ、椅子の傍にグツタリとよりか丶りながら、「ノラ！ノラ」四邊を見廻して一寸身を起こし「もう居ない、行つて了つた」と底い力のない聲でつぶやき、ハツとノラの言ひ殘した言葉に感じて、胸に覺束ない希望を持ち、「あ丶！奇蹟！奇蹟！」と奥底の深い響きのある聲で幽かに叫び、充血した眼で空の方を見上げる、ノラの去つた方角から、重い戸を閉じる響が聞える。

ノラが寂しげに家を出ていき、ヘルマーがよろめいて座り込むところまでは、ほぼナジモワの舞台と変わらない。しかし、「奇蹟！奇蹟！」といった後、ミラーの演出ではヘルマーが額を押さえて考え込むのに対し、抱月の演出では顔を上げて涙目のまま、戸の閉まる音を聞いている。ややセンチメンタルであったとしても、家父長として振る舞ってきた男性の脆さを見事に示す幕切れと言えないだろうか。

6　新たな演技術の探求

本稿の冒頭で引用した抱月の文章には、文芸協会の「人形の家」が、「女優を主として成功した眞面目な劇の最初である」と書かれている。ノラに演劇研究所の一期生・松井須磨子、リンデン夫人に二期生の廣田はま子を配役したが、すべての女性役に女優をつけるにはいたらなかった。乳母アンネは佐々木積、女中エレンは横川唯治（山田隆也）と、男優が脇の女性役を演じている。このような過渡的な状況にありながらも、抱月と出演者たちは新たな演技術を見出そうとしていた。

ヘルマーを演じたのは、前期文芸協会以来、ハムレットを持ち役にしてきた春曙だった。彼は、川上音二郎一座のヨーロッパ巡演に通訳として同行し、ヘンリー・アーヴィング等の海外の名優の舞台を観てきた。また、「ヘッダ・ガブラー」の翻案劇「鏑木秀子」を書くほどイプセンに関心を寄せ、研究所ではそれをテキストに演技指導にあたっていた。その春曙が「人形の家」で、日常を舞台上に再現することの難しさに直面する。[41] 逍遙指導の朗読研究会から始まった文芸協会は、文芸協会調とも呼ぶべき一種の型をもって、シェークスピヤ劇や史劇を演じてきただけに、春曙にとって型をなぞる表現法を封じ、自然なせりふ廻し、動作、表情を獲得することは容易ではなかった。

東京俳優学校の若手教師・川村花菱は、「極めて自然に行つた箇所も少くは無い」としながらも、同じ動作が繰り返され、変化に乏しかったことを指摘している。例えば、ノラを激しく罵倒する場面では、室内を歩きまわる歩調が単調で、「悪黨奴!」と指さす手つきも縮こまって見えたという。[42] ヘルマーは、〈ランクの死期を知ったとき〉、〈ノラを責めるとき〉、〈ノラを許すとき〉の三か所で、「あちこち歩きながら」台詞を言わなければならない。川村の劇評からは、春曙が「ジョン・ガブリエル・ボルクマン」を主演した左団次同様に、歩きまわりながらの台詞に苦労していた様子が窺われる。また、まっすぐに相手を指さすという動作がぎこちなくなったのも、激しい言葉と動きが一体化しなかったためであろう。伊原青々園は「自然にしようと力めて居るのと、此の人いつも舞臺に熱心すぎて堅くなるとが累をなした」と春曙の演技を評している。[43]

クログスタッド役の鉄笛も前期文芸協会以来のベテラン俳優だった。「ハムレット」では敵役クローディヤスと愛嬌のある墓堀を好演するほど幅広い芸域を持ち、演劇研究所では観察をもとに演じる「写生」の授業を担当していた。彼は、試演会を前に受けた取材で、西洋の俳優の真似ではなく、「吾々の『人形の家』を演じたい」と意気込みを語っている。[44] 鉄笛のクログスタッドを見た川村は「臺詞も科も皆古い型の中に有るやうな心持がしてもつと〳〵盛んにお芝居に流れたつのを無理に押へて居る」という印象を受けた。岡田八千代は「此方の演技を見ると巧みに芝居をしてるやうに思われる」と記している。評価は分かれるが、両者とも鉄笛の演技に技巧的なものを感じ取っていた。

一方、須磨子とともに研究所を卒業したばかりの森英治郎は、ランク役で好評を得た。森はランクを演じるにあたり、医師の助言を参考に脊髄癆患者の弱々しい足取りを取り入れている。そうした動きが新人俳優を余命いくばくもない人物の心理に近づけたのかもしれない。岡田は

「もう死期を知つた人としての哀れが見えていた」と森の演技を評価した。

さて、川村はのちに回想記『松井須磨子　芸術座盛衰記』を著し、その中で「人形の家」を見たときの衝撃を次のように伝えている。

私が松井須磨子のノラを見た時に、そのうまいまずいは別として、ノラの一挙手一投足に、私は島村先生を発見して、まずびっくりしたのだった。「人形の家」の演出に、先生が須磨子のノラに乗りうつって、ノラは先生が思うがままのノラとなり、須磨子はおのれを空しくして、完全に先生の人形として舞台に生きたのだ。（略）先生と須磨子は、二つのものでなく、まったくただ一つのものになって、イプセンの「人形の家」を演じたのだ。こんな役者を見たことはない。こんな女優を見たことはない。こんな演出家を見たことはない。[45]

抱月は逍遙のように動きやせりふの模範を示すことはなかったとされるが、須磨子のノラに抱月の癖や雰囲気が反映されていたとすれば、彼の話し方や立ち居振る舞いの中に、須磨子が演出家の求めるノラのイメージを見出そうとしていたのかもしれない。『牡丹刷毛』に寄せた抱月の序文によれば、「人形の家」の稽古を始めた頃、須磨子は腕を直線状に伸ばすことが出来ず、甲高い声になったり、おちょぼ口の笑顔になったりしていた。[46] 日本女性特有の抑制した動作、表情、か細い声は、舞台上のノラを生気のないものにしてしまう。須磨子は、早稲田大学の講師ミス・ケートから助言を受けながら、中村吉蔵の『最近欧米劇壇』を頼りに、抱月の思い描く表現を探っていったと考えられる。須磨子のノラに自分の姿を発見し、自分の中に須磨子のノラを発見したとき、抱月は演出家としてどれほどの喜びを覚えたことだろう――と、川村は抱月の胸中を推し量っている。[47]

前に触れたように、自由劇場の「ジョン・ガブリエル・ボルクマン」上演の際に、抱月は「台詞の精神を充分にインタープレットしてそれでつまらない唯言をも舞臺一杯に活かして見せる」ことがイプセン劇の成否につながると、自身の考えを述べていた。抱月は「人形の家」で須磨子を通じてそれを実践したと思われる。須磨子は、二か月以上続く稽古の初めから台詞を暗記し、所謂本息で役に体当たりするかのような熱心さで周囲を驚かせた。この姿勢には抱月の影響が少なからずあったはずだ。のちに抱月は、俳優がプロンプターに頼ったり、アドリブで誤魔化したりすることを諫め、台詞を覚えることの重要性を以下のように説いている。

人間の言葉といふものは、必ず語と語の間、句と句の間及び一人の言葉と他人の言葉との間に極めて微妙な脈略がある。殆どこの脈略一つでその言葉が魂の發現を種々の形に變化させる。科白の無暗誦といふことは、この脈略を破壊し若しくは變化させるものである。

其處に舞臺上の罪悪が潜み、俳優の偽りが潜む。[48]

須磨子のノラは「臺詞が自然で、その云ひ廻し方が凡て理屈に合って居る」(川村花菱「私演場と『人形の家』」)との称賛を得た。それは彼女自身の努力の賜物であるが、同時に演出・翻訳を担った抱月の手腕ともいえるだろう。

7　帝国劇場公演と大阪中座公演

文芸協会の試演会を見た帝国劇場の支配人・西野恵之助は、二か月後の第二回公演の演目に「人形の家」を加えることを提案した。協会は、鉄笛のオセロ、春曙のイヤゴ、須磨子のデズデモーナでの「オセロ」の上演を予定していたが、劇場側の要望を受け入れて演目を差し替えた。帝国劇場は、一九一一年三月に開場した真新しいフランス・ルネサンス式の劇場である。間口十七間、奥行き三十三間の舞台には回り舞台が設置され、プロセニアム・アーチ、オーケストラ・ピット、ボックス席も備えていた。歌舞伎を上演する際には仮設の花道をつけることもできた。三階まである客席は一七〇〇名を収容し、観客の頭上には天女の天井画と煌めくシャンデリヤがあった。無料配布のプログラムには女性客を意識した化粧品の広告や「今日はお芝居へ明日はぜひとも三越へ」という三越呉服店の宣伝が並んでいる。観覧料は、特等二円五十銭、一等二円、二等一円二十銭、三等七十銭、四等三十五銭だった。先述したように、文芸協会演劇研究所の卒業公演にあたる第一回公演が行われたのもこの劇場である。第二回公演は十一月二十八日から十二月四日までの一週間で、第一部は「人形の家」、第二部は舞踊劇「寒山拾得」「お七吉三」、第三部は「ベニスの商人」法廷の場という構成だった。第三部では女形と女優が共演し、シャイロックを鉄笛、アントニオを加藤精一、ポーシャを春曙、ネリッサを廣田はま子が演じた。

今回の「人形の家」は、第二幕を割愛することなく、全三幕の上演となった。試演会と帝劇公演の両方を見た伊原は、第二幕が加わったことにより、出演者にも観客にも無理がなくなったとしている。[49] 前回は、タランテラを振り付けることが出来ずに第二幕を省くことになったが、今回は、舞踊指導にミス・ミークスを招き、ノラ役の須磨子にタランテラを躍らせた。須磨子は雑誌「青鞜」の「人形の家」の特集（一九一二年一月号）に「舞臺の上で困つたこと」と題する回想を寄せ、この場面について次のように述べている。

舞臺の上で一番困りましたのが二幕目の踊の時の髪の仕掛けで、御座いました、狂人の様に踊りくるつて居る間にだん〳〵髪がほぐれて肩へ下ると云ふのでしたが、それがどうしてもうまく行きませんでした。早くほぐれ過ぎたり、しまいまでほぐれなかつたり、私はもうタランテラを踊りながら泣きたい様な心もちでした。[50]

須磨子は、タンバリンを手に、大きく腕を広げ、上半身をしならせながら、イプセンのト書きどおりに髪をほぐれさせようと必死に踊った。抱月はタランテラを「人形の家」の色彩の中心と捉え、この見せ場の重要性を十分に意識していたのである。[51]

仮装舞踏会から戻ったノラは、さながら民族衣装を着けた西洋人形のように見える。大きなパフスリーブのブラウス、太い横縞模様のついたスカート、リボンを後ろに垂らした帽子、胸元はネックレスで飾られている。試演会では膝丈のスカートを着用したが、帝劇公演では裾を膝下まで伸ばした。須磨子は「舞臺の上で困つたこと」の中で、第三幕でコートとショールの扱いに手こずっていたことも明かしている。ノラがヘルマーのドミノコートを素早く羽織り、ショールをかぶってそっと家を出ようとするところに、クログスタッドの手紙を読んだヘルマーが血相を変えて自室から出てくる。ところが、ドミノコートは裏表とも黒なので、無造作にコートが椅子に投げかけてあると、手早く身に着けることができない。「その肩掛けを脱いでお了ひ。脱げと言ふじゃないか」と、ヘルマーはノラのショールを乱暴に脱がせるのだが、絹のショールは緩く結ぶときっかけの前に滑り落ちてしまい、逆に固く結ぶとひったくることができなくなってしまう。和装が主流の時代にあって、出演者たちの苦労がしのばれる。初日に招待された夏目漱石の日記には、洋服の似合わない二人の女優の印象が書き留められている。[52] それでもノラの腕や足を露わにした衣装は、観客に女形と女優の違いを見せつけた。長谷川しぐれは、須磨子のノラについて「今一息」としながらも、洋装で演じる西洋の作品には女優が必要だと結論づけている。[53]

華やかな帝国劇場の客席には、平塚らいてうをはじめとする「青鞜」の同人の姿もあった。保持研は「此の劇は讀んで面白く、観て面白い[54]」と好意的だったが、らいてうは「今お芝居を見て居るのだ、お芝居を見せつけられているのだと云ふ感じが邪魔つけにも付き纏つて來るのでいやになつて仕舞つた[55]」と批判的だった。観て面白い「人形の家」は、観劇より読書を好むらいてうのような観客を失望させたかもしれないが、空前の大成功をおさめ、一躍須磨子をスターダムに押し上げた。

文芸協会は、翌年の三月十四日から二十日まで同じ演目で大阪公演を行う。会場となった中座には「人形の家」を目当てに老若男女がつめかけた。十九歳の女流画家・尾竹紅吉は二回劇場に足を運び、一般の観客のさまざまな反応を「青鞜」に書き送っている。まず彼女は、総見に来た団体の中から若い女性たちを選んで感想を求めた。すると「家出なぞする必要がない」「あ、迄、怒る、考える必要はない」と、いかにも常識的な回答が返ってきた。次に、女学校時代の同期生たちにも感想を聞いてみた。かつての学友たちは、ノラを生意気な女と非難し、ヘルマーや子供たちに同情を寄せて、紅吉を落胆させた。一方、校長の禁令にも関わらず劇場にやってきたという女学生の二人組は、初めて見るイプセン劇に強い感銘を受けていた。紅吉は、客席にいた三、四十代の男性たちにも話をきいている。意外なことに、彼等は一様にノラに同情し、妻を一人前の人間として扱わないヘルマーに腹を立てていた。目覚めるべきはヘルマーの方だという意見もあったという。もっとも彼らは、当時としては比較的進歩的な男性たちだったようだ。須磨子の「舞臺の上で困つたこと」によれば、帝劇公演の際、家を出るノラがヘルマーの援助の申し出を断るときに、平土間から「驚いたね」という声がしたというから、すべての男性が必ずしもノラに同情的だったわけではないだろう。しかし、チャイルド・ワイフのノラは、男性に敵意を抱かせる存在にはならなかったようだ。

さて、事前に戯曲を読まずに舞台を見た紅吉は、自身の感動を次のように綴っている。

私は、解易ひ謎の様な面白味が又解難い謎のような面白味が自然、自然と湧いて來る様に、考へた、否、實際、幕が下りてしまふ迄そうだつた。今迄色色の芝居も見た、けれど今度の様に、疑問が澤山、浮び出した芝居は、見た事がなかつた。[56]

抱月は、幕が開くまでにすでに多くの事件が展開し、幕が下りた後にも多くの事件が残ることから、イプセンの社会劇を〈中間劇〉であるとしている。[57] 観客が登場人物たちのこれまでの生き方、これからの生き方に思いを巡らせたとすれば、抱月の狙いどおりの反応といえよう。

文芸協会の「人形の家」は、観て面白い劇であると同時に、観る者に考えさせる劇でもあった。

8　新しい女

「青鞜」の「人形の家」の特集には、平塚らいてうの随筆「ノラさんに」が掲載されている。らいてうは、ノラばかりでなく、ヘルマーもまた「人為的な法則といふものに支配」されている人形だと見てとった。

ノラさん、あなたの響かせた戸の音はお二人の呱々の聲です。おふたりの人生はこれから始まるのです。あなたのなさつたお芝居は婦人の問題の發足點であると共に男子の問題です。御良人の假面は落ちました。そして又一方には女性に對する見解と云ふものを根本的に御考へにならねばならなくなりました。[58]

らいてうは、ノラの自己憐憫を諌め、彼女が人類愛に目覚めた時に初めて真の意味での〈新しい女〉になるという持論を展開した。

〈新しい女〉という名称は、イプセンやショーの作品を紹介する際に、抱月の師である逍遙も用いていた。彼は、一九一二年に『所謂新しい女』を刊行し、「人形の家」のノラ、「故郷」

のマグダ、「建築士ソルネス」のヒルダ、「ヘッダ・ガブラー」のヘッダ、「ウォーレン夫人の職業」のヴィヴィを例に、近代劇に登場する〈新しい女〉について論じた。「人形の家」に関しては、設定や展開の不自然さを指摘し、「寫實の假面を被つた依然たるロマンス」と評している。そして逍遙はノラの覚醒にも疑問を投げかけた。

夫の爲に犠牲となつて働いたと信じてゐるが、其間始終意識的で、昔の女のやうに絶對に夫の爲に身を獻げてゐるのではない、夫はどうあらうと妻たるの本分だけは飽くまでも盡すなどゝいふのではない、その勞力に對する何等かの報償を求めることを忘れない、随つて夫の自分に對する態度の自分が夫に對する態度と同一平等で無いのを知つて、全く案外に感じ、豁然として自覺したのである。此對等の態度といふ点が作者の覘ひ處で、新しい女の特質は一つにこゝに存するのであるが、愛の本來は果してかく打算的なるべきものであらうか？相互的でなくては眞の愛で無いには相違ないが、各自が常に意識して互ひに之れを苛求することになつたら、夫婦の情交は甚だすさまじいものとならざるを得ないであらう。[59]

逍遙は男女同遇を重んじ、男女別学の時代に文芸協会の演劇研究所を男女共学とした人物である。その彼が、夫婦が対等の関係を築こうとすると、かえって不和が生じるのではないかと危惧し、〈新しい女〉に対してやや否定的な見方をしている。

一方、抱月は、「人形の家」を翻訳した当時から、エレン・ケイやケーテ・シルマッハー等の著作に触れ、女性解放の動きに関心を寄せていた。試演会を前に発表した「婦人問題に於けるイブセンとストリンドベルヒ」(一九一一年八月)では、女性に高等教育は無用だとする考え方に真っ向から反論し、女性の文芸雑誌「青鞜」の発刊に温かいエールを送った。[60] 一九一三年、青鞜社研究会は女性を対象にした「文藝講義」を企画した際に、抱月に「婦人問題の変遷」と題する講義を依頼する。抱月のほかに阿部次郎、生田長江、安倍能成、岩野泡鳴等の第一線の研究者が登壇する予定で、講義録の刊行も計画されていた。しかし、会場となる青年会館に抗議が寄せられたために、この興味深い企画は中止に追い込まれてしまう。当時、「青鞜」は女性解放運動を危険視する勢力から執拗な非難を浴びていた。抱月は、青鞜社研究会のために用意したノートをもとに「婦人問題と近代文藝」と題する論文をまとめ、その中で〈新しい女〉と〈古い女〉を次のように定義した。

婦人問題の根本は、女も亦一個の人間であるといふ個人格の自覺である。眞に此の自覺を身に感じた以後の女が所謂新しい女でなくてはならぬ。女は常に男よりも劣等の地に立つものとしか思ひ得ないあひだの女が舊い女である。女の新舊は此の一點で區劃せられる。[61]

抱月は、婦人問題を単に社会制度の問題として語るのではなく、個人の意識の問題として捉えている。「個性の解放の必要を自覚すると共に、今までの屈従的結婚の無意義であることを主張した」ノラは、古い女から新しい女へ生まれ変わろうとする。抱月によれば、「眞の結婚は眞の愛の上に成り立ち、眞の愛は男女が全く無條件的對等の地に立つた時に生ずる」のであり、ノラのいう奇蹟＝真の結婚は、男女の対等の関係なしには成立し得ない。[62] 一九一四年一月、芸術座第二回公演でイプセンの「海の夫人」が抱月の翻訳・演出によって上演されるが、抱月は「自由意志で結婚しなかつた女の末路及び一度自覚して自由意志に這入つた時の結婚状態の變化を書いた」この戯曲を、いわば「人形の家」の後日譚と位置付けた。[63]〈新しい女〉の存在が封建的な価値観を打破し、個人を尊重する近代社会への扉を開くことを、抱月は期待していたのかもしれない。

おわりに

抱月のイプセン追悼文「イブセンと社會的哀憐」（一九〇六年五月）は、次のような言葉で締めくくられている。

我が國はなほ依然として歐州の後へについて走つてゐる。成程イブセン以降の最新の歐羅巴も我が國に見られぬではないが、同時にイブセン期も尚ほ現在もしくは未来として存してゐる。我が文藝界は當然是からイブセン期に入るであらうか[64]。

抱月は、イプセンを「社會的哀憐（ソーシアル・ピチー）の権化」と呼んだ。彼の考えでは、ヨーロッパの文学・芸術の潮流が自然主義から象徴主義に移りつつあるときに、「社會的哀憐の権化」を失ったことになる。ヨーロッパの後を追う日本はこれからイプセン期に入るであろう—という言葉どおり、自由劇場の「ジョン・ガブリエル・ボルクマン」と文芸協会の「人形の家」は、閉塞的な社会が抱える問題を浮き彫りにし、当時の知識人層が求める新劇の礎を築いた。

「人形の家」は抱月の最初の演出作品であり、実践活動の原点である。第一線の英文学者であればこそ、抱月は「人形の家」を上演する意味を十二分に自覚していた。それは話題作の本邦初演という域を超え、広く社会現象を巻き起こした。成功の最大の要因は、文芸協会が育成した〈新しい女優〉に〈新しい女〉を演じさせたことにある。そしてもう一つ要因をあげるならば、イプセンの翻訳劇を日本の観客に理解しやすい形で提示したことであろう。抱月は「『人形の家』雑感」の中で、ある西洋の批評家がイプセンを「社會の現制度の腐朽した點を啄き出す」啄木鳥と呼んだことを紹介しているが[65]、抱月もまた「人形の家」を通じて封建的な日本社会の病根を巧みに突いたといえる。

文芸協会が「人形の家」を上演したのは，今から百十年前のことだ。その後の日本は、二度の大戦や大震災等を経験しながらも復興を遂げ、経済大国の地位を築いてきた。しかし、最優先課題は常に国力の向上であり、人権（すべての人々が生命と自由を確保し、それぞれの幸福を追求する権利）の問題は二の次になっている。二〇二一年に世界経済フォーラムが発表したジェンダー・ギャップ指数では、調査対象の百五十六カ国中、日本は百二十位という位置にある。選択的夫婦別姓の導入は、国連（女子差別撤廃委員会）から再三の改善勧告を受けながら未だ実現していない。個人の自由意志を尊重する必要性を説く抱月の言葉は、一世紀を経た今も古びることなく示唆に富んでいる。

注

1　島村抱月「人形の家」『抱月全集』第五巻、日本図書センター、一九七九年、133頁

2　文芸協会退会後、抱月は、芸術座第七回公演（一九一四年十二月、本郷座）で再び「人形の家」を上演している。

3　土肥春曙（本名・庸元　一八六九〜一九一五）東京専門学校在学中に逍遙の朗読研究会に参加。卒業後、読売新聞、中央新聞で劇評等を担当。一九〇一年、川上音二郎一座のヨーロッパ巡演に通訳として同行。前期文芸協会発足後は、俳優として活躍した。

4　東儀鉄笛（本名・季治　一八六九〜一九二五）雅楽の家に生まれ、幼少期から雅楽と洋楽を学んだ。東京専門学校在学中に逍遙の朗読研究会に参加。前期文芸協会発足後は、俳優として活躍した。早稲田大学の校歌を作曲したことでも知られる。

5　松本克平『日本新劇史―新劇貧乏物語―』、筑摩書房、一九六六年、32〜33頁

6　現代でいえば「西洋近代劇」。当時、逍遙は「近世劇」の名称を使っていた。

7　松井須磨子『牡丹刷毛』（叢書『青鞜』の女たち　第十八巻）、不二出版、一九八六年、175〜176頁

8　河竹繁俊『逍遙、抱月、須磨子の悲劇』、毎日新聞社、一九六六年、54頁

9　伊原青々園「文藝協会の舞臺開」『歌舞伎』137号、一九一一年一一月、48頁

10　島村抱月「自由劇場に就いて（頭の試験である）」『抱月全集』第一巻、473頁。なお、自由劇場の第一回試演には河合武雄に代わり、市川莚若が出演した。

11　小山内薫「自由劇場の計画」『小山内薫演劇論全集』第一巻、未来社、一九六四年、108頁

12　小山内薫「自由劇場第一回試演」『小山内薫演劇論全集』第一巻、120〜121頁

13　島村抱月「自由劇場に就いて（頭の試験である）」『抱月全集』第一巻、473頁

14、15　島村抱月「『人形の家』雑感」『抱月全集』第二巻、377〜378頁

16　島村抱月「人形の家に就いて㈠」（中央新聞、一九一一年九月十七日朝刊）には、「私が西洋で『人形の家』を見たのは、ベルリンのレジデンツ座と稱する中流の劇場でヘルミイネケルネルという女優がノラをつとめたのを一度きり見なかつたが、（略）其の印象は全く残つて居ない」とある。

17　高安月郊訳「イブセン作社会劇」東京専門学校出版部、一九〇一年

18　島村抱月訳「人形の家」『抱月全集』第五巻、136〜137頁

19　同書　138頁

20 毛利三彌『イプセンのリアリズム―中期問題劇の研究―』、白鳳社、一九八四年、179頁
21 沈池娟「島村抱月と「新しい女性」像」（博士論文）東京大学大学院人文社会系研究科、二〇一四年、129〜130頁
22 島村抱月訳「人形の家」『抱月全集』第五巻、252頁
23 島村抱月「人形の家の序論」『抱月全集』第八巻、266頁
24 中村吉蔵（筆名・春雨　一八七七〜一九四二）東京専門学校在学中から小説を執筆。一九〇六〜九年、アメリカとドイツに留学。帰国後は劇作家として活躍。一九一三年、芸術座創立に加わる。
25 東儀鐵笛「眞面目に研究して居る」『歌舞伎』135号、一九一一年九月、27頁
26 松井須磨子『牡丹刷毛』、144〜145頁
27 河竹繁俊『逍遙、抱月、須磨子の悲劇』、69頁
28 中村吉蔵『最近歐米劇壇』、博文館、一九一一年、180頁
29 Театральная энциклопедия томIII, Советская Энциклопедия, Москва,1964, стр.1041
30 Nazimova as Nora, The New York Times, January15, 1907.
31 中村春雨「外國で見物した『人形の家』」『歌舞伎』135号、30〜31頁
32 島村抱月「ノラの解釋に就いて」『抱月全集』第二巻、386〜387頁
33 同書　388頁
34 魔蝶生「芝居見たまゝ」『演藝画報』一九一一年一一月、22頁。以下、「芝居見たまま」は同誌同号から引用。
35 中村吉蔵『最近歐米劇壇』、4頁
36 島村抱月「ノラの解釋に就いて」『抱月全集』第二巻、387頁

37 松井須磨子『牡丹刷毛』、181頁
38 中村春雨「外國で見物した『人形の家』」『歌舞伎』135号、32頁
39 芹影女「第一回文藝協會試演」『歌舞伎』137号、42頁。以下、試演会に関する岡田の評は、同誌同号から引用。
40 島村抱月「即興」『抱月全集』第八巻、340頁
41 土肥春曙「私の役はヘルマー」『歌舞伎』135号、28〜29頁
42 川村花菱「私演場と『人形の家』」『歌舞伎』137号、37頁。以下、試演会に関する川村の評は、同誌同号から引用。
43 伊原青々園「文藝協會の舞臺開」『歌舞伎』137号、49頁。以下、試演会に関する伊原の評は、同誌同号から引用。
44 東儀鐵笛「眞面目に研究して居る」『歌舞伎』135号、27頁
45 川村花菱『松井須磨子　芸術座盛衰記』新装版、青蛙房、二〇〇六年、34〜36頁
46 松井須磨子『牡丹刷毛』、5〜6頁
47 川村花菱『松井須磨子　芸術座盛衰記』新装版、44頁
48 島村抱月「新劇と科白」『抱月全集』第二巻、641頁
49 伊原青々園「帝劇の文藝協會」、都新聞、一九一一年一一月二九日
50 松井須磨子「舞臺の上で困つた事」『青踏』第二巻第一号、162頁、龍渓書舎、一九八〇年。以下、「舞臺の上で困つた事」は同誌同号から引用。
51 島村抱月「人形の家の序論」『抱月全集』第八巻、273頁
52 夏目金之助『定本　漱石全集』第二十巻、岩波書店、二〇一八年、350〜351頁

53 長谷川しぐれ「舊劇は女形」『演藝画報』一九一二年一月号、50〜51頁
54 保持研「人形の家に就て」『青鞜』第二巻第一号、144頁
55 『青踏』第二巻第一号、166頁
56 尾竹紅吉「赤い扉の家より」『青鞜』第二巻第五号、42頁
57 島村抱月「イブセンの解決劇」『抱月全集』第二巻、98頁
58 平塚らいてう「ノラさんに」『青鞜』第二巻第一号、137頁
59 坪内逍遙「所謂新しい女」『逍遙選集』第八巻、第一書房、一九七七年、268〜269頁
60 島村抱月「婦人問題に於けるイブセンとストリンドベルヒ」『抱月全集』第二巻、351〜352頁
61 島村抱月「婦人問題と近代文藝」『抱月全集』第二巻、496頁
62 同書 497〜498頁
63 島村抱月「飜譯劇時代―『海の夫人』に就て―」『抱月全集』第二巻、561頁
64 島村抱月「イブセンと社會的哀憐」『抱月全集』第一巻、288頁
65 島村抱月「『人形の家』雑感」『抱月全集』第二巻、378頁

参考文献

秋庭太郎『日本新劇史』上巻　理想社　一九七一年
池内靖子「「女優」と日本の近代：主体・身体・まなざし―松井須磨子を中心に―」『立命館国際研究』
　立命館大学国際関係学会　二〇〇〇年
井上理恵「演劇の一〇〇年」日本近代演劇史研究会編『20世紀の戯曲Ⅲ』社会評論社　二〇〇五年
ヘンリック・イプセン『人形の家』毛利三彌訳　論創社　二〇二〇年

大笹吉雄『日本現代演劇史　明治・大正篇』白水社　一九八五年
尾崎宏次『女優の系図』朝日新聞社　一九六四年
北見治一『鉄笛と春曙』晶文社　一九七八年
笹山敬輔『演技術の日本近代』森話社　二〇一二年
島村抱月『抱月全集』全八巻　日本図書センター　一九七九年
諏訪春雄・菅井幸雄編『講座日本の演劇5　近代の演劇Ｉ』勉誠社　一九九七年
田辺若男『俳優（舞台生活五十年）』春秋者　一九六〇年
中村都史子『日本のイプセン現象　一九〇六―一九一六年』九州大学出版会　一九九七年
松本伸子「明治演劇論史」演劇出版社　一九八〇年
毛利三彌「イプセン初演前夜―明治期演劇近代化をめぐる問題（三）―」『美学美術史論集』第十輯　成城大学大学院文学研究科　一九九五年
毛利三彌「イプセン初演前夜（二）―明治期演劇近代化をめぐる問題（四）―」『美学美術史論集』第十二輯　成城大学大学院文学研究科　一九九九年
森鷗外『鷗外全集』第十四巻　岩波書店　一九七二年
らいてう研究会編『『青踏』人物事典』大修館書店　二〇〇一年
『早稲田大学百年史』第二巻　早稲田大学出版部　一九八二年
Ibsen,Henrik. *A Dolls House*. Edited, with an introduction by William Archer. New York and Melbourne; The Walter Scott Publishing Co.Ltd,1911

第五章

トルストイとの交差
——『闇の力』と『生ける屍』

永田　靖
NAGATA Yasushi

1

島村抱月と芸術座の仕事についてはこれまでも多くの論考があり、おおよそのところは明らかになっている。文芸協会を退会した後、芸術座においても西欧の文学芸術を基盤とする新しい演劇を探求することになるが、それらの「近代劇」ばかりではなく、興行的に成立する通俗性を具えた作品も上演する「二元の道」を追求していく。とりわけ芸術座創設翌年に大ヒットしたトルストイ『復活』の上演以後は、その方向性を推し進めていく。しかし、この二元の道の「二元」を明確に区別することは難しい。この時代のヨーロッパ演劇を見れば、いわゆる公的な補助のある国立や王立、またそれに準じて株式などでの恒常的な資金的補助のある劇場では、大劇場での上演に加えて小劇場（もしくはスタジオ）をつくり、大劇場での定例の公演に加え、小劇場でより実験的な上演を行う例は少なくなかった。しかしそれは「二元の道」とは言わず、同じ劇場（劇団）の仕事として考えるのが一般的な演劇史の見方である。興行的に収益を得るのを目的とする商業的な演劇とは、それらの公的資金の補助がなく、興行主たる者がいる私設の劇団が私設の劇場を一時的に賃借することによって公演を行うものをさす。そこではしばしば観客動員力のある「スター」を契約などによって擁し、収益に反映させた。この観点から見れば、抱月の芸術座は私設の劇場（劇団）である点で、そもそも商業的にならざるを得なかったが、言うまでもなく松井須磨子という「スター」を擁したことがその興行を支えた要因の一つとなった。しかしその上演レパートリーだけを見れば、いわゆる商業的な演劇のそれとは大いに異なる。

芸術座での公演は本公演ばかりではなく、特別公演や公衆劇場合同公演、牛込に創設した「芸術倶楽部」での研究公演などもあり、商業性を考慮した公演と同時代ヨーロッパ演劇の「スタジオ」公演のような実験的な公演の混在を特色としているように見える。芸術座の上演作品は西欧近代劇に限れば、メーテルリンク『モンナ・ヴァンナ』(第一回本公演、一九一三)、イプセン『海の夫人』(第二回本公演、一九一四)、チェーホフ『熊』(第二回本公演、一九一四)、トルストイ『復活』(第三回公演、一九一四)、ズーデルマン『マグダ(故郷)』(夏期臨時公演、一九一四)、シェイクスピア『クレオパトラ』(第四回公演、一九一四)、イプセン『人形の家』(特別公演、一九一四)、チェーホフ『結婚申込』(特別公演、一九一四)、ツルゲーネフ『その前夜』(第五回公演、一九一五)、ワイルド『サロメ』(第五回公演、一九一五)、ソフォクレス『エヂポス王』(野外劇、一九一六)、トルストイ『闇の力』(第二回研究公演、一九一六)、シェイクスピア『マクベス』(特別上演、一九一六)、トルストイ『アンナ・カレニア』(第七回公演、一九一六)、ピネロ『ポーラ』(第八回公演、一九一七)、トルストイ『生ける屍』(第九回公演、一九一七)、ハウプトマン『沈鐘』(公衆劇団合同公演、一九一八)、ダヌンツィオ『緑の朝』(第一一回公演、一九一八)、メリメ『カルメン』(第一二回公演、一九一九)などである。ここに日本の近代劇、中村吉蔵、谷崎潤一郎、有島武郎などの作品も併せて上演された。「二元の道」とはいうものの、商業化の方向で松竹との提携が始まるのは一九一八年『沈鐘』からで、これにより抱月は「在来のような投機的不安定から除かれ」たと記している。[1] 興行形態という点では松竹との提携は大きかったと思うが、芸術座として見ればそれはようやく最後期にあたる。抱月は同年一一月のダヌンツィオ『緑の朝』の初日前夜の舞台稽古中に急逝するため、その後の展開について本人は知るよしもなかった。

これらの中でトルストイの作品は、『復活』を含めて四作品を数える。この時代のトルストイ受容熱の高まりを背景に、[2]『復活』の大ヒットと須磨子人気で当て込んだものと理解できるが、ヨーロッパ演劇から全体に偏りなく上演しているように見える芸術座の中でも、トルストイ作品が比較的多いのに気がつく。ここでは、抱月と芸術座の仕事を再考するため、ひとまずトルストイの作品の上演について検討したい。その際、小説から翻案された『復活』『アンナ・カレニナ』ではなく、戯曲の翻訳上演『闇の力』と『生ける屍』を取り上げたい。『復活』も『アンナ・カレニナ』もトルストイの作品であることは間違いないが、小説の翻案作品の検討と、戯曲作品の検討とは、研究上の取組としては互いに異なるものである。小説の中にはトルストイの演劇的な構想は反映されておらず、戯曲にはそれが見られる。ここではトルストイの演劇的な構想と抱月のそれとの交差を検討するのが主題であり、そのためには小説ではなく、戯曲とその上演を取り上げることが有効だと思われる。

日本の新劇でのトルストイ上演は、たとえばチェーホフの上演と比べるとそれほど多くはない。チェーホフ作品の上演の多さは、本国ロシアを除けば世界の中でも抜きんでているが、トルストイの場合、『復活』『アンナ・カレーニナ』『戦争と平和』などの小説の圧倒的な評判があり、戯曲はどちらかといえば影が薄かったのかも知れない。しかしトルストイの劇の上演を検討することはこの時期の演劇史一般についての様々な問題の再考に繋がり、トルストイと抱月の交差について今一度整理しておくのも無駄ではないだろう。また新劇とチェーホフの関係は繰り返し議論されているが、トルストイとの関係はまだ議論され尽くしてはいないように見える。日本の近代文学にとってトルストイの文学とその日本への翻訳がもたらした影響は甚大なものがあり、それについては相当の研究の蓄積[2]があるものの、新劇とトルストイの関係については、これもまた未だ充分とは言えない。

ここでは主としてトルストイのこの両作品について本国での上演の問題点を整理し、その上で抱月と芸術座を俯瞰してみたい。それはまた日本の新劇の持ち得た力の可能性や問題点を洗い出すことにも繋がるだろう。

2

トルストイがロシアの劇壇に取り上げられるようになるのは、長編小説が世に出てすでに世界的な名声を得たのちのことだが、生涯には十本の戯曲を執筆している。[3]『伝染した家庭』

（一八六四年執筆、一九二八年刊行）、『三場の喜劇（ニヒリスト）』（一八六六年執筆、一九二八年刊行）、『アッゲエ王の伝説の劇（領主が乞食になった話）』（一八八六年執筆、一九二六年刊行）、『最初の酒つくり』（一八六六年）、『闇の力』（一八八七年）、『光は闇に輝く』（一八八〇〜一九〇〇年執筆、一九一一年刊行）、『文明の果実』（一八九一年）、『パン屋ピョートル』（一八九四年執筆、一九一八年刊行）、『生ける屍』（一九〇〇年執筆、一九一一年刊行）、『一切のもと』（一九一一年）である。これらの執筆の文脈は様々であるが、『闇の力』『生ける屍』『文明の果実』などは今日でも広く上演されている。

『闇の力』は一八八七年に出版され、サンクト・ペテルブルグのアレクサンドリンスキイ劇場で上演準備には入るものの、危険視されたこの作品は上演禁止となる。この検閲による上演禁止が解除されるのは一八九五年であるため、この作品の名誉ある世界初演はロシア国外、パリの自由劇場におけるアンドレ・アントワーヌ演出で、それは一八八八年のことだった。ちょうどマイニンゲン劇団がイプセン『幽霊』を一八八六年にドイツで初演したのに似て、『闇の力』がこの時代の近代劇上演の流れを開いていく作品として受け取られていたことは演劇史上の常識となっている。ちなみにベルリンで『闇の力』が上演されるのはオットー・ブラームが一八八九年に創設した自由舞台で、一八九〇年にイプセン『幽霊』、ハウプトマン『日の出前』とともにそのこけら落としに取り上げられた。

抱月は英国留学中には『闇の力』は観劇していない。観劇したトルストイの作品は、広く知られているように『レサレクション』（復活）で、それについては詳細な記事を書いている。[4]抱月が英国に滞在しているのは一九〇二年から一九〇四年、同年にはドイツに移り一九〇五年まで滞在し、同年秋に帰国する。抱月のヨーロッパ留学についての詳細な論考は岩佐壮四郎の研究に詳しく、[5]そこには抱月の『渡英滞英日記』『滞独帰朝日記』を元にした観劇リストも同書巻末にあり、それで抱月の観劇歴は概観できる。

そもそも英国でのロシア劇の上演は、抱月が[6]『復活』を観劇した一九〇三年頃からほぼ始まると言える。もちろんロシアを題材とした商業的な上演はそれ以前にも散見されるが、[7]いわゆる戯曲の「翻訳」上演は一九〇三年にゴーリキー『どん底』が、翌一九〇四年に『闇の力』が独立劇場（Independent Theatre）を引き継いだ形の舞台協会（Stage Society）にて上演されている。その後はゴーゴリ『検察官』（一九〇三）、ゴーリキー『小市民』（一九〇六）と『検察官』（一九〇六）、ツルゲーネフ『食客』（一九〇九）、チェーホフ『かもめ』（一九〇九）、ドストエフスキイ『書かれざる法（罪と罰）』（一九一〇）などの上演と続いていく。もしも抱月が舞台協会のことを知っていれば、あるいは関心があれば『闇の力』を観劇できたのかも知れないが、この留学期間にはロシアの近代劇を見ることは稀だった。

日本のトルストイの翻訳及び論評の書誌情報は、法橋和彦編『トルストイ研究』[8]に詳しく、それによれば一九〇五年の落合浪雄訳『悲劇やみのちから』[9]がトルストイの戯曲としては初めての訳で、抱月が芸術座で上演するのは一九一二年の林久男訳だが、すでに活況を示していたトルストイの小説の翻訳や論評に加えて、戯曲の翻訳とともに日本におけるトルストイの上演は概ね一九一〇年代に始まると言って良い。

3

ロシアでのトルストイの上演は決して少なくない。トルストイには、都市部のいわゆる帝室劇場や私設劇場での上演を念頭に置いて書かれた劇ばかりではなく、その地所たるヤースナヤ・ポリャーナでの家庭劇場の上演を想定して書かれたもの（『文明の果実』『ニヒリスト』『伝染した家庭』など）もあれば、大衆的ないわゆる民衆劇（『最初の酒つくり』『パン屋ピョートル』『領主が乞食になった話』）などもあり、全体として劇作家トルストイを検討する時には魅力あるものになっている。これらの作品はそれぞれの家庭劇場や小屋掛け芝居などで上演されたことは、後に述べるようにトルストイの演劇の大きな特質となっている。もちろん徐々に都市部での上演にも加えられるようになり、例えば『文明の果実』は家庭劇として書かれたものだが、モスクワ芸術座を始める前のスタニスラフスキイがその「文学芸術サークル」（もっともこれは職業的な劇団ではないが）で上演した後、一八九一年にアレクサンドリンスキイ劇場で上演された。本国の一九八二年版トルストイ全集第一一巻[10]は戯曲作品集となっているが、ここに詳細な解説を寄せているルィバコーワによれば、この上演は大成功となり、観客が「第一幕後に『作者を！』

と叫び始めた」と上演の様子について作家自ら娘宛てに書いているという。[11] また同じ年に、モスクワのマールイ劇場でも上演された同じ『文明の果実』では、作家本人が観劇し農民を演じた俳優たちの不自然さに不満を述べているという。[12]
また『パン屋ピョートル』は革命後一九一八年にアレクサンドリンスキイ劇場でメイエルホリドが演出しトルストイの民衆的な源泉を明らかにしたし、飲酒への教訓を含む滑稽な『最初の酒つくり』は同じく革命後の一九一九年にユーリー・アンネンコフが、全体をサーカス仕立てのショーに演出した。これはこの時代のメイエルホリドやエイゼンシテインなどの「演劇のサーカス化」への先鞭を付けた。
このように多様なトルストイ上演の中で、モスクワ芸術座での『闇の力』(一九〇二)や『生ける屍』(一九一二)はこの時代のロシアでのリアリズム演出の方向を良く示している。『闇の力』は、スタニスラフスキイが演出するまでには、ロシアで少なくとも四つの上演があった。どれもが上演禁止が解除になる一八九五年の上演で、先述したサンクト・ペテルブルグのアレクサンドリンスキイ劇場と、モスクワのマールイ劇場、そして私設劇場のコルシ劇場とスコモローヒ劇場である。正確には、上演禁止中の一八九〇年に名優ダヴィドフが指揮してアマチュア俳優たちによって、プリセルコフ邸で私的に上演されているが、ここではチェーホフをはじめ、多くの文化人や芸術家も観劇し、賞賛したという。[13] これらの上演は解禁後ということもあり、どれも賞賛をもって迎えられた。またこの上演の前年には、トルストイの小説『復活』(一八九九)

が宗教界や社会批判の痛烈さやまたロシア正教の教義にも触れるものだったために、トルストイが正教会から破門されるという事件（一九〇一）があり、かえってトルストイの名声は頂点に達していた。したがってスタニスラフスキイのモスクワ芸術座での仕事は、演劇史家ルドニーツキイによれば、これらの上演の「成功」を踏まえて、「それ以上」の上演にしてみせねばならなかったという。[14]

『闇の力』（一八八七）は、トゥーラ県の農村で実際に起こった近親相姦と嬰児殺しの事件をモデルにしている。農村を舞台に劇を書きたいと考えていたトルストイはこの事件を土台に、一人の男（ニキータ）が恋仲の娘（マリーナ）を捨て、富裕な農夫（ピョートル）の後妻となっていた女（アニーシャ）と金目当てで結婚しようと密通し、女（アニーシャ）と諮ってその当の夫（ピョートル）を毒殺し、結婚する。さらにはその殺された夫（ピョートル）の先妻の娘（アクリーナ）とも密通し、子供を孕ませるが、娘（アクリーナ）が結婚する段になるとそれが明るみに出るのを防ごうとその赤児を圧殺し土中に埋める。それらは男（ニキータ）の母親（マトリョーナ）や妻（アニーシャ）が男（ニキータ）を唆していたのでもあり、男（ニキータ）は深く自らの罪に気付き、皆の前で罪を告白するという物語である。ただ農村に生きる農民たちの暗い情欲を描いた作品ではなく、トルストイは強悪な人物達と対比的に善良なる人物（主人公の父親アキーム、作男ミートリチなど）も描くことで、金品や情欲に囚われる人間の罪深さとそれへの贖罪の意識を描いた。教訓的な色合いが濃厚という批評も多くあるが、今日では人間の本性の本源的な強欲さを描いた作品として上演される事が多い。

スタニスラフスキイがこの作品を上演するのは一九〇二年、モスクワ芸術座の第五シーズンに当たる。すでに『皇帝フョードル』『かもめ』などを上演し、劇団としての姿勢と演出の方針、つまり同時代の既成の演劇的風習や紋切り型から脱却した「内面的に真実な」新しい演劇のあり方を実現しつつあった頃である。事実、スタニスラフスキイ本人が自伝で述べているように、この作品では「ロシア農民の紋切り型とも妥協することができなかった」し、また「真のロシア農民を、それも、もちろん、衣装についてだけではなくて、主として内面的な性格について、与えたい[15]」と考えていた。ところが上演は本人が述べているように「結果は別なふうになってしまった。戯曲の精神的な側面を、私たち役者は伝えなかったし、できなかった。(中略)空白を埋めるために、外面的な、風俗的な面を前に押し出した。それは内面から裏付けられぬままに終わり、むき出しの自然主義となった[16]」。

上演ではこの時期のモスクワ芸術座の取組と同様に実際の生活の調査を行った。戯曲で描かれたトゥーラ県まで行き二週間を過ごし、農村の風俗を体験的に学び、農村の風習や農作業、また儀礼などを見聞した上に、農村から衣装、食器など日用品などが豊富に劇場に持ち込まれたという。それればかりか、実際に農夫や農婦たちも連れて来て稽古に立ち会わせて農民の立ち居振る舞いを「演技指導」させたという有名なエピソードもある[17]。モスクワ芸術座の創設時からスタニスラフスキイの没年までの上演をつぶさに研究したストローエワは書いている。「泥や水溜まりばかりではなく、またトゥーラ県から連れてこられた毛布にくるまった老人や老婆ばかりではなく、この上演ではすべてが〈本物〉でなくてはならなかった。馬に引かれた荷馬車が通りの窪みで揺られ、ぎしぎしと音をさせねばならなかったし、その後ろには老人が上になり、その次にはその鋤を引いた馬をニキータが連れていた。小屋には猫が歩き、玄関には鳩が舞い、納屋の下では仔牛が啼けば雌鶏が小首を傾げ、暖炉の向こうではコオロギが鳴く」[18]。舞台環境ばかりではなく、俳優の演技もまた、スカートで鼻をかんだり、口に含んだ水で手を洗ったりという実際のトゥーラの農民の振る舞いを真似て行われ、粗野なディテールを演じながらこの悲劇は演出された。舞台はこれまでのモスクワ芸術座の上演のように極めて写実性の高いものであったが、しかしそのために却ってトルストイの主題を浮かび上がらせるのには役立たず、逆に芸術的な人工物となってしまった。

ただスタニスラフスキイはトルストイの作品を単に「自然主義的」に表現することを志向したのではなく、「ドラマと演出芸術の関係の複雑さ」[19]、つまり演出家と作家の考え方の差異についても自覚している。例えば、戯曲では主人公の母親マトリョーナの欲深さのエネルギーが劇全体を進める大きな要因になっており、まるで「メロドラマ」のようだと記している。むろんトルストイがメロドラマを志向したわけではないものの、主人公の母親の殺人への腹黒い唆し（第一幕）、毒殺される富裕な農夫の死ぬ直前に主人公と交わす改悛の会話（第二幕）、嬰児殺しに至るまでの長い心理の説明（第四幕）、主人公の全員を前にした懺悔の場面（第五幕）などそこだけを切り取るとこの時代のメロドラマの紋切り型に近い。スタニスラフスキイにとっては、これらのこの時代に固有の「演劇的な」場面の効果を舞台上の自然な環境で軽減することが必要だったが、結果的に内的な真実を見失わせることになった。

他方、『生ける屍』(一九一二)は上演の文脈が異なる。トルストイが新作戯曲を執筆していると耳にすると、すぐさまダンチェンコがヤースナヤ・ポリャーナに出向いてこの作品の上演について相談している。[20] まだ完成はしていなかったその作品の初演権を、作家の死後に上演することを条件に、その後ダンチェンコが高額で獲得することになる。作家アンドレーエフによれば「戯曲とは言えない、草稿か提案された戯曲の残骸[21]」と見なしたというこの戯曲『生ける屍』は、モスクワ芸術座の朗読会では好評を得て上演することとなった。

モスクワ芸術座にとって一九一一年はいろいろな意味で分岐点にもなった年で、スタニスラフスキイは一九〇七年にはアンドレーエフ『人の一生』や一九〇八年にはメートルリンク『青い鳥』などのいわゆるシンボリズム作品の上演の経験を経た時代で、同じ一九一一年には演出家として招聘したゴードン・クレイグのシンボリズム的な演出『ハムレット』が上演される。また平行していわゆる「スタニスラフスキイ・システム」の試みに専心するようにもなる時期で一九〇九年にはツルゲーネフ『村のひと月』を「システム」を応用して上演しており、その後芸術座に附属の第一スタジオを創設して、システムによる若手俳優の訓練を本格化させていく。『生ける屍』はちょうどこのような時期の作品にあたる。そのため、ダンチェンコはこの作品に「システム」を導入することを認め、スタニスラフスキイとの共同演出で上演することとしたが、長大な時間をかける「システム」によるリハーサルへの俳優たちの不満を背景に、ダンチェンコは最終的に「システム」を用いることを拒否し、その結果二人の関係は決裂し、その後二人の共同演出は一切なくなる。

上演は、その前年に亡くなったばかりのトルストイへの「レクイエム」（ストローエワ）となったが、『闇の力』とは違い、モスクワ芸術座での上演が世界初演となった。他劇場で上演される時にも、芸術座はトルストイのイメージを正確に上演されるよう求め、演出プランや詳細な解説書を劇団に提供さえするとした。[22] もっとも同年、芸術座での初演後にアレクサンドリンスキイ劇場で上演された『生ける屍』はメイエルホリドの演出によるものであり、全く異なったデモーニッシュな演出プランではあったが。[23]

『生ける屍』も『闇の力』同様に、夫が死亡したと誤認した妻の二重結婚という実際に起こった事件をモデルにしている。ルィバコーワによれば、作家本人はその日記に「はっきりと二人の男の物語の構想がある。一人は放蕩で、破天荒、優しさゆえに軽蔑されるようになる男、もう一人は外見的にはきちんとしていて立派なのだが、その愛ではなく冷たさによって尊敬されている男」[24]と書き付けている。劇はこの男二人と一人の女性との関係が主軸である。そこでは、主人公の貴族（プロターソワ）は、妻（リーザ）がありながらジプシーたちとの放蕩の生活を送るようになる。友人（カレーニン）が妻（リーザ）に心を寄せていることを知ると、妻（リーザ）

に離婚を承諾するよう仕向けるが、離婚の段にその書類の代わりに遺書を残して姿を消す。直後に身元不明の溺死体が発見され、妻（リーザ）はそれを夫（プロターソワ）だと証言し、友人（カレーニン）と正式に結婚することになる。しかし溺死体は主人公ではなく、落ちぶれて生きており、居酒屋で身の上話をする時に真相を立ち聞きされたことで、妻（リーザ）と友人（カレーニン）は重婚の罪を問われ訴追される。裁判になるが、二人（リーザとカレーニン）の流刑かその結婚の破棄しか判決はあり得ないことを知ると、主人公（プロターソワ）は自殺を遂げる。ここでは、社会的な規範（結婚制度、法規範）や社会的に均整を保つ生活のありように対して、そのような規範を無視し、人間としての愛情そのものの発露のままに生きる様との対立が描かれ、そのような規範から排除される男の悲劇として読むことができる。

劇は六幕一二場の構成で、『闇の力』とは異なり人物の登退場で場面が分割され、外的な出来事のほとんどは幕外で生じている点で部分的に古典主義的な劇作法に則っている。ジプシーの歌舞の場面はあるものの、場面を構成するのは限られた人物間の緊密な対話であり、外的な出来事の進行よりは人物間の心理のやり取りや推察、配慮などが劇を成立させる主要な要因になっている。イプセン劇におけるほど過去の回顧的導入はなく、その代わりに人物間の心理の動きがサスペンスをもたらしている。トルストイはモスクワ芸術座のチェーホフ『ワーニャ伯父さん』を観劇し、その日の日記に「『ワーニャ伯父さん』を見に行った。憤慨した。『(生ける)屍』を完成させたいと思った[25]」と書き付けているから、このチェーホフ劇が作家を刺激したのは間違いないであろう。もとよりトルストイはチェーホフ劇には批判的で、その非ドラマ的な情景描写のドラマツルギーとは相容れないものを感じていた。『生ける屍』は、チェーホフ劇と本質的に異なる。

上演では「廻り舞台」の利用を求めたトルストイの言葉通り、一二の場面が廻り舞台で演出された。その結果上演は、まるで「演奏会場ではなく演奏のその中にいるかのような「臨場感」があり、人生の細部が一つの「ムード」に統合された」[26]。客席にたいして斜めに設置された壁が、観客席上に部屋の床が突き出る幻想を生み、まるで観客が舞台上に位置しているかのような印象を誘引したことも、その「臨場感」の創出には効果的だっただろう。場面は最小限の装飾と小道具類で組織され、これはスタニスラフスキイというより、前年の一九一〇年にダンチェンコが演出した『カラマーゾフの兄弟』で風景や部屋の描写を最小限にした、ミニマリスムにも似た様式であった。もっとも、この点ではスタニスラフスキイの評価は辛く、舞台美術家シーモフによる廻り舞台の一二場面は斬新だったが、チェーホフ劇の舞台美術の繊細さや親密さには欠いていたと記している[27]。ポリャコーワによれば、出演俳優の一人ディキイも「『生ける屍』では、一切が俳優に捧げられ、一切が役者を観客に近づけ、登場人物の内面に集中するようにされた[28]」と言うように、俳優の内的な演技とアンサンブルに力点が置かれた。この点、外的な舞台環境に最大の力点が置かれた『闇の力』とは対照をなしている。

しかしその実、スタイル上の統一には注力され、配役は「ティパージュ」によっていたとポリャコーワは記している。[29]つまり俳優の外見的特徴を生かした配役が決定されたという。またそれは「群衆場面」の出演者も同じで、外見、声、年齢、人生経験などすべてを考慮して選考された。もちろんここでも『闇の力』のリハーサル時のような現実生活への写実的接近は図られた。実際のジプシー歌手たちを劇場に招聘してリハーサルが行われ、外面的な細部から作品の内面に迫ろうとする方針はここでも生きている。

このようにしてみると『生ける屍』の上演は、ダンチェンコのこの時期の傾向（ミニマリスム的な抽象性への志向）とスタニスラフスキイのシステム（極度に心理主義的な技法）とが混在している上演だったと考えられるが、ポリャコーワは最終的に『闇の力』では理解できなかった「イメージのシステムと上演のトーン（調子）とが一体化し、有機的に具現化されるべきだということが理解された[30]」と肯定的に評価している。

ここで、トルストイとモスクワ芸術座の関係は単に戯曲を提供する作家とそれを上演する劇場というだけに留まるものでなかったことも確認しておくべきだろう。トルストイの芸術についての考え方とスタニスラフスキイが近いものだったことはつとに指摘されている。[31]トルストイの考え方は端的にその『芸術とはなにか？[32]』（一八九七）に述べられているが、そこではこの時代に社会によって享受されている芸術が悉く批評にさらされている。そこで賞賛される芸術の価値は、そこから受ける「快感」にのみ依っており、芸術が必要とするべき共同性が失われてしまっていると言う。それは人々がキリスト教への信仰を失ったことに起因しており、芸術は本来の共同性を取り戻さねばならない。芸術は人間の共同体をつくるものであり、その点で宗教と繋がっている。トルストイは、当時のロシア正教会が本来の使命を果たさず、人々との繋がりを持ち得ていないことをも批判している。それはトルストイにとって芸術批判と同じ意味合いを持った。社会には不正義、抑圧、分断、不平等、とりわけ農奴制廃止（一八六一）の後にも農民に土地は与えられないという社会的差別を受けている。トルストイが『復活』の印税を、ロシア正教会からの分離派であるドゥホボール派教徒たちをカナダに移住させるために出資したことは良く知られているが、トルストイにとって芸術は人々の共同性を育む営みでなくてはならなかった。

スタニスラフスキイもダンチェコも、モスクワ芸術座を創設する時に、演劇を共同して創作する新しい劇場を求めた。演劇学者シェフツォーワは、それをブレヒト、グロトフスキ、カントル、ムヌーシュキン、ル・コンプトなど共同性を重んじる「アンサンブル演劇」の始まりとして位置づけている。[33] 事実、スタニスラフスキイが創設のこけら落としの『かもめ』上演のために劇団員を連れてプシキノに赴き、共同生活をしてリハーサルを行ったことは知られているが、何より、トルストイの信奉者で、ドゥホボール教徒のカナダ移住に付き添った、演劇人としては全くの素人だったスレルジツキイを一九〇六年から自らの助手として私費で雇用し、また一九一二年に始めるモスクワ芸術座附属の第一スタジオの監督として任命する。スタニスラフスキイはそこでスレルジツキイに「システム」を使った俳優訓練を実践させるのである。スレルジツキイはまたスタジオの俳優たちをドニエプル河畔のカネフ郡やクリミアのイェフパトーリアといった田舎に連れて行き、共同生活を行って訓練をした。トルストイは芸術の生み出す受容者との共同性は芸術と受け手の間の感情の交わりを必要とするとしたが、スタニスラフスキイもこの時期俳優の感情の交信を演技の重要な要因として訓練に組み込んでいる。

ポリャコーワは、この一九一一年の『生ける屍』の上演について、ダンチェンコの言葉を借りながら述べている。「モスクワ芸術座が長年にわたって積み重ねてきた「トルストイ的なるもの」を明るみに出した上演だった。この芸術座の集団としての組織的な質は高名な一九世紀文学への情熱を映し出していると間違いなく言える。トルストイ的な世界観の「堆積」はこの集団の教育の最深部に存在していた。『三人姉妹』を上演した時ですら、チェーホフよりトルストイを感じたものだ。トルストイの理想化、人間に対する優しい態度、多くの登場人物、完全には肯定的に扱わなかった登場人物への芸術的な愛、結局すべての人間には「神のような」何かが備わっているという深い信念、純粋に異教的な生への愛、これらすべてが、そしておそらく完全には捉えがたいその天才の質がこの高名なトルストイの魅力を構成している。そしてこの魅力は彼が描く世界全体をとりわけ喜びに満ちた暖かさと光で溢れさせた」[34]。

4

それでは抱月はトルストイをどのように考えていたのだろうか。先述のように芸術座では一九一六年に『闇の力』を芸術倶楽部で、一九一七年に『生ける屍』を本公演として上演している。抱月は『生ける屍』を川村花菱の脚本で大衆的な通俗劇として上演した。小山内薫が「これはトルストイではない」と徹底的に批判したことは広く知られている。[35]「予審邸」、「裁判所の廊下」などの場面を削除、また人物関係を変えてしまうほどに変更したこと、原作のジプシー歌手マーシャをここでは須磨子の役にしてマーシャを中心人物として描いている点などを批判している。小山内自身がもっとも好きな戯曲という『生ける屍』は、モスクワ芸術座でもベルリンのドイツ劇場でも観劇しており、自分なりのイメージは出来上がっているのであろう、小山内のトルストイの理解、また抱月らの芸術座の使命についてまで長文の論評を残している。

他方『闇の力』については、小山内は「芸術座が今までに演った総ての芝居の内、第一の傑作だ」と絶賛している。川村花菱は松井須磨子を中心に芸術座の活動を活写した『随筆松井須磨子―芸術座盛衰記』において『闇の力』の批評についてまとめている。例えば、森田草平は「新劇始まって以来、イヤ、日本の芝居始まって以来、これほど面白い芝居はかつてなかった」、本間久雄は「今度の『闇の力』の上演は、いかなる賛辞を以てしても、賛称し過ぎたということの決してない位、傑出した出来栄え」、伊原青々園は「第一には須磨子の悍婦がその人になり切っていた」など、大いに賞賛されている[36]。

残念ながら上演の実相を充分に検討できるほどの材料は今のところないが、抱月はトルストイについて少なからず書き残している。一九〇六年、ちょうど文芸協会を逍遥らとともに始める年に書いた「囚われたる文芸」では、壮大な西欧の文芸史を歴史的に紐解きながら、最終章にイプセン、そしてさらに最後にトルストイを俎上にあげている。「古いロマンチシストは『感情の自然の流れ』と叫びたれど、今は「知識の自然の流れ」と叫ぶものあらんとす。イプセン等が行けるは此の道なり。イプセン来たりぬ[37]。」とその劇の中に道徳問題、道徳の根本問題が潜んでいるとして、単にゾラなどの飲酒、金、教権問題などの社会問題より深みがあるとしている。そしてその先にトルストイを置いている。

「自然主義哲理主義よりして神秘主義乃至標象主義に至れる傾向を推し延ばすときは、次に来たるべき頂点は、おのづから明らかになるにあらずや。曰く、宗教的ということ是なり。宗教的というときは、人は直ちに露西亜のトルストイを連想するならん。されどもここにいうところは之と異なり。思うに、トルストイは既成宗教に囚われたるにあらざるか。見よ、彼方の赤き道より、殿として登場するものは此の聖人なり[38]」と、その好作の一例として『復活』を挙げている。主人公のネフリュードフとカチューシャが「シベリアの荒野で博愛献身の大精神を全うする」ところに「キリスト教的感想」があり、それを「げに誠実と覚えたり」としておきながら、しかし結局のところ、トルストイは所詮キリスト教的であり、既成宗教に囚われていると批判していく。

またトルストイの『芸術論』（『芸術とはなにか』）についても、結論をキリスト教に転嫁したとして、「美の客観的説明は次第に蹉躓し去りて、主観の感情のみとなれり。文芸は快感情にして、また他に対して感染力を有するものなり。文芸は文芸の為にあらずして、人間の為に存在す。故に道徳とも無交渉なること能わず。文芸が感染的に人と人とを結合するは善事ならずや。此等の点よりいうも、最も文芸に適したる感情はキリスト教の精神なり」[39]としている。つまりトルストイが理想とする芸術は客観的な論理で説明するものではなく、主観的な感情が感染し、そこで人と人との繋がりが生まれる、多分に宗教的なものであるという。そしてそれはキリスト教の中に入らなければ生まれないような美であるとして退けようとしている。ここで抱月は最終的には「宗教的な文芸」を理想としているが、「我がいう宗教は、此のところにも既成の宗教を指すにあらず、一層広き意味においてするなり」としている。

ここで抱月が引き合いに出すトルストイの「芸術論」はその『芸術とはなにか』において述べられている内容である。トルストイは自らの芸術を説明して、有名な少年と狼のエピソードを用いている。冒頭の部分を引用しておく。

「例えば、ごく簡単な場合を取ると、ここに、狼に出会って怖い思いをした男の子があるとして、それがその時の話をするのに、他の人たちにも自分のその時の感じを起こさせようと思って、先ず自分の事、その出会う前の自分の具合、あたりの様子、森、自分の暢気な気持ちを話してから、そこへ狼の姿、その動き、狼と自分との距離などを持ち出す。そういうものはすべて――もしその子が話をしながら自分のその時の心持ちをもう一度新しく感じて、聴手に感染させ、話手の感じた事をすっかり聴手も感じるようにしたとすれば、それは芸術だ。その子供は狼を見たこともないが、ただ狼を怖がったことが度々あるので、その時の自分の怖い感じを他の人にも起こさせようと思って狼に出会った話を拵え上げて、自分が狼をおもい浮かべた時と同じ心持ちを自分の話で聴く人に起こさせるほどうまく話したとすれば、それもやはり芸術だ。」[40]

つまり、トルストイにとって芸術とは「劇作家が受けた心持ちに感染しさえすれば、それでちゃんと芸術になる」ものであり、そのためには「一度味わった心持ちを自分の中に呼び起こして、それを自分の中に呼び起こした後で、運動や線や色や音や言葉で現される形にしてその心持ちを伝えて、他の人にも同じ心持ちを味わうようにするところに芸術のはたらきがある」[41]。

ここでは芸術の媒体（俳優の身体や言葉）と芸術家（俳優本人や劇作家）との感情的な同一性が、観客に伝わる時に芸術が生まれるとしている。そこにこそ「共同性」が生まれ、トルストイはそこに宗教性を認めている。これは実のところスタニスラフスキイの演技論の要そのものである。スタニスラフスキイは俳優の演技が偽りのものではなく、真に俳優その人のものであることを求め、様々な心理の技法を試みて行くが、そのまとまったものを「システム」として構築しようとしていた。そこではトルストイの芸術論と同じように、俳優が演じる登場人物との心理的な同一性を「技術的」に獲得するための技法が詳細に説明されていた。ここでスタニスラフスキイの演技論とトルストイの芸術論は重なり合っているのである。先述したように、トルストイがモスクワ芸術座に「深く根付いた」のは、単にその戯曲の上演によるものではなく、また集団としての共同性を実現しようとしたばかりでもなく、スタニスラフスキイにおける演技の根幹にトルストイの芸術論が重なり合っているからである。

もっとも、スタニスラフスキイがこのシステムについて試行錯誤を重ねている一九一〇年代は、抱月はトルストイの劇をほとんど日本で初めて上演するところであり、スタニスラフスキイの始まったばかりの演技思想まで熟知することはできないし、その必要もない。例えば、抱月はトルストイの滑稽な劇『最初の酒つくり』について一九〇七年に論評している[42]。ここでは、西欧の悪魔の伝統を『ヨブ記』に求め、そこに一元的な絶対的信仰があり、いかに悪魔が人間を苛んだりしても信頼は決して揺るがない。トルストイの描くこの作品は、悪魔が農民をたぶらかして農民自ら酒に溺れて善良なる心を失っていく様を描く一種の教訓劇であるが、『ヨブ記』においては善悪の価値が一元論的な神の世界の中にあるのに対し、この作品では悪魔にそそのかされた人間自ら悪の根源となるという「人間二元論」の見方をしているという。つまり人間の中に悪魔に傾斜していく性質を見るものであり、トルストイの作品はそのことを示しているという。ここで抱月が『ヨブ記』を理想としているのは明らかだが、トルストイの考えも排除はしておらず、むしろ現代では認めざるを得ない考え方として紹介しているように読める。人間の中のこのような悪的要因（ここでは飲酒）をトルストイは「闇の力」と呼んだが、抱月は人間のこのような部分（現世的な欲望）は不可避だと考えていたのではないだろうか。

トルストイは、これらの滑稽な家庭劇を地所の農民たちの一種の娯楽として書いたが、しばしば農民たちに演じさせながら、台詞などを書いていったという。ヤースナヤ・ポリャーナにほど近いトゥーラ劇場で近年までドラマツルグをしていたボリス・スーシコフは、そのトルストイ論において、トルストイのドラマツルギーについて説明している。「トルストイ劇における役者と役中人物の相互関係の特質がある。すなわち誰かにとってよそごとである悪を、それを映す鏡だけにならって道徳的に何ら不安にならずに示すだけでなく、その鏡を自分の内面に向け、鏡の中に自分の忌まわしさを見て『それを自分の主人公に手渡すことによって』それから解放されようとする」[43]という。

これはトルストイが家庭喜劇として書かれた『文明の果実』についての論評である。この作品は上流階級と農民層の間の落差を滑稽に描いた劇だが、出演者（この時はトルストイ夫人の姪だった）が、劇のト書きの意味が理解できず（ト書きには彼女の役柄は社交界の娯楽行事で、「大袈裟な流行の身繕いをして、おもねり、もじもじする」とあった）、あげくのはてに泣き始めた時に、トルストイはその姪に対して、人間は自分のためではなく、他人の為にこそ生きるのだと切々と説いたという。スーシコフはここでトルストイの演劇の本質を突いている。つまりこれらの家庭喜劇では出演者の演技は劇の内容を理解し、吸収し、それに対して自分自身の態度を決めることで役柄の中で解放される。同書の訳者糸川紘一氏の巧みな表現を借りれば「デミウルゴス演劇」としてある。デミウルゴスとは神話の人物で水面に映った自己の姿に感嘆してそれに似た人間を造形したという神で、ここでは俳優と役柄の関係に持ち込まれている。俳優とその演じる役柄の社会的な落差や意識の距離を、俳優はちょうどデミウルゴスのように、役柄に自分を映すようにしてその差異を認識し、そのことで役柄と俳優自身の精神的な同化を図っていく。そこでは何よりも俳優自身の役柄を通して、自らの成長に至る、一種の治癒の劇、治癒のサイコドラマなのである。スーシコフは作家本人もまた自らの作品を通して治癒され、認識を新たにしていたと得く。考えて見れば『闇の力』も『生ける屍』もそこに自らの姿を写しているトルストイを感じることは難しくない。『闇の力』のアキームという大地の聖者のような農夫やミートリッチという繊細な心への愛情に満ちた人間や、『生ける屍』の人の愛情や諍いのために自らの身を引くプロターソフはトルストイのデミウルゴスだったのではないだろうか。つまりトルストイの劇は社会的な相貌を備えてはいるが、俳優や観客個人の、極く極く私的な感受性と交感する小さなドラマを種子のようにして持っている劇だと理解することができる。

さて、つまるところ抱月はこのようなトルストイの劇とどのように接したのだろうか。あるいは決して接することはなかったのだろうか。抱月は自らの『生ける屍』について一九一七年に書いている。自分はこの作品を「日本の大劇場にはまるように変改し」、「原作者が『生ける屍』において試みし劇形式、例えば小説と劇との境目を取り外したり、一幕一幕を全く別の場面にして見たり、小さい場面と短い台詞と無頓着に並べたりすることが（此の作者一人の形式ではないが）必ずしも一層よいものであるべからざる関係を有していて、今日の日本で興行する劇としては、到底如何なる程度かの変更なくしては上場不可能であると思う」[44]として、トルストイのこの劇での手法は大劇場にはそぐわないと言う。また「他人の幸福にするために、ジプシーの娘の入れ智恵で、溺死したと見せかけ、いわゆる生ける屍になり、そしてとうとう最後にピストル自殺する」という『生ける屍』のプロットを「新派劇にもありそうな伝奇的なもの」とした上で、「その和平甘美な味の底に一種の世界苦とでもいう如な憂いを包んで精神悲劇の態をなしているのが此の劇である。此等の意義や感情だけは、如何なる形式の変更に於いても、逸すべ可らざるものでなくてはならない[45]」と結んでいる。つまり抱月は原作の形式を変更しても、プロットに表れる「和平甘美な味」と「世界苦とでもいう如な憂い」は、原作でも、日本の大劇場向きに修正を加えた『生ける屍』でも、変わらず感じることができると言う。トルストイの原作が、私的な心理的アプローチと自己の変容を求め、その集積として共同性の醸成を夢見るものだったとすれば、抱月の修正はそれを犠牲にしてまでこの時代の日本の大勢の観客にトルストイの劇の持つ「和平甘美な味」と「世界苦とでもいう如な憂い」を届けようとするものだったと思われる。

注

1　島村抱月「芸術座の事」『島村抱月全集第七巻』、日本図書センター、昭和五四年九月227頁

2　多くの論考がある。まとまったものとして、柳富子『トルストイと日本』早稲田大学出版会、一九九八参照。

3　『トルストイ全集　一二』中村白葉訳、河出書房新社、昭和四八年。

4　島村抱月「英国の劇壇」『島村抱月全集第七巻』前掲書、3頁

5　岩佐壮四郎『抱月のベル・エポック　明治文学者と新世紀ヨーロッパ』大修館書店、一九九八年

6　Stuart Young, "Formless', 'Pretentious', 'Hideous and Revolting' Non-Chekhov Russian and Soviet Drama on the British Stage', Rebecca Beasley & Philip Ross Bullock (ed.), *Russia in Britain 1880-1940, From Melodrama to Modernism*, Oxford, 2013, p.87を参照

7　Laurence Senelick, 'For God, for Czar, for Fatherland': Russians on the British Stage from Napoleon to the Great War', Ibid., p.19

8　法橋和彦『トルストイ研究　トルストイ全集別巻』河出書房新社、一九七八年、巻末に詳細な文献目録がある。

9　落合浪雄『悲劇やみのちから』文明堂、一九〇五年

10　Лев Николаевич Толстой, *Собрание сочинений, Т.11, Драматические произведения*, Художественная литература, 1982

11　Юрий Рыбакова, 'Комментарий,' *Собрание сочинений, Т.11*, с.496

12　И там же, с.496

13　Рыбакова, там же, с.494

14 K. Рудницкий, *Русское режиссерское искусство1898-1907*, 1989, Наука, c.166

15 スタニスラフスキー『芸術における我が人生　下』蔵原惟人、江川卓訳、岩波書店、一九八三年、47頁

16 同書、47頁

17 一人の老婆がとりわけ迫真の演技で、代役として出演する事になったが、怒りの場面で検閲を通らないほどの悪態で罵り始めた。演出家はそれを抑制しようとしたが、それは農村では真の言葉のため穏当な言葉に代えることに同意しなかったという。スタニスラフスキイ、同書、49頁

18 M. Строева, *Режиссерские Искания Станиславского 1898-1917*, Наука, 1973, c.98

19 Рудницкий, там же, c.166

20 ネミローヴィチ・ダンチェンコ『モスクワ藝術座の回想』内山敏訳、テアトロ社、昭和一四年、365頁

21 Рудницкий, *Русское режиссерское искусство 1908-1917*, Наука, 1990, c.124

22 E.Полякова, *Театр Льва Толстого*, Искусство, 1978, c.277

23 Рудницкий, там же. c.124

24 Рыбакова, там же, c.498

25 Рыбакова, там же, c.498

26 Полякова, там же, c.277

27 Рудницкий, там же. c.122

28 Полякова, там же, c.280

29 Полякова, там же, c.281

30 Полякова, там же, c.282

31　Maria Shevtova, *Rediscovering Stanislavsky*, Cambridge, 2020 では、スタニスラフスキイの宗教性にまで掘り下げて探求している。
32　トルストイ『芸術とはなにか』河野与一訳、岩波文庫、昭和九年
33　Shevtsova, ibid., p.19
34　Полякова, там же, с.283
35　小山内薫「『生ける屍』についての論議」『小山内薫演劇論全集Ⅰ』菅井幸雄編、未来社、一九六四年、71頁
36　川村花菱『随筆松井須磨子─芸術座盛衰記』青蛙房、昭和四三年、287頁
37　島村抱月『抱月全集第一巻』日本図書センター、昭和五四年、202頁
38　同書、206頁
39　同書、207頁
40　トルストイ『芸術とはなにか』同書、60頁
41　同書、61頁
42　島村抱月「トルストイの教訓劇と悪魔」、『抱月全集第二巻』、日本図書センター、310頁
43　ボリス・スーシコフ『トルストイの実像』糸川紘一訳、群像社、二〇一五年、293頁
44　島村抱月『抱月全集第七巻』日本図書センター、昭和五四年、220頁
45　同書、221頁

終章

演劇史の文芸協会と芸術座

井上理恵
INOUE Yoshie

文芸協会と芸術座については多くの関係者や研究者が発言してきた。現在までに上梓された演劇史には当然のことながら新しい演劇の動き――〈新劇〉の始まりに文芸協会も芸術座も自由劇場と共に記述されている。しかもイプセンを取り上げた自由劇場を重視する傾向にあるように見うけられる。

わたくしは既に『川上音二郎と貞奴』全三冊（社会評論社二〇一五、二〇一八年）で、この国の近代演劇は川上音二郎の新演劇運動から始まったと記した。あらゆる演劇に先駆けた川上の新演劇という同時代の演劇運動がなければ次の新派も新劇もなかったのである。ここでの〈運動〉とは、集団が時間の経過とともに変化していくものと捉えている。言い換えると演劇集団は変化する必然を当初から孕んでいるのである。各演劇集団を時系列でその同時代史に置いて見ていくことにより、同時代の演劇は互いが影響関係下で息づいていることが明らかになる。歴史とはそういうものだと思っている。同時代に上演された演劇をジャンル別に区分しながら異なるジャンルの芸能形態の芸術性を同次元で問うのは愚である。時代の中で生きる演劇は、それを演じる演者も観る観客も同じ空気を吸うがゆえに、いかなる形態であっても互いに影響せざるを得ない関係にある演劇興行であるからだ。したがって時系列で見ていくことが歴史の必然に叶うと思われる。

川上音二郎が切り開いた明治の新演劇運動の次に登場した文芸協会と自由劇場及び芸術座が、いかなる新しさを内包した演劇運動であったのか、すでに多くの先学の研究で語られてきたし、本書序論でも触れた。わたくしは既に「演劇の一〇〇年」で明治維新以降一〇〇年間の演劇史を記してもいる（『20世紀の戯曲Ⅲ　現代戯曲の変貌』所収、社会評論社二〇〇五年）。拙論では、これまで否定的に捉えられてきた川上の新演劇と抱月の芸術座の演劇運動を肯定した。川上の演劇運動については拙著（『川上音二郎と貞奴』）を見ていただくことにし、芸術座については後で触れる。

最初に登場した文芸協会と自由劇場の演劇史への位置づけを振り返り、次に抱月の興した芸術座の注目すべき点を見ていきたい。

文芸協会

1　『逍遥選集』の「文藝協會史料」

現在、文芸協会は前期・後期と分けて論じられることが多い。協会発会時に〈前期〉等と呼称するわけはないから当然にも後から名付けられたものだ。

『逍遥選集12』[1]に、逍遥作成の協会資料と雑誌などに逍遥が発表した協会関連文章と逍遥年譜（「明治二十九年一月」の写真付）とを入れた「文藝協會史料」（以下「史料」、初版一九二七年・

復刻版一九七七年）がある。これは復刻版解題にあるように「逍遥自伝のおもむき」があり、復刻版には最後に「著者の業績に關する諸家の囘想」（市島謙吉・水口薇陽・河竹繁俊）[2]が入る。「史料」の詳細は、「明治四十四年三月」付けの「文藝協會組織一新の趣意」（末尾に坪内雄藏名）、「『ハムレット』の公演に先だちて　第一期研究生に告ぐ」、「文藝協會々則」[3]、六月付けの「文藝協會内規」[4]、文藝協會演劇研究所規定（組織・授業内容等、末尾に文藝協会事務所名と所在地）、その他関連逍遥文九本と逍遥作成年譜（「昭和元年」までが逍遥作成、以後は逍遥協会編）で、これらは文芸協会発会前後の重要資料である。

まずは逍遥の「史料」を引き、次に戦前、戦中、戦後の演劇史で文芸協会が、さらには共に記述された自由劇場が、いかように記されてきたかみていこう。

逍遥の「文藝協會組織一新の趣意」では、「本協會は明治四十四年二月を以て組織を一新し、劇壇を中心として新たに活動を開始するの時機に達せり。抑も明治三十九年一月同人等相寄りて本協會を興すや、我が邦文藝の各方面に亙りて、内は藝術の向上を促し、外は之れが社会に對する交渉を進善せしむることを以て目的とせり。然るに爾来三四年の間文藝壇の機運漸く動くと共に、（略）時代の狀勢に鑑み、暫く劇界刷新の上に全力を集中し、之れによりて以て藝術向上、社會進善の目的に資するの案を立てたり。即ち先づ本協會の組織を一新し、不肖雄藏新たに之れが責任の衛に立ち、統理の任にあたることとなれり。／本協會の期する所は、劇界各方面の根本的刷新にあり。之れを直接にしては、新藝術を發興すると共に、舊來の劇界連綿せる陋弊を打破するを要とし、之れを間接にしては、挽りて以て社會の風化を益するを要とす。新藝術は最も先づ之れを時代に適應せる新脚本の薦奬と識見ある新優人の艱掖とに求むべく、劇界の陋風は之れを當事者が人格の高上と組織機關の改善とによりて棄脫するを得べし。」（／は改行、復刻版587～88頁、傍線引用者）とある。

ここで逍遥は、協会の目的は劇界の根本的刷新である、新藝術には新脚本の登場と俳優の養成が必要である、等と記した。国家主導の演劇改良ではなく、〈民〉主導の新芸術を「新脚本の登場」「俳優の養成」に求めたといっていい。当然にも文芸協会を前期・後期と分けていない。「明治三十九年」に始まった文芸協会は広範囲な芸術文化の広がりを目指した運動であった。当初は序論で触れた機関紙再興『早稲田文学』を中心に展開され、組織一新後は「劇界の根本的刷新」を目指すべく「新脚本の薦奬」「俳優養成」という演劇芸術の改革が中心になった。

2 『逍遥選集』（初版）上梓後の記述

『逍遥選集』（初版一九二七年）が出た二年後、久保栄は文芸協会を次のように記していた。「明治以後の演劇史と土方与志」の中で、久保は演劇運動を七項目に区分けし、「（C）文芸協会、自由劇場に端を発して、近代劇協会、芸術座の解体とともに没落した第一期新劇運動」

と位置付ける。ちなみに第二期新劇運動は「旧劇畑の新人による文芸座、春秋座、七草会等」で、第三期は「震災後のバラック期間を利用して新劇最初の有形劇場として成立した築地小劇場」であり、最後がトランク劇場から始まる創始期のプロレタリア演劇運動、ナップ結成と同時に組織された左翼劇場、劇団築地小劇場と新築地劇団、という区分けであった（『劇場街』一九二九年一一月号、後『久保栄全集5』所収三一書房一九六二年）。一九二九年当時の新劇状況の把握がこれである。一九〇〇年一二月生まれの久保は、第一期新劇運動は知らないが、第二期は途中から体験し、第三期の運動に参加中であった。

当然のごとく文芸協会は前期後期と区分けされていない。それゆえ自由劇場の前に置く。久保の視点は『逍遥選集』初版の「史料」によった「明治三十九年一月」の〈民〉の文化芸術運動の初登場を尊重する記述であった。

五年後の鈴木英輔は上演演目を重視し、「坪内逍遥の『文藝協會』は新劇運動の先駆として現はれてゐるが、（略）『文藝協會』にはやや遅れてゐるけれど、明治四十二年の『自由劇場』の運動（が…井上）、はつきりと自然主義に根ざす近代劇の運動（以下略）」（新協劇団著『演劇論』唯物論全書第二次・三笠書房一九三六年九月）であるとした。シェイクスピアや逍遥作品を歌舞伎座（明治39）や本郷座（明治40）で上演していた文芸協会よりもイプセンを有楽座（明治42）で上演した自由劇場に重きを置いた。

一九四二年に鱒書房から出た三宅周太郎『演劇五十年史』（新日本文化史叢書）では、前期も後期もなく一連の連続した演劇運動として「文藝協會とその經過（明治三十九年に生まれ、四十四年第一回公演）」の中で論じられてはいる。が、目次を見ると、「十、自由劇場成立（明治四十二年十一月）並びに左団次と小山内氏」「十一、文藝協會とその經過（四十四年第一回公演）」となっていて、近代演劇上演―イプセン作品上演に重きを置き、新劇運動の始まりを自由劇場にみている。

鈴木も三宅も演目重視で演劇運動をみている。というよりも一九二四年に始まる築地小劇場を始めた小山内薫を、自由劇場の小山内薫に重ねてみているとしか思えないのだが、両者は、似て非なるものだ。既存歌舞伎俳優を使い有楽座で自然派イプセンの一八九六年作成戯曲を上演した自由劇場小山内の意図は、抱月が日露戦以後「文藝に横たはる大潮流は言ふまでもなく藝術上の自然主義運動で（略…あるから）それが現常眞實の人生、作爲揑造せる人生に肉迫せんとするものでさへあればよい」（抱月「二潮交錯」『早稲田文学』一九〇九年二月）と記した種類の演目選択であり、この時期に社会劇上演の議論が出ていた新演劇界の現状を考慮し社会劇を避け象徴主義的なイプセン晩年の作を取り上げたのだ。たしかに翻訳劇イプセンを舞台に乗せたとはいえこれが当時の演劇界と一線を画すものであったとは思えない。むしろ大学出の素人俳優といっていい東儀鉄笛や土肥春曙を使って初のシェイクスピア翻訳劇として一九〇六年に「ヴェニスの商人」（歌舞伎座）、一九〇七年に「ハムレット」（本郷座、後一一年帝劇）を上演し、[5]

観客が〈本物のシェイクスピアの舞台〉だと大喜びした文芸協会と五〇歩一〇〇歩ではなかったかとすら思える。特にハムレットを演じた土肥春曙の演技は写実的で、セリフ回しなどは〈新劇的〉だったようだ（河竹繁俊談、河竹登志夫『日本のハムレット』南窓社一九七二年）。土肥は序論でも触れたが川上一座とヨーロッパを巡演していた。演技の質が異なるのも理解される。

一九〇九年の自由劇場が観客に与えたショックは、「役者を素人にする」という奇想天外な小山内の発言だ。しかし彼らを素人にはできない。歌舞伎役者としては「下手」な左団次でも旧劇の技術は身についているからセリフが問題になる。左団次たちは近代翻訳劇のセリフを早いスピードでしゃべった――「幕が開くと（略）二人の會話が非常な速度を以て進行する。（見物には分からぬことはないが、演者は解らずに言っているのではないかと思われた）併しそれで矢張面白い。（略）引き込んで行く者は、誰でもない、イプセン自身である。（略）イプセンの戯曲の比較的巧みな暗誦を聴いて居る心持で（略）それだけで實に面白い」（森田草平）[6]――これが新鮮だったのだ。つまり鷗外訳がセリフになっていない読み物風であったのだと思われる。が、早口でセリフを言わせた小山内の演出者としての発想は見事だ。一九〇八年一二月に開場したばかりの全席椅子席の欧風劇場（客席数九〇〇、国の基準では中劇場）という劇場環境も観客の気分に影響したと推測される。

和辻哲郎が「僕は歐州に於ける近代の戯曲を、心から讃美する（略）謙譲なる紹介者としての自由劇場を、日本に於けるあらゆる劇場よりも、一歩高き地位に置かうとする者である。」（同

注6）と第三回試演「どん底」に記したように〈近代劇の紹介者自由劇場〉の舞台に惹かれたのだ。

初の翻訳劇上演――シェイクスピアとイプセンの観客の反応が何とよく似ている事か……。多かれ少なかれこの両者の受け取り方が同時代の知的な人々に共通の感動を与え、記述され、後年の演劇史に反映されていった。

3　新劇史の概念の変化

太平洋戦争後、河竹繁俊は『新劇運動の黎明期』（雄山閣一九四七年七月240頁）で文芸協会の〈後期〉説を初めて提唱し、久保同様に、新劇運動の始まりを文芸協会とした。これに賛同した秋葉太郎も「四十二年二月文藝協會發起人達が逍遥に行き詰つた協會の運営方針について嘆願的陳状を申出、坪内邸内に演劇研究所設立が決定したときを以つて（略）後期文藝協會と見做すのが妥當」（『日本新劇史［下］』理想社一九五六年一一月）と述べる。

河竹は『日本演劇全史』（岩波書店一九五九年）の新劇の項で「こんにちの常識からすれば、新劇運動の起点は明治四十二（一九〇九）年ということになっている。百科事典の記載もそうなっている。（略…が…）芸術上の運動は、政治や経済の歴史のように、何年何月を起点とするというように、はっきりとは区画されないものだ」と前提を示して、新劇運動を前期（1坪内逍遥・

文芸協会一九一三年まで、2自由劇場、3芸術座その他の劇団）と後期（4築地小劇場、5左翼劇場、6太平洋戦争の前と後）とに区分した。河竹の指摘する前期は、久保栄の第一期新劇運動と重なり、後期は第三期のそれと重なる。河竹は一連の新劇運動そのものを前期と後期に分けて後期の始まりを、関東大震災で東京の劇場が壊滅した翌一九二四年に登場した築地小劇場にしたのである。同時代に生きた研究者の順当な判断であると思われる。

そして前期文芸協会の項で「文芸協会の発祥は明治三十九年（一九〇六）年であったが、これも演劇研究所設置の以前と以後とに分けるのが便利でもあり当然でもある。」として、より詳細に研究所開設（明治42年2月）から後期文芸協会と名付けた。前期文芸協会（明治39年）を島村抱月の帰国（明治38年）から起筆し、後期文芸協会を「協会が演劇研究所開設を決定した」年から書き起こす。以後、この見解は各種演劇史に踏襲される。つまり「新劇運動の起点は明治四十二（一九〇九）年」の自由劇場という既存の「百科事典の記載」の訂正を迫ったのだ。

河竹は、演劇史の教科書に使用される『概説日本演劇史』（岩波書店一九六六年六月）でも新劇の項で、「発生過程・文芸協会・自由劇場・芸術座・築地小劇場・左翼劇場・新国劇と前進座その他」の順で記述する。同じ年の七月に出たコンパクト版茨木憲『日本新劇小史』（未来社てすぴす叢書）も河竹史観を踏襲する。

ところが同じ六六年一一月に出た松本克平『日本新劇史　新劇貧乏物語』（筑摩書房）は、基本的には河竹史観に沿っているが、「小劇場主義的な路線を布設しようとした自由劇場の『ボルクマン』から話をはじめつつ、日本の新劇の盛衰をたどることにしよう。」と序に記して自由劇場から起筆した。そして次のように自由劇場と文芸協会を規定した。

たとえ歌舞伎俳優による企てとはいえ、投資や融資の対象になりえない社会の矛盾を追求しようとする反体制的な方向をもった実験室的なものであったからだった。それは勢い小劇場主義的な形をとらざるをえなかった。しかも明治初期以来の国劇改良運動の線の上に立った文芸協会とは違った反資本主義的性格をもっていたためだった。（略…文芸協会は）早稲田大学と坪内逍遥の援助による運動だったので、多数の貴顕紳士に支持される下地をもっていた。（4～5頁）

松本の指摘は思い込みによる記述が多い。文芸協会は早稲田大学の援助は受けていない。逍遥が私財を投じたが、国家のためにではない。自由劇場も左団次が私財を投じたが、公演そのものに反資本主義的性格は持っていないし「小劇場的な路線を布設しようと」はしていない。両者とも、〈明治期〉に新しい近代劇運動を始めた川上音二郎の一歩先を目指して進んだだけである。松本は自由劇場の小山内薫を、後年の築地小劇場の小山内薫に重ねていた。

自由劇場の小山内はイギリスに倣い、資本を持つ劇場主と契約した俳優が大劇場で演じる舞台を「『商業』演劇」と呼び、「『商業』演劇の作者以外に作者を求め」、新しい芝居を提供したグラインの独立劇場を手本にしたのだ（小山内薫／市川左団次共編『自由劇場』一九一二年一一月）。そして小山内はグラインに倣い、若い劇作家の作品も舞台にあげた。

劇場と契約する俳優が興行を打つのが常態であった日本の演劇界で、俳優が劇場と契約せずに芝居を上演するから「無形劇場」と名付けて左団次と二人で近代演劇の旗手イプセン劇を上演したのだ。明治座という劇場の所有者であった左団次が、所有する劇場ではなく有楽座を借り受け三年の間に年二回、二日間上演した。それは今から思えば〈趣味〉の範囲を超えないような上演だったが、左団次の新しい演劇を生み出す冒険であったのだ。

松本の視野には、自由劇場後の、震災直前に出現した先駆座、震災後の築地小劇場・左翼劇場・新協劇団・新築地劇団等々につながる世界的な反体制的演劇運動が明らかに入っていた。自由劇場に始まる一本の線を作ろうとしたのであろうが、全く異なる演劇集団を連続して捉えることが誤りであってこれが混乱の元であった。

文芸協会と自由劇場という〈明治末〉に始まった同時代演劇が既存の演劇とは異なる点は、前者は大学教授とその弟子たちが始めた演劇運動で、男女の俳優養成所を持ったことであり、後者の一人は大学教育を経た文化人的存在であり、今一人は海外の演劇を見て来た歌舞伎（旧劇）俳優という点で、いわゆる〈上層〉の階層の演劇運動であったことだ。あえていうならば「小劇場主義的な路線」ではなくて、この後出現する演劇集団を生み出す人々と同種の〈知〉の先駆者集団であったといっていい。言い換えると新劇運動にかかわる当事者たちが、運営する側も観客側も国家権力も認める〈知〉の集団であったことだ。そして彼らは世界的時間と同レベルの斬新な演劇状況をこの国に根付かせたいと考えていた。これこそを特筆すべきであろう。

河竹登志夫がこの時期の文芸協会と自由劇場を次のようにまとめている。「これら二劇団はまさに新劇運動の先駆にふさわしく競演を続けるが、その特徴は、文芸協会公演『ハムレット』と『ジュリアス・シーザー』を除くと、上演作品はみな、イプセン、ズーダーマン、ゴーリキー、ハウプトマン、メーテルリンクなどの近代劇の作家のものであったことである。当時は知識階級内部における近代精神の覚醒期で、青鞜社による婦人運動をはじめ、さまざまな近代社会思想が発現する時代であったため、これらの作品も、ドラマツルギーや演出・演技などの形象化の問題よりも、まず近代思想の紹介という面から受け取られる方が強かった。その後長く日本の新劇に、思想運動的色彩が濃く現れていくもとは、この当初の需要態度にすでに胚胎していたとみられよう。」(『演劇概論』東京大学出版会、一九七八年七月)

この指摘は多くあてはまるが、最後の一文「日本の新劇に〜〜胚胎していた」は、頷けない。新しい思潮は必ず次々に登場する。が、それを受け入れるか否かは、時代に生きる人々が選び取るのであって、多くは体制内的思想にどっぷり浸っている。世界の演劇状況がそれを証する。震災以降の新劇は、世界的な時間に追いつき新しい思潮を選択して舞台に上げた。そして観客もそれを受け入れたのである。

4　復刻版『逍遥選集』の意義

河竹繁俊が百科事典の記載を訂正後ほぼ一〇年経って復刻『逍遥選集』全12巻別冊5巻（第一書房一九七七年）が出る。一二巻に加筆された「著者の業績に關する諸家の回想」（水口と河竹）で、水口薇陽はより明確に「前期文藝協會　演劇革新家としての坪内先生」を「基礎工事期」（朗読時代）から始め、「明治三十九年一月」の「文藝協會設立の趣意書」や協会規則（文芸協会本部員名全員…当然にも大隈・高田・逍遥の名前がある）、発会式を上げ、隠れたる功労者として逍遥夫人にふれる。水口の一文は文化芸術運動の実態を時系列で記すことで明らかに新劇運動は文芸協会に始まることを内外に知らせる意図があったといっていい。

「文藝協會の前期の二」は次のように記された。

「雅劇の試演（「妹山背山」…井上）は果せるかな豫想以上のセンセーションを與へたらしかったのであります。私共同人の勇氣は愈、加はり、（先生はまだ十分には賛成して下さらなかったのですが、）從來の範圍を擴大して、各専門に亙つて、同人を廣く糾合し、大隈老公を會頭に戴いて三十九年一月文藝協會設立の趣意を發表し、同時に會員募集に着手すること、なつた。島村抱月君が文藝協会に關係したのは此の時からであります。」（抱月は発会式で発会の辞を述べた……井上注）ちなみに「前期の二」は、歌舞伎座（「ヴェニスの商人」「桐一葉」「常闇」）と本郷座（「ハムレット」新曲「浦島」）の大会である。

これに続く河竹繁俊の「後期文藝協會　組織一變後の文藝協會」では、「明治四十二年四月、文藝協會は其目的を専ら新演劇術の創始に注ぐ事として、其組織を一變した。會長には坪内博士を戴き、會計監督には市島謙吉、幹事には島村瀧太郎（抱月）、金子馬治（築水）、東儀季治（鐵笛）、土肥庸元（春曙）、伊原敏郎（青々園）、池田銀次郎（大伍）の諸氏が就任した。同時に演劇研究所を設立することに決定した。（略）假校舎を設け、授業を開始した。九月よりは余丁町坪内博士邸に新築された文藝協會演劇研究所にて、専心新時代の優人を養成することになった。最初の入所者は二十一名で、内女優が四名ゐた」と記した。

次いで授業担当者の列記に始まり、第一回公演（一九一一年五月帝劇）から大阪公演、試演場の私演、京都公演、名古屋公演、第六回公演（一九一三年六月帝劇・最終公演）まで、一五回の公演記録を記述、その中に〈組織の改革〉の項で「故あつて島村抱月、辻同次郎兩氏が幹事を辭した。（略）尚ほ五月三十一日には松井須磨子を諭示退會せしめた。それが端緒で文藝協會對島村抱月對松井須磨子の問題が一時社會の視聽を聳かした。」と触れ、最後に〈文芸協会の解散〉の項で「大正二年七月八日、坪内博士は公然解散を公宣し、其一切の後始末をした。協會の負債に對して全責任を負ふと同時に、技藝員其他に對しても相当の手當をして、暇を告げ、且つ以後は社會事業としての演劇とは絶縁し、専ら著譯と研究に従事する旨を公言した。」と結んだ。

復刻『逍遥選集』の最後に逍遥と抱月の別れ、文芸協会解散の逍遥の決意を載せることで文芸協会に降りかかる余計な火の粉を払った、とわたくしは見ている。

河竹繁俊は、明治近代社会の中でその文化芸術的側面を切り開いてきた文芸協会の逍遥及び抱月の足跡を、記録を基に時系列で演劇史に位置付け、この集団を正系として歴史に記録する役割をはたしたと言えよう。


その後七八年に河竹登志夫も「日本演劇史要」の「近代から現代へ」（前掲『演劇概論』所収）で「総じてみれば思想的、文学的な近代戯曲の写実的上演を基本線とする、小劇場的な新劇が主流を占めた時代」の開幕を一九〇六年の文芸協会の創立に求める。ここで指摘する「小劇場的な新劇」の意は、大劇場で興行される商業的な演劇ではないということだ。

以後、八〇年代に入って松本伸子『明治演劇論史』（演劇出版社八〇年）も、河竹登志夫『近代演劇の展開』（新ＮＨＫ市民大学叢書八二年）も、大笹吉雄『日本現代演劇史』明治・大正編（白水社八五年）も、文芸協会を新劇の始まりに位置付け、同時にそこに「小劇場的」劇空間を持つ演劇運動という視点を付加させていったことがわかる。ここで言う「小劇場的」劇空間というのは、くりかえすがヨーロッパに登場した非商業主義的な演劇で、大劇場で上演しない演劇を指す。

とはいえ、序論で記したごとく文芸協会は大劇場で公演をしているし、これから触れるように芸術座も、自由劇場も大劇場公演を持っていた。これを「小劇場的」劇空間の演劇運動の中でどのように位置づけるかという問題が残る。これらについてはこのあとみていくことにする。

最後に劇場が現在いかように区分されているか記すと、千人以上の観客を要する劇場を大劇場、千人以下六百人までを中劇場、六百人以下を小劇場と呼称する。観客数により劇場の出入口の数が規定されている。これは明治の初めに定められた大劇場（上等な芝居小屋）、小劇場（小芝居用の下等な芝居小屋）とは異なる。

昨今大流行の一〇〇人以下の稼働可能な小空間は劇場とはいえないが、業務用ビルまたは店舗、居住用住宅やマンションの一室・ビルの地下室・ガレージ・倉庫・野外広場テントなどで上演される演劇が登場したのは一九六〇年代後半以降だ。が、実は一九二〇年初頭にも室内劇場と呼称された舞台があった。飯塚友一郎の室内劇や福岡浮羽町に一九二三年に登場した嫩葉会（安元知之主宰）がそれで、広大な敷地を持つ安元が自宅を改装して室内劇場を作っている（拙著「安元知之の冒険　山春村の『嫩葉会』」『近代演劇の扉をあける』社会評論社一九九九年）。少し前にさかのぼると実業家福沢桃介が自宅内に舞台をつくり、貞奴らと芝居をしていたこともある（一九一〇年代後半）。福沢邸の舞台は、後に芸術座が研究劇上演時に使用している。これら小空間は劇場の基準内にはない。これをなんと呼称して歴史に位置付けるかは、今後の問題である。

現在に至る小空間演劇公演の始まりは、鈴木忠志たちの早稲田小劇場であると、わたくしは認識している。鈴木は近著で自分たちの劇場について次のように記していた。

「一九六六年の秋から七六年の三月までの十年間、私が舞台を発表しつづけた新宿区戸塚町の早稲田小劇場は、間口三間半、奥行二間にも満たない舞台と、収容人員百二十人ほどの桟敷席をもつ箱型の小空間だった。最近はこういう小空間で舞台を発表することは、演劇に関心をもつ若者たちにすっかりなじみになっているが、当時としてはめずらしいことだった。〇〇劇場と名のつく立派な建物の中でしか、演劇とよばれるものには触れることができなかったし、そのことをだれも疑わない頃であった。だから、喫茶店の二階の木造の小空間で行われる舞台など、演劇の範疇には入れられないと公言した人までいたのである。」(「身体・空間・言語」『演劇の思想　鈴木忠志演劇論集成Ⅱ』二〇二一年八月、初出『住む』平凡社、一九七九年一一月)

当時わたくしたち若者は、劇場という空間以外の場所で展開された舞台に〈これこそ新しい演劇〉と思った。その発見は劇評家たちより早かった。それと同様の感覚を、文芸協会や自由劇場や芸術座の舞台に、当時の人々は持った。それが非商業劇場演劇であり、小劇場演劇であったのだ。

注

1 『逍遥選集』12巻、初版、春陽堂、一九二七年七月、復刻版、第一書房、一九七七年一〇月。

2 『早稲田學報』より転載した市島謙吉「東京専門學校文學科の創設」と水口薇陽「前期文藝協會」、河竹繁俊「後期文藝協會」、初版奥付、解題。

3 文末には以下の人々の署名がある。文藝協會幹部員、會長坪内雄藏、會計監督市島謙吉、幹事伊原敏郎・池田銀次郎・東儀季治・土肥庸元・金子馬治・辻同次郎・島村瀧太郎・關屋親次。

4 公演(毎年春秋で東京公演と地方公演の二回)・私演(毎年二回以上)・名誉会員(一時金百円以上を寄付)・特別会員(一ヵ年十円以上寄付)・普通会員(甲種は出席の有無にかかわらず公演ごとに一円を前納、乙種は私演に出席する時一円を納める)・名誉、特別会員に対する待遇・普通会員に対する待遇・付則、等からなる。

5 「ヴェニスの商人」も「ハムレット」も、翻案では川上一座はじめ歌舞伎や新演劇集団が上演済みであった。河竹登志夫は次のように書く。「演芸大会では(略)近代劇への歩みとして注目すべきは、第一回の歌舞伎座における『ヴェニスの商人』と第二回本郷座における『ハムレット』であろう。東儀鉄笛のシャイロックの「新旧俳優に見出されぬ柄と技芸」、土肥春曙のポーシャのうつくしいセリフ回しが大評判となった。後者はむろん『ハムレット』翻訳上演の最初で、土肥のハムレットはことに最高の適役と評された。」(『近代演劇の展開』新NHK市民大学叢書11、一九八二年三月)

6 森田文も和辻文も『自由劇場』(市川左団次/小山内薫共編、自由劇場発行、一九一二年一二月)所収。後年、劇団四季の浅利慶太が、アヌイやジロドゥのセリフを、やはり早口で語らせて驚かせた。

芸術座

1　題言「二途」――芸術と哲学

一九一二年三月『早稲田文学』七六号（明治45）の巻頭題言に抱月は「二途」を載せた。

言葉は最も具體的なものか最も抽象的なものかゞ最もおもしろい。中間のものは總てだれる。／藝術はこの二つの言葉の何れかをもとめやうとしてゐる。／眞理は最も個々的なものか最も統一的なものかゞ最も正しい。／哲學はこの二種の眞理の何れかを假定して立たうとする。（／線改行）

言葉が二極を行き来する場合、両端がいいと言っていて、芸術に当てはめた。こうした発想は、具体的＝劇に内包する思想を写実的に表現する演劇、抽象的＝思想を抽象的象徴的に描出する演劇、という二極で演劇を考えていたのか、と改めて思う。

『早稲田文学』七九号（六月一日発行）の巻頭題言も、また芝居に関するものだった。この号は既に引いた「故郷」の秋田評や「『故郷』見物記」が載っている号だ。「沈黙の藝」の題で「あらゆる存在の原始と終極とは沈黙である。それが展開して動作となり、更に展開して言葉となる。言葉は表現の頂點を示すものであると共に、最も深奥な根本存在と遠ざかつてゐる。／俳優の技藝を見るに、言葉の表情は第一歩である。動作の表情は第二歩である。沈黙の表情は第三歩である。完全な沈黙の表情に達した瞬間、最も深い意義を發揮して來る。」と記した。これが抱月の『早稲田文学』題言の最後になる。七月一日に発行された八〇号に抱月の題言はない。以後、巻頭言は消え、早稲田文学社は抱月が文芸協会を辞した後も抱月中心に運営されていくが、誌面が変わる。[1]

この七九号の題言時、文芸協会「故郷」に書き込まれたマグダの態度・思想について官憲から上場不可と拒否され大阪公演が出来なくなっていた。それでこのような意味深い発言をしたのではないかと推察される。〈上場不可〉を視野に入れた抱月の発言は、翌一三年四月「演劇と劇場」（『歌舞伎』、『抱月全集』七巻所収）に載っている。芸術座立上げ前に発表されたこの一文には、興味深い指摘が多々ある。あとでも触れることになるが、その一つ、劇の思想について引こう。

一時劇壇に思想劇といふ言葉が行われた。それが近頃になつて気分劇と云ふやうな言葉の流行と共にや丶忘れられてゐる。けれども、結局藝術はその最も深く最も強い根底を思想に託さないで、何うしても成立つものか。思想と云ふ言葉がややもすると、冷かな、表面的な理屈と云ふ意味に解せられる爲めに、思想劇は卽ち理屈の芝居であると云ふやうな淺薄な考へで、これを排斥せんとするのは愚な語である。藝術がその意味での理屈や議論でない事は始めから知れ切つたことである。藝術の上に思想があると云ふことは、藝術に哲學的な深さがあると云ふことであつて、哲學的深さとは、何も昔の人の考へたやうな空なもの、即ちやれ凡ての科學の〆高であるとか、論理學や知識論の變形したものであるとか云ふ意味ではない。哲學とは直に人生を考へると云ふことである。生きた人生を日常の生活以上に深いものとして思つて見る、それが卽ち哲學である。（202頁）

抱月は自分たちが表現する演劇芸術に哲学を、生きるための思想を見出し、それを舞台に上げたかったのである。演者も観客も自らの「人生を考える」ために……。わたくしたちが〈どう生きればいいのか…〉を常に考えて前に進むのが理想だとすれば、抱月は演劇の存在そのものに触れていることになる。これは、この後引く逍遥の主張—演劇芸術は〈国民精神の向上〉〈教化〉にある—に通じるが、逍遥の意図とはやはり異なる。その辺りを逍遥も気付いていて抱月を自由に歩かせようと決めたのだろう。

いずれにせよ抱月は逍遥の掌から羽ばたいて自身の願望を遂げる道へ進むことになる。その契機が、「故郷」の上演と〈上場不可〉であったのだ。

抱月は「故郷」公演後、文芸協会の演目選定にも演出にも関わらなくなる（一九一二年七月）。これが後で引く「芸術座創立の覚書」にある「空位に座する」にあたる。協会を辞すと軌を一にして巻頭題言の頁を無くし、誌面を一新する。そして八一号には文芸協会上演台本のショー作・松居松葉訳「二十世記」を掲載し、八五号には「二十世記」の合評（相馬御風・吉村繁俊・中村星湖・池田大伍）を出す。文芸協会―逍遥と仲たがいしたわけではないことを知らせたかったのだと推測する。

文芸協会―逍遥も「故郷」以後、方向転換をするかの如くバーナード・ショーの「二十世紀」（一九一二年一一月）、「思い出」（一九一三年二月）を松居松葉訳・演出（舞台監督）で有楽座の舞台に上げる（前者は一〇日間、後者は一四日間）。「思い出」の京都公演後（三月）、抱月は文芸協会幹事を辞す。

抱月主導の「人形の家」「故郷」とは異なる大衆受けするショー作品を取り上げた文芸協会は「通俗的」と批判され[2]、逍遥はこれに反論する。先にも触れたが、以下を読むと表現は異なるが、抱月の姿勢に相通じるものを見出す。

〈協会が演劇という芸術の向上に努力するのは国民の趣味の向上を希望するからだ。趣味の向上は国民の思想感情の向上、国民精神の向上を意味するからだ。協会の技芸員は新しい俳優である。〉が、「演劇を営業とする物に相違ない。（略）藝を正當な理由と条件の下で賣ることを忌憚すべき所以を知らない。（略…画家・小説家・音楽家が創作物を売るのを忌憚しないのと同様である。）金錢を卑しむは飲食を卑しむと同じ類ひの謬想です。」（「教化の目的と文藝協會」690〜691頁）

演劇は国民の思想感情の向上を願うものだが、と同時にそれに関わる演劇人は、経済と無縁ではないという主張である。芸術を売ること、それはそこに係る人々が生きることに繋がると発言しているのである。思想の向上と生きる事、この問題は、今もって演劇人たちを捉えて離さない。抱月は、これに果敢に挑んだのである。

2 始動する芸術座

文芸協会─逍遥は、坪内逍遥訳・松居松葉舞台監督「ジュリヤス・シーザー」（一九一三年六月帝劇）を最後に、協会解散を表明する（七月八日）。ここに至るまで早稲田の高田早苗は、逍遥と抱月が関係悪化で別れたと世間に思わせないために力を尽くすが、抱月の弟子たちは、丁度帰国後の抱月を待っていた逍遥の弟子たち早稲田関係者が文芸協会を立ち上げたように、新しい演劇運動を始めようと動き出してしまう。さらには〈抱月と須磨子の恋〉が尾ひれを付けて世間をにぎわし、〈事件〉になった。その経緯は『早稲田文学』九四号の「藝術座創立覺書」で抱月が記している。その中で抱月は、文芸協会を辞した理由を「空位に座するに忍びないのと、一身の故で協會及び松井須磨子氏に累を及ぼすのが心苦しいのと、小劇場建設の研究を思ひ立つたのが其理由である。（大正二年五月十五日）」と記し、責任は自分にあり、同時に新しい演劇運動に進みたいと公言した。ここの小劇場建設は明らかにヨーロッパに登場していた非商業的演劇運動であり、建物としての劇場空間建設を指す。この覚書には、若い協会研究所卒業生たちが抱月の所に来て演劇集団を作りたいから中心になって欲しいと言われたこと、彼らに中村吉蔵の新社会劇団を紹介したこと、今回の件がゴシップの如く新聞に報道されたこと、等々が記述されている。両者の間に立って高田早苗が相当に頭を悩ました様子も行間から読み取れる。結局最後は逍遥の決断―協会解散と抱月の独立―で収束する。

六月九日　坪内氏は昨夜歸られて（熱海から…井上）、會長を辭し協會を解散する事に定められた云ふ、意外である。それでは私だつて情誼上其のあとに立つて運動を續ける譯に行かない。（略…抱月の言葉を高田が逍遥に話す。逍遥は止める必要ないという。またそれを抱月に伝えるという具合…井上）それでは坪内氏の折角の意志が無になるから、私は事業の方へ進むことにしたい、坪内氏も會長辭職と云ふ事は暫く見合せ、時機を見はからつて発表せられる。私も新計畫はその後まで發表を見合はせるが、準備はすゝめて行つて秋までに事業をやる事、といふ話に定められた。そして（抱月が…井上）坪内氏の宅を訪ねて、（略）同氏が會をすてられるのは決して他意あるのでない、私までが其の爲めに事業をすてるやうな事のないやうにといふ懇談を受けた。

逍遥はあくまでも抱月を守り自由に行動させたかったのである。抱月は「坪内氏と私と、師弟の関係はあつても、それを主従君臣の関係なぞと同じに見るとは坪内氏の肯ぜられない所である。（略）私等はたゞ自分の道が行きたいために自立するに過ぎない。それと共に他を仆(たお)すことによつて自ら立ち得るほど果敢ない藝術だとも信じない。藝術は、黨與や策略によつて興廢するものだとも信じない。何人とも争ふ必要はない。たゞ自ら立ち自ら行きたい私等の初一念を、同感の士に諒としてさへ貰へばよいのである。私等はたゞ事業によつて天下に對したいと思ふ」と宣言した。こうして芸術座の創設は決まる。

田辺若男という俳優がいる。幹事や演者の出入りが激しかった芸術座で抱月を慕い最後まで俳優として舞台に立った田辺は、早稲田や文芸協会研究所出身ではない。新潟から上京し丁稚奉公などをした後、藤澤浅二郎の東京俳優学校に通った。かたわら人見東明が主宰する「劇と詩」に短歌を投稿していた夢見る少年でもあった。俳優学校の縁で講師だった北村季晴・初子夫妻の作った演芸同志会、その他の小集団で舞台に出たり、桝本清と吉沢商会の映画に出たりもしている、まさに黎明期の訓練を受けた新俳優の卵だった。俳優学校の卒業試験公演で人見と相馬御風に一度会っていた田辺は、ある日両人からハガキを貰う――「こんど私たちは島村抱月先生を中心に、新しい演劇運動をおこすことになったから、貴下にも是非参加してほしい」（田辺著『俳優』春秋社、一九六〇年六月）。そして戸塚諏訪町の抱月宅で面接を受けた。田辺が持参した短歌を見せると抱月は真面目に批評してくれて驚いたという。抱月の人柄が分かる逸話だ。結果、田辺は九月の芸術座創立に参加することになる。

抱月とその仲間たちはこれまでと異なる演劇運動を、「新しい藝術の渇仰に始終して、仆れて後已めば吾等の本懐」と考えて、演劇の自立のために一部の知識人観客のみではない大衆の思想の向上をも目指す哲学する演劇運動「芸術座」を始める。[3]

問題は〈金銭・経済力〉である。何時の時代もどこの国でも演劇興行にとっては資金が重要でそのための〈観客層の拡大〉は収益に直接つながるから重要な問題であった。文芸協会が「二十世紀」や「思い出」を上演したのは、単に「故郷」のような思想色の濃い近代戯曲やゴシップの渦中にいる抱月を避けるためばかりではなく、負債を抱えた文芸協会の舞台へ多くの観客を呼び込み収益を上げることを逍遥は意図していたからだ。大劇場で多数の観客を相手に営利を求める公演を打たざるを得なかった。抱月はこれについて「今の劇場と云ふものは、どれも〳〵營利的な娯楽機關專門であるが、それでなければその營利事業と混合して舊劇に一體、新劇に一體にしようとしてゐるのであつて、この藝術と營利とを同一物でやらうとする所に弊害が存する（略…大劇場が営利娯楽機関になろうとするならそれもいい）全くの藝術機關にならうとするものは、それが経済上の基礎を以て、然うなりさへすればそれも申し分がない。（略…この両方を結合しようとするのは間違い）大きな劇場、若しくは大きな資本主が右の手で營利劇をやり、左の手で藝術をやるのは少しも差支へのないことである。今後發展しようとする劇場は、つまりこの道をとるのが一番好い方法であらうと思ふ」（「演劇と劇場」一九一三年）

これは旧劇・歌舞伎を上演する歌舞伎座と娯楽劇を上演する帝劇の演劇について語っている。歌舞伎も時流に乗った舞台を上場して失敗している。抱月は芸術的な旧劇に徹した方がいいと見ているようだ。興味深いのは「全くの藝術機關にならうとするものは、それが経済上の基礎を以て、然うなりさへすればそれも申し分がない。」という部分で、裏を返せば経済上の基礎がなければ全くの藝術機関は不可能だと言っているに等しい。この時、経済上の基礎のある藝術機関はない。

左団次の資金で運営されていた自由劇場がこの年の四月の帝劇公演（二日間）で、小山内薫監督「道成寺」（郡虎彦作）と「タンタジールの死」（メーテルリンク作）で大失敗し、ついに左団次は明治座を手放し（九月）松竹の専属になる。それを予告するような一文だ。

であるからこそ資本を持つ歌舞伎座や帝劇が、ある時は営利劇（客の喜ぶ通俗劇―感情劇）を、ある時は芸術味あふれる劇を上場する藝術機関になるのが演劇を発展させる最適な方法だと、提案している。これが大劇場のための「二元の道」である。

抱月の芸術座は「経済上の基礎」がない。帝劇が自分たちの提供する芸術的演劇を劇の発展のために上場して欲しい、営利劇は別の集団でやってください、ということを述べているに等しい。見方によっては都合のいい提案だが、その芸術的演劇が営利につながれば劇場は商売になる。観客は通俗劇も好むが、目先の新しい劇も欲する勝手な存在でもある。そういう観客の心理を抱月は理解していたのだ。大劇場で芸術的演劇を上場し、同時に観劇人口を増加させるために大都市以外の地へ出向くこと――〈巡演〉で更なる〈観客層の拡大と評判の流布〉を考えた。評判が高まれば、大劇場は芸術的演劇の上場を招くという循環が可能になる。

これが抱月の意図する本来の〈二元の道〉であった。芸術座が通俗劇と芸術的演劇とを上場するというものではない。

二年後の一九一五年に「此の事實を如何にするか」の中で「蟲のいゝ空想性は、事業と職業とを一にして自己満足と報酬とを併せ獲やうとする（略）吾々は右手に職業と調和し得る劇を演じ、左手に職業を超越する劇を演じて、自己の往くべき道を自己の力で築いて進むほかない。」（『演劇』四月、『抱月全集』二巻）と記している。

抱月が芸術座の上演形態を「興行劇」「研究劇」と二つに命名したのは、足掛け六年の芸術座運営を経て松竹と契約した時、一九一八年だ（「藝術座の事」『早稲田文学』一九一八年九月）。その死の二か月前である。

抱月が計画したいわゆる旅興行は、芸能には付きものの公演形態である。明治維新後、新・

演劇の〈巡演・旅興行〉は、既に川上音二郎一座が日本各地を巡り台湾にも行き、首都圏以外の公演で先鞭をつけていた。実益に繋がる演劇興行である。一九世紀末からの川上一座の各地での公演がそのお手本であった。これが新演劇の流行に繋がり、演劇人口を増大させ、歌舞伎役者や能役者たちの転身が増えて新演劇集団が各地に出来た。抱月が先を歩く川上の舞台を観ていたことは既に触れたが、劇場改革や神田三崎町の川上座や大阪中之島の帝国座等の川上が建てた新劇場建設についても当然のことながら把握している。川上は大劇場に拘って失敗したが、小劇場空間なら可能性は残されている。それを〈知〉の集団である抱月の〈新劇〉は実行しようというのである。当然にも芸術座のやり方は非難される。が、それは演劇集団の財政問題を一顧だにしない無縁の人々の発言だ。

抱月は、ヨーロッパ留学時に著名俳優たちの巡演興行を観ている。これまで看過されていた「劇場問題」（『抱月全集』七巻所収）という抱月の談話に触れたい。

一九〇六（明治39）年一〇月の『新小説』に発表したもので、英国やドイツの現状を記しながら日本の劇場が抱える問題を取り上げている。文末でイギリスやフランスの一流の俳優たちが夏季にアメリカへ巡業に行っている現状を語る。「亜米利加では人も知る如く倫敦巴里邊から盛んに一座を買ひ込んで行くのであるし、従って歐羅巴の作者及び俳優は亜米利加を一の常得意として、如何な名優名作者も皆亜米利加に其作や藝を出さないものはない。」

アメリカ大陸を横断して巡演した川上一座がボストンで巡業中のアービングに出会ったのを

思い出せばいい。この一文で抱月は巡業が演劇集団にかなりな収益を与えていることや役割別の各人の取り分などにも触れている。当時の日本の演劇人や観客はヨーロッパの俳優たちがアメリカで一稼ぎしていることなど、知らない。歌舞伎やその他の芸能が各地へ巡業に行くのは江戸期から続いていたことであるが、その集団は芸能者として二流三流の下等な層だとみなされていたし、上等な芸能者が巡業してもそれは京阪であった。しかしイギリスもフランスも一流の演劇人が新興国アメリカへ巡業に出掛けていたのだ。資本主義社会が日本より何歩も先を歩いていたから当然のことで、抱月はイギリスやフランスの演劇集団の巡業という行為を芸術座に取り入れて、本公演終了後同一演目を持って夏季や冬季に日本各地や日本の属国であった国々を巡演した。その結果、演劇(芸)を売って藝術倶楽部を建設することが出来たのである(一九一五年)。これは川上音二郎以来の快挙であった。

3 大逆事件・帝劇開場と新劇上演・川上音二郎の死

一九一三年から一九年までの長くて短い芸術座の時間をこの国の近代化・軍国主義化の時間に置くと、後発近代国家日本の権力の壁が見えてくる。芸術座はこれとの闘いでもあったのだ。

思えば一九一一年三月の近代的洋風劇場である帝国劇場開場[4]は、ある意味歴史的な出来事だった。つまり抱月がロンドンで観て来た大劇場商業主義演劇を可能にする道が日本でも敷かれたことを意味し、これで資本による近代的劇場経営と商業演劇の門戸が大きく開かれたと言い換えられる。この大劇場開場公演の一つで文芸協会の「ハムレット」が五月に七日間、自由劇場の「寂しき人々」が一〇月に二日間、文芸協会の「人形の家」「ヴェニスの商人」「寒山拾得」「お七吉三」が一一月に八日間、上演された。この時から、商業主義大劇場演劇と非商業主義小集団演劇との闘いは既に始まっていたのだ。近畿圏で台頭しはじめた興行会社松竹が[5]「ハムレット」を買いに来て大阪角座で上演したのも一九一一年七月だった。

文芸協会研究所で養成された男女の俳優たちが卒業試演で近代演劇の「人形の家」を協会試演場で上演した一九一一年九月は、近代的な〈知〉によって育成された女優が初めて小劇場空間に登場した時である。これまで労働に対抗的に置かれていた芸能、言い換えると趣味や遊びの範疇に置かれていた「〈遊芸〉に哲学が加味された」演劇の登場であって、ある意味「演劇のパラダイムを変える原動力」(拙著「演劇の一〇〇年」『20世紀の戯曲Ⅲ』所収)になったのである。資本家たちは演劇人よりも観客よりも一歩先を歩いていたから新しい舞台を買いに来た。帝劇も松竹も登場したばかりの「新劇」が商売になると考えたからだが、芸術性と非商業主義を掲げる側にとってこれは諸刃の刃となった。それを最初に一身に背負ったのが「新劇」の、抱月の芸術座である。

そして数々の斬新な試みをして既存の興行資本に対抗的に生きた川上音二郎が大阪で亡くなったのが、一九一一年一一月一一日。まさに帝劇開場と文芸協会の大劇場上場と川上の死は現代演劇界の分水嶺であったのである。
後日、抱月は川上の死を「劇壇雑感」（『歌舞伎』一九一二年一月）で触れた。新派劇の未来を案じた一文なのだが、これは抱月が芸術座を立ち上げる前の時点で、この国に存在する演劇全てに想いを馳せエールを送っている一文である。

新派劇の開祖たる川上音二郎が死んだ。これは川上をして死時を得たものかも知れないが、新派劇から云へば、これが彼等の運命に對する暗示とも見られる。（略）彼らの運命は窮つて居るのではないかと思はれるほど、心細い狀態である。全體新派劇の人々は、この後何う局面を進めて行かうと考へて居るのか、他人事ながら、まるで方角が立たない絶望的な狀態ではないかと心配する。川上が死んだのは、この邊で新派劇に一段落が付いたと云ふ意味とも取られる。（略）茲で真面目にならなくて何うするのか。（『抱月全集』七巻）

抱月は単に新劇ばかりでなく、新派にも歌舞伎にも時評を記している。それはこの国の演劇の現在と未来を常に射程に入れて自らの演劇運動を考えているからだと推測する。そしてその演劇の未来は、後発近代国家を大急ぎで仕上げようとしている国家権力の暴力と闘わなければならない未来でもあって、それが同じ年に既に国民に知らされていた。

一九一一年一月、国家権力は大逆事件[6]の死刑執行をおこなうという暴挙を行使した。新しい思想は国家権力の邪魔になる。罪を捏造しても大衆を惹きつける芽を刈り取る方向に舵を切ったのだ。この事実は思想と芸術を裡に抱える演劇が、商業主義と国家権力との両方に対抗的に存在し面と向かわざるを得なくなることを証していた。芸術座上演の軌跡はそれを如実に物語る。「私等はたゞ事業によつて天下に對したいと思ふ」ことの困難さを、わたくしたちに知らせる。それは文芸協会の「思い出」上演時の批判に反論した逍遥の「藝を正當な理由と条件の下で賣ることを忌憚すべき所以を知らない。」（傍点引用者）という言説をはるかに超えるものとして芸術座にせまり、この後に続く演劇運動が避けて通ることのできない困難な問題として二十世紀半ば過ぎの新憲法発布まで続くことになる。こうした未来を抱月は知ることは出来ない。が、彼の目指した芸術の経済的自立という演劇運動は、挑みがいのある険阻な頂きであったのである。

抱月が最後にたどり着いた計画、少数の観客相手の実験的な研究劇上演を行いつつ、それを大衆に広める公演活動は必要な行為であったのだ。その意味でも大劇場の〈二元の道〉も抱月のそれも、演劇の〈堕落〉などと言下に否定することのできない重みを持つ。

以下、公演の軌跡を見ることにしよう。芸術座は一九一三年九月一九日有楽座で旗揚げ公演の初日を迎えた。

4　芸術座の上演作品[7]

一九一三年

第一回　メーテルリンク作①秋田雨雀訳・中村吉蔵監督「内部」、②抱月訳／監督「モンナ・ヴァンナ」、九月一九日〜二八日有楽座、一〇月一七日〜二三日大阪近松座。[8]

臨時公演　オスカー・ワイルド作、吉蔵訳／ローシー監督「サロメ」一二月二〜二六日帝劇。

一九一四年

第二回　①イプセン作・抱月訳／監督「海の夫人」②チェーホフ作・楠山正雄訳／監督「熊」一月一七〜三一日有楽座。

第三回　①吉蔵作／監督「嘲笑」②トルストイ作バタイユ脚本・抱月脚色／監督「復活」三月二六〜三一日帝劇。[9]

○上演前に日本青年会館で「芸術座文芸講演会」を開催した。昇曙夢「ロシア文学について」、片上伸「トルストイについて」、抱月「復活と芸術座の仕事」。抱月の講演前に中山晋平作曲・抱月／御風作詞「カチューシャの唄」を田辺若男と松島千鳥が歌う。

○「復活」に賛否両論が出る。期間中満員の観客動員で巡演も大成功であった。

○同演目を持って四月一六日から大阪浪花座、京都南座、中国地方から九州巡演へ初の長旅にでる。「復活」の挿入歌「カチューシャの唄」が大流行する。レコードやカチューシャ・グッズも発売される。

芸術座研究劇第一回 ①グレゴリー夫人作・仲木貞一訳／仲木 or 抱月監督「ヒヤシンス・ハルヴェイ」②ヴェデキント作・島村民蔵訳・抱月監督「死人の踊」③抱月作／監督「復讐」（「競争」）七月一四～一六日福沢桃介邸内小劇場。

大正博覧会普及公演「復活」七月博覧会場内演芸館。[10]

○田辺若男は「毎日数百人の見物が、満員のためひきかえすという盛況で、この興行の機縁から、後に芸術座は大正博覧会の演芸館を買いとって、牛込横寺町に芸術倶楽部を建設した」（『俳優』）と書くからおそらく研究劇終了後から臨時公演の間、七日間ぐらい公演したのではないかと推測される。

夏季臨時興行 ①ズーダーマン作・抱月訳／監督「マグダ（故郷）」②シュミットボン作・森鴎外訳・吉蔵 or 抱月監督「ヂオゲネスの誘惑」一九一四年八月七～一二日歌舞伎座。

○公演後、田辺は避暑がてら湘南地方へ巡回公演と記す。その後北海道、東北地方を巡演。

読売新聞読者観劇会・臨時興行 ①「復活」②「ヂオゲネスの誘惑」九月一九～二七日東京座。

第四回 ①吉蔵作／監督「剃刀」②シェイクスピア作・抱月訳／監督「クレオパトラ」一〇月二六～三一日帝劇。

○この後同演目で横浜、一一月から京都南座、大阪浪花座で巡演。

特別公演 ①「剃刀」②チェーホフ作・中木貞一訳・楠山監督「結婚申込」③イプセン作・抱月訳／監督「人形の家」一二月一五～一九日本郷座。

一九一五年

○新春から「剃刀」「復活」で名古屋・信州諏訪から北信を巡演、中国筋から九州へ、博多・長崎・鹿児島・宮崎を巡演。吉蔵、初めて博多へ同行する。前年から近代劇協会の「復活」無断上演について版権問題の訴訟を起こし、抱月の意を受けて吉蔵が対処していた。

○この巡演中に牛込区横寺町に藝術倶楽部が落成。三〇〇〇人収容可能な客席を持つ。

○抱月の名古屋から吉蔵宛書簡（三月二二日）に「今の所地方興行は藝術座の唯一の財源で之は必ずしも小林君の特技によつてといふでなくむしろ藝術座の力で出來るのですからそれを一々分を分つと他との釣合を失します、此點は餘程大事に考へて置いて下さい」とあり、地方巡演が重要な財源になっている事や利益をどのように分配するかで抱月と吉蔵が検討している様子が分かる。小林君は経営主任の小林光雄。小林とは、種々取り分の件で揉めている。小林が巡演地を交渉していたようだ。

第五回 ①ツルゲーネフ作・楠山正雄訳／監督「その前夜」②吉蔵作／監督「飯」③「サロメ」四月二六～三〇日帝劇。①には楠山／吉井勇作詞中山作曲の歌が入る。

○同演目で五月一三日から大阪浪花座公演。松竹が演目に文句、芸術座承引せず。松竹が折れて、京都・神戸名古屋を巡演。その後独自に北陸・信州路へ。秋口には東北、北海道へ。帰京後「嘲笑」「剃刀」「復活」「サロメ」を持って台湾、朝鮮、満州、ハルビンからウラジオストック…プーシキン劇場で「嘲笑」「剃刀」を開演…、暮れに帰京。

○信州路に度々行っているのは、須磨子の故郷であるからで、客が入った。

○巡演の間に、藝術倶楽部開場式・演劇学校開校式・機関紙『演劇』の発行・「サロメ」の国技館上演……等々があった。

一九一六年

大阪公演 ①吉蔵作／監督「与論」②吉蔵作／監督「真人間」③抱月作／監督「清盛と静御前」一月二六日～二月一日浪花座（通例と異なり大阪から始まる）。

第六回 ①吉蔵作／監督「お葉」（真人間）②「与論」③「清盛と静御前」三月二六～三一日帝劇。

○大阪で許可された「真人間」が東京では「警保局から故障が出て、警視庁と屢々交渉（略）女主人公の軍人の未亡人を、密猟者の寡婦に代へ、題目をも『お葉』と改めて（略）検閲の難關を通過」した。

新劇普及興行第一回 ①「復活」②「嘲笑」四月八～一七日浅草常盤座。

○常盤座は大衆が沢山観客となった。が、高踏的芸術的立場の人々からは、否定され、次の明治座公演で〈堕落〉呼ばわりが噴出する。

臨時興行　①「復活」②「サロメ」四月三〇日～五月七日明治座。

野外劇興行　①ソフォクレス作・吉蔵訳／監督「エヂポス王」五月一二・一三日小笠原伯爵庭園。

○大森阿仁子女史の児童遊園協会寄付興行で早大生五〇人の群衆を吉蔵が出演させた。

○この後、六月東北仙台から新潟、長岡へ旅興行。吉蔵宛書簡に「『アンナカレニナ』は七月下旬までにほしく八月にこしらへ上げ九月は地方へ出たく存居候『爆発』もよろしく」と仙台から出している。

芸術座研究劇第二回　①スロート作・島田青峰訳・吉蔵監督「扉を開放して」②トルストイ作・林鷗南（久男）訳・抱月監督「闇の力」七月五～九日藝術倶楽部。

○「闇の力」は大絶賛を浴びた。大劇場での上演を試みるが官憲がそれを沮止（ソシ）した。そこで鎌倉で研究劇として上演。

臨時研究劇「闇の力」鎌倉劇場。（この後東北地方へ巡演。）

臨時興行　①逍遥訳「マクベス」八月一八～二〇日両国国技館――夏の納涼公演。

第七回　①トルストイ作・松居松葉訳・抱月監督「アンナカレニナ」②吉蔵作／監督「爆発」九月二六～三〇日帝劇。

新劇普及興行第三回　①「飯」②「ディオゲネスの誘惑」③「新帰朝者」④「サロメ」一〇月一八～二七日常盤座・昼夜二回興行。

○この後一一月から巡演、神戸・大垣・一の宮・浜松・静岡・名古屋。女優が帰京したりして困惑したことや、貞奴一座と相前後して公演することで互いに客入りに響く等々が、吉蔵宛書簡に見受けられる。

新劇普及興行第四回 ①「思い出」②「剃刀」二の替わり①「お葉」②「爆発」一二月三一日～翌年一月二一日浅草常盤座。

一九一七年

第八回 ①ピネロ作・抱月訳／監督「ポーラ」（第二のタンカレー夫人）②谷崎潤一郎作・谷崎精二脚色・吉蔵／抱月監督「お艶と新助」③「エヂポス王」三月九～一六日新富座。

○「第二のタンカレー夫人」について抱月は一九〇六年に『新小説』（九月）に談話筆記を載せているから、よほど印象的であったのだろう、それで取り上げたと思われる。

○この後信州路から甲府・名古屋・伊勢路・奈良。神戸へ出て五月一四日に大連行き汽船に乗り満州各地と朝鮮を巡演、七月初めに帰路山陰・山陽・四国の各地を巡演。

○九月二七日付吉蔵宛書簡（七月頃から島根で病気療養中）に、「藝術座秋季公演時所は（略）明治座十月末と確定、松竹と分にて契約いたし候、出し物は『生ける屍』を川村君に手を入れさせ、小生も加筆して、それに君の『帽子ピン』を附けたく存候。御承認承り度」とある。

○一〇月一八日付吉蔵宛書簡で、「帽子ピン」の読みと演者の報告の後「廿日夕五時より例の島根縣人會を伊豫紋にて相催し候事と相成候、御體の都合よくば一寸でも顔を出して貰ひ度候が如何哉」とあり、早稲田の卒業生たちとも巡演時には連絡していたことや強行軍の巡演後、帰京早々明治座公演が持っていたこと等が分かる。各地域の巡演時には早稲田の卒業生が協力していたと推測される。

第九回 ①トルストイ作・川村花菱脚色・抱月監督「生ける屍」②中村作／監督「帽子ピン」一〇月三〇日～一一月六日明治座（「松竹と分にて契約」した公演）。

○「生ける屍」の改作上演は批判を浴びたが、この後の地方巡演では至る所で喝采され、劇中歌の「さすらいの唄」が喜ばれ、石井漠のスパニッシュ・ダンスが新鮮だった。

○抱月の吉蔵宛書簡で、吉蔵の病状を尋ねながら「小生も此旅行は病氣勝にて閉口いたし候」と記し、体調の悪い状態で巡演を続け、信州中込・丸子・名古屋末廣座・津島・長濱・神戸（二九日）・明石・和歌山・大阪と周り一二月廿日に帰京した。また吉蔵の作品を上演した時は常に上演料を支払っていること、「ピン」は受けがいいから「御安心」をと気遣い、「生ける屍」は東京ほどには受けないことや、客入り状況なども記している。吉蔵が抱月の良き同志・協力者であったことが分かる。

一九一八年

○一月四日京都南座を振り出しに中国・九州・四国地方を「生ける屍」「剃刀」を持って長期巡演する。この巡演は松竹が請負う。経済的な安定が可能になり、脚本部を新設―

楠山正雄・長田秀雄・本間久雄・川村花菱・中村吉蔵・秋田雨雀がそのメンバー。

第一〇回 ①ハウプトマン作・楠山正雄訳・抱月監督「沈鐘」（芸術座）②松居松葉作／監督「神主の娘」、坪内士行翻案「唖の女房を持てる男」（公衆劇団）九月五～一六日歌舞伎座。京都南座公演同演目（松竹と提携―芸術座＋公衆劇団）。

○「沈鐘」には幕ごとに歌が入り歌詞は原作の翻訳、作曲は小松耕輔と中山晋平、舞台前にオーケストラが並び指揮は島田晴誉。「唖の女房」にはカゲソロが入り藤原義江と天野喜久代が歌った。

芸術座研究劇第三回 ①有島武郎作・抱月監督「死と其前後[11]」②長田秀雄作／監督「誘惑」一〇月三～七日藝術倶楽部（有島と里見弴が毎日稽古に立ち会う）。

○この後、抱月はスペイン風邪に罹る。一一月五日午前二時七分藝術倶楽部私室にて、抱月逝く、四八歳。

第一一回 ①ダヌンツィオ作・小山内薫訳／監督「緑の朝」一九一八年一一月五～二六日明治座（松竹主催…猿之助一座＋松井須磨子）。

一九一九年

第一二回 ①メリメ作・川村花菱訳楠山監督「カルメン」②中村作／監督「肉店」一月一～四日有楽座。

○一月五日夜明け、須磨子藝術倶楽部稽古場にて自死、三四歳。

5 世間との齟齬

芸術座上演の軌跡は壮絶な商業主義との闘いを告げる。同時にそれは新たな演劇状況を生み出そうとする抱月の国家権力との格闘の日々でもあって、小規模の芸術的集団を維持する困難さが改めて伝わってくる。にもかかわらず「相當に長い間苦しみを共にした」抱月の同志・中村吉蔵が「是迄法外に高く評價せられるよりも、寧ろ法外に低く値踏されて來た『藝術座』の事業」(「藝術座の幕の閉るまで」『演劇獨語』所収)と嘆いた。同時代の批評家たちは短い期間の市川左団次と小山内薫が始めた自由劇場を絶賛し肯定するが、抱月の芸術座には否定的批判的言辞が多く浴びせられた。それに対する無念さを吉蔵の一文は告げている。大笹吉雄は「復活」を例にとり、芸術座の舞台が「一部のインテリが望むような舞台ではなかったということで、その意味で新劇の基盤に変動が生じたということになる。(略)芸術座の路線転換が大きすぎたと見えたことだが、小山内のように他人の金で自由劇場をやったのとは違い、公演からの収入のみで劇団運営に当たらなければならなかった抱月としては、芸術における『売る』側面を今さらのように意識しないではおれなかったろうし、そういう局面に追いこまれてもいた。新劇を職業とする限り、これは普遍的な課題でもあるが、非難した側にはそういう理解がまるでなかった。」(『日本現代演劇史　明治・大正編』)と当時を振り返り評した。「復活」は芸術座が活動を始めて三回目の上演で歌入り芝居で観客は喜んだが通俗劇と見做され批判も多かった（注9を参照されたい）。

抱月は挿入歌について、バタイユの脚本では歌は一曲だったが、「あと四つばかり加へて、五つの小曲を交錯して歌はせます。（略）トルストイの此の作に描いた思想、殊に社會批評の方面は、今の日本の舞臺では述べさせられないから、此の方面は全部省略しました。（略）劇としての『復活』はカチューシャとネフリュドフとの物語りになりました。」（「藝術座の稽古室より」一九一四年三月）と上場前に語っている。「復活」に描かれた社会批評や農民の問題は検閲の対象になると判断したからだ。しかしカチューシャとネフリュドフとの幸せな結婚という通俗劇に改竄はしていない。カチューシャが国事犯シモンソンを選ぶ最後は原作通りだ。トルストイの思想の幾ばくかは観客に手渡せただろう。

先に引いた「演劇と劇場」で抱月は通俗劇について次のように記していた。「今の日本にもヨーロッパにも行はれてゐる多数の通俗劇と云ふものは、全くのプロットによつて興味をつなぐ非藝術的なものでなくとも、やゝ藝術的な色彩を帯びたもの、謂はゞ俗悪なものと高尚なものとの中間をうづめてゐる劇とは、概して感情劇である。戀愛であるとか、親子の別れであるとか、悲しみであるとか、喜びであるとか云ふやうな形的な感情を最後の行き止りにしてゐる。従つて斯う云ふものは即興藝術である。」（『歌舞伎』一九一三年四月）

通俗劇という感情劇―恋愛とか悲しみとかを「復活」でクローズアップしたが、これを「最後の行き止まり」にしないところがトルストイの「復活」であった。故にこれを取り上げたのだ。抱月は、ヨーロッパで商業演劇の舞台をたくさん観ている。新しい舞台に潜む思想を手渡す相手は、「一部のインテリ」ではないことも十二分に分かっていた。大衆を取り込まなくては新思想を根付かせることはできない。「最高藝術はやはり思想藝術でなくてはならない。」「思想のない所に近世劇（現代劇の意…井上）はないと云つてもよい。」と主張する抱月は、通俗劇に浸ることはしていない。それは既にみた上演の軌跡が証している。同時代の「一部のインテリ」はその深い意味が理解できなかったのである。

「クレオパトラ」も同様で、評判は悪かった。問題はクレオパトラ像をどのように描出するかであった。シェイクスピアの「アントニーとクレオパトラ」を改作した抱月訳「クレオパトラ」は、「單なる緊縮のみではなく、場合によつては原作にない人名や對話を加へたり、副人物の性格を變更したりするまでになつた。（略）原作の情調と意義解釋とを存すればいゝといふ程度に止まつて、全くの自由改作となつた。」（『早稲田文学』一九一五年一〇月、『抱月全集』七巻所収）

それは三〇〇年前の原作が散漫で現代劇の傾向と相いれないからだ。舞台をエジプトに限り、事件をクレオパトラ側から見て統一した。クレオパトラ伝記も相反した二つの解釈がありシェイクスピアは、愛のために死ぬという美化されたクレオパトラに重点を置いた愛の悲劇にした。もう一方の解釈は、アントニーをシーザーに見かえんとする動機で「凡ては肉欲のために失はれたり」だった。〈愛と肉欲〉は二つの矛盾命題で現代劇にかなうと抱月はみて、クレオパトラの性格を「偉大なジプシー」と言われる説に従い、セリフにも「甚だしい野卑な句節の交じつてゐたのを遺憾とする。それからもう一つ、余りに現実的であること……」（讀賣新聞）と批判されるクレオパトラ像を須磨子に演じさせた。抱月の意図が分かるとこの評は抱月の狙い通りといえる。しかも抱月は、シェイクスピアの原文にある野卑な句節をそのまま訳したのだが、批評家はそれを把握できなかった。

抱月の新しい試みは、これ一つとっても既存の劇評家たちに受け入れられなかった。むしろ観客になった多くの大衆の方が舞台の現代性を受け入れていたと言える。そしてそれが商売になると触手を伸ばした松竹と契約が整い、その先の道へ進もうとしたときに、抱月は倒れた。先を見るに長けていた抱月が、商業資本と手を組んだ時、いかなる演劇世界を展開したのか、見てみたかったと思う。

先駆者川上音二郎が旧弊な世間に振り回されたように、抱月も〈須磨子との恋〉というセンセーショナルな出来事が、抱月の芸術座の仕事に灰色のバイアスをかけていたように思われる。そうした世間に対して抱月はどこまでも理想とする劇世界を構築するべく強靭な意思を持って未来に向かって進み、多くの観客に芸術座の舞台を残していたことが大きな救いである。

注

1　抱月には、宣言癖というか、切を付けるというか、何の節目にそのような行動をとる傾向があるように見うけられる。題言を止めたのもその一つだ。この六年後、突然の死の三か月ばかり前、抱月は中村吉蔵宛書簡（一九一八年七月一日）で「今度早稲田文學の編輯方法を變更いたせし候に付ては本間君が主任と相成り（略）補助者數名乃貴兄と片上、相馬、中村の諸君を編輯顧問と中事に致度」と記していた。自らの死を予知するかの如く後を整えたのかと思ってしまうほど、用意がいいのだ。以後、九月号から誌面がかわる。抱月の死直後に出た『早稲田文学　抱月追悼号』の発行人は本間久雄である。

2　一般受けは好く客入りも良かったが、新聞等々の批判は多かった。『早稲田文学』88号の「思い出」とは全く関係ないアンケート「上場して見たき脚本三種」の中でも、木下杢太郎が「一昨夜有楽座の『思ひ出』を見、第三幕の東儀氏の藝に感服いたし、出來ることならあのやうなる比較的つまらなき飜譯物でなく、侍の出るものにてもよろしく、日本人の頭より出でたるオリジナルの役をやりてもらひたく思ひ候早々。」と劇作をする杢太郎らしい意見を記していたほどだ。

3　芸術座は幹事と評議員から構成された。一九一三年七月創立時のメンバーは以下である（『早稲田文学』94号）。
「芸術座」幹事長―島村瀧太郎（抱月）、幹事（イロハ順）―尾後家省一・片上伸・川村久輔・吉江喬松・相馬昌治・中村吉藏・中村將爲・仲木貞一・楠山正雄・倉橋仙太郎・前田晁・松井須磨子・秋田徳三（理事兼務）・水谷武・島村民藏・人見圓吉。
評議員―五十嵐力・石橋湛山・長谷川誠也・服部嘉香・原田譲二・本間久雄・土岐善麿・小川健作・金子馬治・河野譲・加能作次郎・橘高廣・田中介二・中島半次郎・中桐確太郎・長田幹彦・中谷徳太郎・

窪田通治・仲田勝之助・安成貞雄・生方敏郎・桝本清・正宗忠夫・佐藤利吉・福田有作・島田賢平・紀淑雄・東俊造・鈴木悦。

なおこの時期、演出は舞台監督と称された。本文中の監督は、舞台監督・演出者を指す。

4 帝国劇場（帝劇）建設計画は一九〇六年に始まる。福沢捨次郎（諭吉の子息、三菱財閥系時事新報社長）・渋沢栄一（実業家）・近藤廉平（日新汽船社長、妻は三菱岩崎弥太郎の従妹）・高島小金治（大倉喜八郎娘婿）・益田孝（三井財閥）・益田太郎（孝の子息）・日比翁助（三井系三越）・高橋義雄（三井系三越）等が集まり、ここに川上音二郎も加わり、伊藤博文の主唱を彼らが検討した。このあと川上貞奴が女優養成を始める報道が出る。この時、貞奴は明治座で「モンナワンナ」を上演中だ。この時期の動きの詳細は拙著『川上音二郎と貞奴　ストレートプレイ登場する』を参照されたい。

なお、帝劇に関する抱月の一文はかなりある。完成間際の「帝國劇場當事者の一考を煩ず」（一九一〇年）、「帝國劇場への注文」（一九一一年一月）、「沙翁劇公演所感」（同四月）、「文藝協会より」（同年一一月）、「演劇と劇場」（一九一三年四月）等々。

5 松竹は、相撲の興行師で芝居小屋のかべす（菓子・弁当・鮨―水場）を販売していた大谷栄吉・しもの息子竹次郎が京都坂井座を買収（一八九五年）して芝居の興行主となり劇場経営に乗り出していた。京都明治座（一九〇二年）つづいて京阪神・名古屋の芝居小屋買収、松竹合資会社を設立し芸能相手の商売を拡げ、東京新富座（一九一〇年）・歌舞伎座（一九一三年）など既存の劇場を手に入れる。

6 「思想と實行との距離」（讀賣新聞一九一〇年一一月）という一文がある。この年の五月に宮下太吉が逮捕され、大逆事件の大検挙が始まっていた。幸徳秋水や菅野スガ等が逮捕されたのが六月、一一月にはエマ・ゴールドマンたちが抗議集会を開き、日露戦争を批判したトルストイが亡くなって、アナーキスト大杉栄が出所していた。この一文はおそらくアナーキズムや大逆事件検挙についての新聞の取材に応えたものと推測される。明確な言説を用いていないために曖昧な表現が多いが、この事件について応えているところが興味深い。「普通に解釋せられてゐる社會主義の思想と今度の非常な企てとは連絡せぬ。（略）政治上及びこれを中心とした社會經營との方面、道徳宗教といふ様な思想方面の社會活動との間には、出來得る丈間隔を置き、然かもその大體に於いては互ひに理解し尊重するといふ態度を執るのが最も望ましい社會狀態であると信ずる。」（『抱月全集』七巻所収）

実際、『早稲田文学』一二二号（一九一六年一月号）は、発売禁止にされている。この号には、秋田雨雀「恩赦令の下る日まで」（小説）、大杉栄「ブルグソンとソレル」（評論）、稲毛詛風「人間性の解放」（評論）、田中純「基督教の根本的批判」（評論）等々と「附録」に翻譯が三本①アペンタア／相馬御風訳「文明、その原因及び救治」②エレン・ケイ／本間久雄訳「平和問題」③アンリ・マシス／中村星湖訳、が載った。

この号には「大正五年一月廿二日」の藝術倶楽部講演会予告も載る。講師と演題は以下。島村抱月「台湾及び朝鮮の印象」、樋口龍峡「帝国議会観」、森田恒友「最近のフランス美術界」、相馬御風「民衆芸術の意義」で、開催されたか否かは詳らかではない。

7　上演作品一覧作成にあたり、抱月「藝術座の事」『抱月全集』七巻、中村吉蔵『演劇獨語』東宛書房一九三七年六月、田辺若男『俳優』春秋社一九六〇年六月、佐渡谷重信『抱月島村瀧太郎論』明治書院一九八〇年一〇月を参照した。なお、芸術座の演劇運動を把握するため、○以下に巡演関連事項や演目に関するものを若干記した。

8　小林一三の蔵書（逸翁文庫）が、阪急文化財団池田文庫にある。抱月訳の『モンナヴァンナ』（南北社一九一三年九月）が所蔵されていて、「小林様　著者のサインあり」と注記があった。財団学芸課の正木喜勝氏に伺ったところサインは「すま子」だという。小林一三が抱月を支援して大阪公演のチケットを大量に購入したという記述（松本克平）はあるが、出典が不明であった。これは芸術座に援助してくれたお礼に抱月が須磨子にサインをさせて送ったのかもしれない。

9　抱月は「復活」脚本を載せた『抱月全集』五巻の初めに次のように記している。初出は『早稲田文学』一九一三年三月。（／改行）

「小説『復活』を劇に脚色したものでは、フランスのアンリ、バタイユ（Henry Bataille）の作がある。私がそれを見たのは千八百三年にビアボム、ツリー（Beerbohm Tree）がロンドンの「陛下座」で其英譯を演じたときである。／今回の此の脚本はトルストイの原作小説とバタイユの脚本とそれに小改竄を加へたツリーの所演と、三つを本にして更に「芸術座」第三回の上演臺本に適するやう、再脚色を施したもので、大正三年三月二十六日から六日間帝國劇場で演ずる重なる役割の定まつてゐるのは松井須磨子のカチューシャである。／尚小説『復活』の翻譯には英譯にロイス、モード（Loise Maude）があり、邦譯に内田魯庵氏のがある。」

「復活」は大当たりしたために、他の新劇集団が芸術座に無許可で巡演興行した。そのため裁判もした。依頼した鈴木弁護士に宛てた書面「『復活』問題に就いて鈴木辯護士に送る」（讀賣新聞一九一五年三月、『抱月全集』七巻）にこの作品の翻訳脚色について次のように記している。「アンリ、バタイユの作を、佛文の達者な友人の力を借りて文字通り翻譯し、（略）私が日本の舞臺に適合するやうな取捨變更増減を加へた（略…増減の程度は）私自身の工風で其資料はトルストイの原作小説（モードの英譯）（略）譯語は往々内田魯庵氏の翻譯から借用したのがあります。之れは其の當時魯庵氏に御相談して、快諾を得たからです。」

この一文を読むと、吾聲會・新時代劇協會・近代劇協會等々が日本はもとより朝鮮満州にまで行き、しかも芸術座の巡演の前にやって妨害されたことがわかる。稽古も満足にせず上場するその行為にも抱月は怒っている。この妨害行為は、この演目がどれほどの客寄せに役立ったかが分かるものだ。

10 大正博覧会は一九一四年三月二〇日～七月三一日に上野恩賜公園で開催された。芸術座の参加日数は不明。これが縁で演芸館使用材木を解体時に購入し芸術倶楽部建設に利用した。

11 舞台は好評だった。これが抱月の最後の演出作になる。尚、最後の『早稲田文学』寄稿は、紙面が刷新した一五四号（一九一八年九月一日発行）で「芸術座の事」だった。

「本誌刷新號を機として、誌面の一隅を借り、久しぶりに藝術座の記事を作る。そして今後は成るべく頻繁に此の記事を出したいと思ふ。／藝術座は大正二年創立以來足かけ六年になった。其間舞臺藝術の上と社會民衆の一般的文化の上とに如何なる効果を齎らしたかは、歴史のおのづからなる判斷にまかすとして、現時のわが社會狀態と劇界の狀態とにあつては、少なくとも存續――組織ある新劇團として存織――六年間の存續といふ事そのものが重大の意義を含み、真理を含んでゐると信ずる。」

「『三十三種』の舞台作品を「八百八十日」「一回乃至數回に及びて轉演したる場所は殆ど日本全土に遍く（略）百九十五ケ所に（略）土地の肥瘦を論ぜずして新劇の種子を蒔きあるき候やうの結果と相成り…」

◆芸術座巡演地一覧（「藝術座の事」より）

東京　大阪　京都　神戸　名古屋　福岡　岡山　尾道　廣島　呉　倉敷　笠岡　徳山　福山
柳井津　三田尻　新川　山口　下關　門司　小倉　八幡　直方　佐賀　長崎　佐世保
久留米　大牟田　熊本　鹿兒島　唐津　武雄　筑前徳島　柳河　若津　隈府　山鹿　人吉
八代　川内　加治木　都之城　宮崎　延岡　佐伯　中津　大分　臼杵　別府　豊後高田
行橋　飯塚　伊田　豊後杵築　中間　蘆屋　添田　大里　宇美　筑前若松　松山　高松
琴平　丸龜　觀音寺　西條　今治　宇和島　八幡濱　大洲　石見太田　大社　今市　木次
平田　松江　米子　鳥取　倉吉　豊岡　宮津　新舞鶴　明石　和歌山　大垣　大津　奈良
伊賀上野　伊勢神戸　桑名　四日市　山田　松坂　津　中津川　瀬戸　尾張一宮　津島
長濱　岐阜　豊橋　濱松　靜岡　岡崎　島田　江尻　鎌倉　大磯　小田原　横濱　横須賀
福井　金澤　富山　高岡　高田　柏崎　三條　長岡　新潟　秋田　長野　須坂　上諏訪
伊那　飯田　松本　松代　中込　丸子　大屋　臼田　小諸　上田　穂高　甲府　鶴岡　若松
新庄　郡山　酒田　米澤　福島　飯坂　前橋　高崎　弘前　青森　盛岡　仙臺　石巻　栃木
宇都宮　足利　桐生　佐野　足尾　水戸　山形　函館　小樽　札幌　旭川　釧路　釜山
龍山　京城　馬山　木浦　大邱　太田　光州　元山　群山　鎮南浦　仁川　平壤　安東縣
本溪湖　奉天　長春　哈爾賓　撫順　遼陽　營口　大連　旅順　浦鹽　基隆　臺北　嘉義
新竹　臺中　臺南　打狗

おわりに

島村抱月がスペイン風邪で急死して一〇三年が過ぎた。抱月は非商業的演劇集団芸術座を創設し、現代に通じる個性的な演劇運動――東京・大阪などの主要都市だけではなく、全国巡演を展開して新世界の思想を多くの観客に手渡した。新劇人として初めて芸術倶楽部という三〇〇人収容可能な小劇場を建設した先駆的な存在でもあった。抱月は自分の蒔いた種が芽吹くか「腐食し去る」か分からないが、「藝術座みづからの存立の必要上」から巡演をしたと記す。抱月の死後、多くの小演劇集団が登場する。劇作家や俳優たちも多数現れて一幕物戯曲全盛のこの時代は、〈大正の戯曲時代〉と後に呼称されるようになった。それは抱月の蒔いた種が芽吹いたからであろう。

かつてわたくしは「抱月が推進した巡演というシステムは、旧時代の歌舞伎から受け取った義理・人情・恩・色・怨・現状肯定などの世界にどっぷり浸っていたこの国の大衆に別の回路を埋め込む役割をはたし、個を重視し、思索する西欧文化の存在を知らせる最良の手段となった。」(「演劇の一〇〇年」)と記した。今もこの視点に変わりはない。

今回〈演劇・芸術〉に的を絞って抱月論を出すにあたり、既存の抱月研究とは異なるアプローチで島村抱月という芸術家と彼の演劇運動を浮かび上がらせたいと願いこのような形の内容になった。執筆者は長年の研究仲間で、コロナ禍で各自の仕事量が増えている状態にもかかわらずわたくしの無理を聞いてもらった。それぞれ専門の異なる論者の描出した抱月論から、「明治」という近代日本の国家創りと共に成長し志半ばで倒れた抱月の演劇への〈熱い想い〉を受け取っていただければありがたい。本書から浮かび上がったものに既存のそれと異なる側面が見いだされるのではないかと期待もしている。

島村抱月を演劇史上に正当に跡付けたいと長い間考えていた。きっかけはずいぶん昔一九八〇年代に河竹登志夫先生の代講で、早稲田大学第一文学部の日本演劇史（近代）という看板講義を春から半年間受け持った時だった。芸術座が予想外に低く評価されてきたことに気付き、驚いた。しかし明治以降の近代を専攻してはいたものの研究者として駆け出しであったし、日々冷や汗ものだったから芸術座を再評価することなど到底できず、すべてが終わった時は正直ホッとした。〈冷や汗〉を二度と流したくないと思って、文化史・演劇史・芸術史・文学史・演劇概論等々の講義の場で近代演劇の歴史に新たな視点で向った。その結果が近代演劇史研究会編『20世紀の戯曲Ⅲ　現代演劇の変貌』（社会評論社二〇〇五年）の序論に記した「演劇の一〇〇年」だった。ここでは川上音二郎と島村抱月の仕事に新しい光を与えたのだが、余り気付いてもらえず相変わらず旧来の演劇史がまかり通っていて残念に思っていた。

『川上音二郎と貞奴　Ⅲ』（二〇一八年）を上梓した時、鳥越文藏先生に「次はなにをやるの？」

と聞かれた。「島村抱月をします。多面的に取り組みたいので専門の異なる研究者と本にします」と返事をした。先生は抱月の再評価を希望されていたからとても喜んでくださった。本の完成を楽しみにしておられたが、この春に思いがけず急逝され読んでいただくことが叶わない。残念に思っている。この論集が新劇の先駆けである島村抱月の再評価に繋がるといいと願わずにはいられない。可能な限り多くの人々に読んでいただきたいと思う。

コロナ禍で厳しい状況の中、このような地味な研究書の上梓を快諾してくれた松田健二社長とデザイナーの中野多恵子さんに深く感謝したい。

二〇二一年一〇月一日

井上理恵

編著者紹介

■井上理恵（いのうえ　よしえ）
桐朋学園芸術短期大学特別招聘教授　演劇学・演劇史・戯曲論専攻
単著：『清水邦夫の華麗なる劇世界』、『川上音二郎と貞奴』、『菊田一夫の仕事』、『久保栄の世界』、『近代演劇の扉をあける』など。共著：『宝塚の２１世紀』、『木下順二の世界』、『20 世紀の戯曲』他。論文：'The Struggle with Nature in KUBO Sakae's *Land of Volcanic Ash*': [Rethinking Nature in Japan From Tradition to Modernity]; edited by Ruperiti, Venezia, 2018

■五十殿利治（おむか　としはる）
筑波大学特命教授、独立行政法人国立美術館理事　美術史
単著：『大正期新興美術運動の研究』、『日本のアヴァンギャルド芸術』、『観衆の成立』、『非常時のモダニズム』。共編著：The Eastern Dada Orbit、『モダニズム／ナショナリズム』、『クラシックモダン』、『板垣鷹穂　クラシックとモダン』、『「帝国」と美術』、『美をめぐる饗宴』など。訳書：マレーヴィチ著『無対象の世界』、マルカデ著『マレーヴィチ画集』等。

■岩井眞實（いわい　まさみ）
名城大学外国語学部教授　演劇学・近世文学専攻
共著：『芝居小屋から―武田政子の博多演劇史―』（海鳥社、2018 年）、Japanese Political Theatre in the 18th Century: Bunraku Puppet Plays in Social Context, Routledge, London, 2020。
論文：「近松の世話物と西洋の市民悲劇」、「歌舞伎の場面転換と俳優の身体」

■林　廣親（はやし　ひろちか）
中央大学特任教授・成蹊大学名誉教授　日本近代文学・日本近代演劇史・戯曲論専攻
単著：『戯曲を読む術』（笠間書院）。共著：『『源氏物語』と日本文学史』『文化現象としての恋愛とイデオロギー』（成蹊大学人文叢書）、『木下杢太郎『食後の唄』注釈・作品論』（笠間書院）、『つかこうへいの世界』『革命伝説・宮本研の劇世界』『20 世紀の戯曲』（社会評論社）、『井上ひさしの演劇』『岸田國士の世界』（翰林書房）他。

■安宅りさ子（あたか　りさこ）
桐朋学園芸術短期大学教授　国際演劇協会日本センター理事　ロシア演劇・比較演劇専攻
共著：『新・日露異色の群像 30―文化・相互理解に尽くした人々』生活ジャーナル、2021 年。論文：Thoughts on Actors Training Programmes at the University Level in Japan: [The Status Quo and Vision of University Acting Education]; complied by Asia Theatre Education Centre, 2019、他。

■永田　靖（ながた　やすし）
大阪大学文学研究科教授　演劇学・近現代演劇史専攻
『漂流の演劇維新派のパースペクティブ』（編著、大阪大学出版会）、『歌舞伎と革命ロシア』（編著、森話社）、『記憶の劇場』（編著、大阪大学出版会）、『アジア演劇の近代化過程と伝統』（編著、英語、スプリンガー＆ダワット）、『チェーホフを翻案するテキストとその変異』（共著、英語、ラトレッジ）、『ベストプレイズⅡ』（共訳、論創社）、『ポストモダン文化のパフォーマンス』（共訳、国文社）他多数。

島村抱月の世界
ヨーロッパ・文芸協会・芸術座

2021年11月25日　初版第1刷発行

編著者　井上理恵
発行人　松田健二
発行所　株式会社 社会評論社
東京都文京区本郷2-3-10　〒113-0033
tel. 03-3814-3861/fax. 03-3818-2808
http://www.shahyo.com/

装幀・組版デザイン　中野多恵子
印刷・製本　倉敷印刷株式会社